未读 | 文艺家 |

真名实姓

TRUE NAMES

弗诺·文奇的科幻世界与现代计算机网络的发展

AND THE OPENING OF THE CYBERSPACE FRONTIER

〔美〕弗诺·文奇 等 著

李克勤 张羿 译

VERNOR VINGE

北京联合出版公司
Beijing United Publishing Co., Ltd.

献给马文·明斯基

新时代的教父

真名实姓

1981 年，科幻作家、数学家、圣地亚哥州立大学的计算机科学教授弗诺·文奇创作了中篇小说《真名实姓》。小说发生在三十年后的未来现实世界——也称作“另一层面”。而在 1981 年，互联网——也就是其前身阿帕网——仍然处于发展酝酿当中。在文奇的小说中，互联网已经变成了一个遍及全球的网络，而实际上人们一致认为他所描述的更像是一个虚构的世界而非现实。

《真名实姓》出版之后很快就引起轰动，点燃了科幻小说家及科学家的想象之火。许多计算机科学和人工智能的研究者把《真名实姓》看作一个非常新奇的故事，为他们的工作带来了曙光。

二十年后的今天[1]，互联网及万维网已经成为新的千禧年不可或缺的部分。《真名实姓》渐渐成为一篇神奇的预言式小说，几乎是预知到了如今已经变成现实的一些趋势。在本书中，你将会读到这篇警世故事，还有前沿报告、高瞻远瞩的构想，以及关于过去二十年网络空间迷人有趣的记录大集锦。

---

1 英文原版出版于 2001 年。

目录

前言

您手中这本集子的编辑工作始于 1995 年。作为弗诺 · 文奇在托尔图书 [还有其他图书公司的版本，首版《真名实姓》由戴尔图书出版，收录于 1981 年的《双子星 5》（*Binary Star 5*）中] 的编辑，我一直对这部中篇小说抱有极大兴趣。

然而，自首次出版以来，《真名实姓》一直很难持续出版，弗诺 · 文奇在本前言之后的引言中说明了原因。到了 1995 年，互联网——故事的核心，或至少是故事的背景——已经成为现代生活不可或缺的一部分，这一现象显而易见。

在科幻小说领域内外，人们经常讨论一个概念：有些时候，现实会“追赶”上科幻。那些不懂科幻小说的人经常这样说。一些人认为，科幻作家的新点子快要用光了，仅仅是因为现实世界的发展要么使得曾在某些科幻小说中出现的东西变成了真实的存在，要么就是在面对某些完全无法预测的发展时，科幻小说中的一些猜想被证实是不可能的，这使得科幻小说概念似乎太过离奇，甚至更糟。

对于后者，我最喜欢的例子是体积更小、功能更强大的计算机的发展。在 20 世纪四五十年代，艾萨克 · 阿西莫夫写了几个故事，他认为计算机会变得更强大——也更巨大——直到变得和整个星球一样大。我个人觉得这个愿景虽然有点吓人，但是很酷，因为这一趋势的最终结果实质上是计算机变成了上帝。

随后，微型集成电路技术发展起来了，从那时起计算机变得越来越强大，但体积则变得越来越小了。这让我们想到了这本书。

当我和我的助理吉姆·米兹开始去获取与《真名实姓》有关或受其启发的文章时，我们找到了许多优秀的作品，并将其中一些收录进本书中。然后，这个项目因一系列原因而推迟，但与素材本身无关。因此，这本书历时近六年才出版。

这里的文章写于不同时期，最早的便是《真名实姓》，其次是马文·明斯基写的后记，最新的是理查德·斯托曼的《阅读的权利》（*The Right to Read*）。在编辑过程中，我们清晰地看到，在面对最新的科技发展时，有些文章包含的材料似乎有点过时。在某种程度上，它就像上个时代的科幻小说，已经被（矛盾的）现实所取代。

然而，在编辑过程中，另一件逐渐清晰的事情是，网络空间的一个永恒特点就是快速变化。几年前新奇、独特的事情到今天都成了陈年旧事，而且变化的速度短时间内似乎不可能放缓。所以很有可能的是，不过几年的光景，这本书中所有非虚构的内容似乎都会像过时的科幻小说。

但这本书并不是为了报告关于网络空间即将发生的事情，或是本书出版时必然会发生的事情。我们的初衷是，基于这个首次严肃设想互联网未来模样的故事，提供一种历史视角，然后给读者一个窗口去了解让互联网和万维网某些方面变得更加迷人有趣的那些发展和理论。《真名实姓》写成后被认为是富有远见的。在塑造今天的互联网上举足轻重的人都阅读过这个故事。因此，我们选择了做唯一真正明智的事情——让作者的思想为自己辩护，而不是做事后评价。

詹姆斯·弗伦克尔

2001 年 8 月

序言

弗诺·文奇

这篇文章写于 1999 年 8 月。彼时距我完成《真名实姓》的初稿已有整整二十年了。这个故事作为本书的一部分再度出版，也是首次同时收录多篇其他作者写的论文。他们都是非常有趣的人。因为《真名实姓》的缘故，除了一人以外，其他人我都以这样或那样的方式见过。如果找不到其他写这篇文章的理由，这些友谊便已足够。我非常感激詹姆斯·弗伦克尔把这些文章结集成册。

《真名实姓》是我写过的最简单的小说之一。我认为有几个原因。我上大学之前，计算机尚未出现。虽然并非完全如此，但我的大学时代是科技呈指数级发展的时代，似乎是这样。20 世纪 60 年代初，计算机问世了，但据我所知，当时大学里没有计算机科学系。目前我们每天使用的很多计算机服务在当时都是无法想象的。对于一名科幻作家而言，这是一件可怕的事情。

然而，在 20 世纪 60 年代以前，有一个计算机应用程序被人们想象到了，而且仍然在未来等待着我们：机器智能，尤其是超越人类的机器智能。这引起了我的注意。从 20 世纪 60 年代初开始，计算机技术与太空旅行一起成了我主要的思考领域。

然而，在大学里我从来没有修过任何计算机专业课程，有时候，我很好奇这种无知是不是一种优势，可以让我免于迷失在片刻的细枝末节中。毕竟，我认为自己知道事情最终会走向何方！（本书中，约翰·福特的文章是一个有趣的回顾。当未来的机器考古学家在他们的史前时期做调查研究，试图去理解像人类电影一样离奇的事物的意义时，会出现什么情况呢？）

到了 1979 年，我对现代计算机有了一些了解。我在圣地亚哥州立大学教计算机科学课程已经好几年了，做了很多现在称为远程办公的工作。一天晚上，我在家工作，登录了圣地亚哥州立大学（SUDU）的主计算机 [一台运行着 RSTS（资源分时系统）的 PDP-11/45[1]，它的计算能力相当于我办公桌上的数码相机]。像往常一样，我用匿名账号潜行在网络中，因为没有必要让全世界看到我在上网。有时，我会看看其他用户或我的官方账号。突然，我被另一个用户通过 TALK 程序（不知怎的就启用了）搭讪了。这个人说了一些令人难以置信的名字，我善意地回应了他。我们聊了一会儿，都试图知道对方的真名实姓。最后，我放弃了，告诉对方自己必须下线了——我实际上是一个人格模拟器，如果我继续聊下去的话，我的人为特性就会变得很明显。

随后，我意识到自己刚刚经历了一个科幻故事，至少根据我童年时的标准是这样。几年以来（自从阅读厄休拉·勒古恩[2]的《地海传奇》之后），我有了一种想法，想象中的《真名实姓》就像大型数据库中的对象 ID 编号一样。现在我明白了如何把它变成一个故事。

那是 1979 年的夏天。《真名实姓》是我用文字处理软件写的第一个

1　PDP-11 是历史上最著名的计算机之一，是迪吉多（DEC）于 20 世纪 70 年代到 80 年代销售的一系列 16 位元迷你电脑。

2　厄休拉·勒古恩（Ursula K.Le Guin，1929—2018），美国重要的科幻、奇幻与女性主义和青少年儿童文学作家。著有小说 20 余部，以及诗集、散文集、游记、文学评论与多本童书。

故事，那是一个运行在 Heathkit LSI 11/03[1] 上的文本编辑和校正程序。对我来说，这种写作环境简直就是天堂（在接下来的几年里，从 RT-11 的 8 英寸软盘升级到 IBM 的 5.25 英寸软盘，再到我的第一个硬盘……原稿的机读版本丢失了，可惜）！我用硬拷贝的方式发送手稿，这毫无疑问。詹姆斯 · 弗伦克尔建议我把这个故事写长些，在与邮件人大战后补充一些情节，再给出一个圆满的结局。重写的故事是在 1980 年年初完成的，即你在此书中看到的故事。戴尔图书在 1981 年年初出版了《真名实姓》，作为双子星“双小说”中的一个故事（另一个是乔治 · R.R. 马丁的《夜行者》），杰克 · 高根为这两个故事绘制了插画。

戴尔图书的版本出版多年以后，《真名实姓》再版并绝版：詹姆斯·弗伦克尔所在的蓝鸟图书出版的版本由鲍伯·沃尔特斯绘制了插图，还有马文 · 明斯基写的后记（重新选入本书当中）；吉姆 · 班恩在我的短篇小说集《真名实姓与其他危险》中出版了这个故事。还有一次是被选入了托尔图书哈特韦尔和沃尔夫编辑的《幻想奇迹》才得以出版。这几次三番出版并绝版的过程令一些读者感到沮丧——而且对我来说真的很沮丧！部分原因在于，《真名实姓》有三万词，单独成书篇幅太短，放到大多数小说集里体量又过于庞大。

随着岁月的流逝，我非常关心读者对于《真名实姓》的反应。我有一个知识渊博的朋友，她是这个故事的第一个读者，当时是 1980 年，她很喜欢它，但认为这个故事有点“荒诞”。几年后，她重读了这个故事，仍然很喜欢，不过那时，故事本身似乎没那么激进了。到了 20 世纪 80 年代中期，这个故事的思想在许多地方都（独立）出现了。到了 20 世纪 80 年代晚期，已经出现了关于这些思想的电视节目。而到了

1 Heathkit 是 Heath 公司推出的“一体机”（all-in-one）电脑（一体机）。

20 世纪 90 年代初，我注意到了另一种兴趣，他们并非被这个故事中的互联网情节所启迪，而是被栖息在另一层面上的自治精灵和守护者所启迪。这主要是因为这样的事情实际上正在发生。（这比任何小说都令人印象深刻！）帕蒂·梅斯和莱尼·方纳[1]（帕蒂的博士生，现在已毕业）二人都从事这项研究，他们的文章都收录在了本书中。

我也在寻找《真名实姓》的前身。有波尔·安德森的《死去的国王》（*King Who Die*，1962）和约翰·布伦纳的《震荡波骑士》（*The Shockwave Rider*,1975）。到了 20 世纪 70 年代末，我相信会有用于计算机网络互动的角色扮演程序上市销售（我很感谢与之相关的可靠参考）。当然，还有万尼瓦尔·布什令人难以置信的文章《如我们所想》（*As We May Think*,1945），以及泰德·尼尔森的“上都”系统。

《真名实姓》的诸多精华几乎是在我创作它的时候下意识地成长起来的，另一些则来自情节对我的限制。（所以下面讲到的在我当时的记忆中是无从考证的！）网络方面的灵感源于我和 SDSU 的拨号计算机进行的交互。将其放大并想象结果很容易，同时还指出了许多重要的事情。我在写《真名实姓》时意识到了某种形式的摩尔定律。我认为自己很好地瞄准了原始硬件能力。故事发生在网络媒介技术奇点附近，但是超越人类的自动化大部分还在幕后（关于未来的事情，小说未涉及的或者尚未发生的还有很多。本书中的《真名实姓》进行了一些小修订，但据我所知，都是拼写、标点符号和排版方面的修订。对于这个故事，我觉得再大的“修订”也不如见证什么是对、什么是错有趣）。

《真名实姓》中的某些事情仅仅是非常快乐的意外。例如，破坏分

1 全名是伦纳德·方纳，此处的“莱尼”为昵称。

子使用“五万波特”与他们的家用机链接。“波特”只是行话的误用，我应该说“比特每秒”。“每秒五万比特”是正确的，即便在1999年许多家庭用户有了更好的网络链接。《真名实姓》中的家庭链接要大得多，但在我看来，难以捉摸的隐蔽通道相比之下会小很多，因为所有人都隐藏了自己的踪迹（实际上，在隐蔽链接中，潜伏可能会更糟糕，但我并不懂这些）。正是这种低比特率让我把图片生成的责任交给了用户端，即“脑关”——通过用户的想象调节。有趣的是，在几年后的黑客大会上，我与奇普·莫宁斯达和兰德尔·法默谈论他们对于“栖息地”的建设工作。奇普和兰德尔做了真正的事情，他们使用每秒300比特的链接和一个协议来唤起存储在用户本地磁盘上的影像片段。

1999年时的互联网用户环境并不像《真名实姓》（指向发生在2014年前后的事情）中的那样神奇。但我在写故事时，却发现到处都是魔法。“真名实姓”的概念盘踞在幻想中，似乎极为适合网络环境中的真名实姓的重要性。甚至在严肃的商业规划中，魔法的隐喻也非常普遍，部分原因是幽默，部分原因是他们提供有用的术语来进行推理。（有趣的是，甚至合理的迷信行为也再度出现。很少有人相信，如果你打翻了盐，只要往肩膀上撒一点就能避免霉运。但我敢打赌，几乎每个计算机用户都会注意那些几乎毫无根据的相关性，并依照其采取行动。例如，一个用户注意到：“我的某个复杂的应用程序经常在我打开日历窗口时死机。”因此在运行这个复杂的应用程序时要避免看日历。在计算机之前，事物进展得足够缓慢，这种相关性能够得以测试和验证，并产生富有逻辑的见解。在计算机程序中，事物非常复杂且相互关联，在许多情况下，我们没有时间超越迷信去分析这种巧合。）

因此，魔法术语适合编程中出现的一些事情。当然，魔法意象是我作为一名作者用来描述另一层面的现成工具。魔法中诞生了很多有讽刺意味的事情，以及它们在现实世界中所代表的事物。事实上，这些具有讽刺意味的事物可能是让故事容易展开来写的最重要的原因。魔法的隐喻对于术语的选择是强有力的指导（如“真名实姓”）。但即使是好的比喻也会让你偏离其他洞见，我最后给出了马克·吐温一个很好的例子：“正确的词语和几乎正确的词语之间的差别等同于闪电和萤火虫之间的差别。”《真名实姓》的核心特征之一就是：世界范围内的计算机网络将成为计算机用户的一种活动场所。我需要一个词语来表示这个场所，我想到的最好的词语是“另一层面”（The Other Plane）。唉！这个词相比于“网络空间”（cyberspace）而言，如同用萤火虫较之于闪电（然而，“另一层面”这个词还有希望……《真名实姓》电影中选择的词语是“在TOP 上”，即在 The Other Plane 上）。从长远来看，我认为网络空间里的居民（用户）将会用不同的隐喻来处理他们在那里找到的东西，以及他们获得这些东西的方式：在《真名实姓》的幕后，我们看到的是机器人和其他幻象的群体。马文·明斯基和马克·佩斯在这些想法上有比我更深刻的见解。奇普·莫宁斯达和兰迪·法默在文章中用实际行动说明了其中的一些问题。

《真名实姓》的出现为我们揭示了硬科幻写作的一个新价值。《奥秘》杂志派了一些科幻作家参加 1982 年美国人工智能协会会议（根据当时的决定，与会作家有吉姆·霍根、弗雷德·波尔、鲍伯·希克利，还有我）。在会议上，我遇见了马文·明斯基和汉斯·莫拉维克[1]。在后来的几年里，马文邀请我去麻省理工学院参加讲座和会议。在麻省理工学院媒体实验室、思考机器、黑客以及以太连线之间，我有绝佳的机会和那些身处于美好事物前沿的人交流。向他们提问，倾听他们的意见，这一

1　汉斯·莫拉维克（Hans Moravec，1948— ），卡耐基·梅隆大学移动机器人实验室主任，作品有《智力后裔：机器人和人类智能的未来》等。

直启发着我。有时候，这种见证历史的感觉会变得非常非常强烈！

我注意到，本书中有四篇文章都很关注政治和加密问题。在《真名实姓》中确实涉及很多政治态度。这个时代的政治形势是一种无处不在的背景噪声：人们都生活在这种背景下。许多问题都被构想出来，其中有很多都被证明是非常真实的，但我提供的解决办法很少。一个有趣的错误预测（至少我希望是一个错误预测）是接入网络要经过许可：废除你的“操作许可证”是终结你职业生涯的有效手段，就像20世纪时失去汽车驾驶证一样。这是没有完全考虑到所有后果的作家的典型看法。现在，网络接入无处不在，因此要想使得许可变得实际可操作，就需要采取一些怪诞复古、出人意料的动作。貌似这样的法律比禁毒法更难执行。

在本书中，蒂姆·梅、艾伦·维塞尔布拉特、莱尼·方纳、理查德·斯托曼的文章在描述问题和倡导政策方面比《真名实姓》更为实际。在预言个人权力时，蒂姆·梅的作品无疑最为坦率。在1996年第六届计算机、自由与隐私会议（CFP'96）上，当我在墙上描绘出一系列意见时，我大笑不已：图表描绘的是“不同人看到的计算机对自由的影响”。在谱线的一端是乔治·奥威尔，另一端是……蒂姆·梅。我认为我的CFP'96听众一定认可，蒂姆的思想堪当奥威尔的观点的第一对立面。在个人计算机出现之前，奥威尔“技术是暴政的推动者”的观点一直占据主流地位。但到了20世纪80年代（具有讽刺意味的是始于1984年），个人计算机用户才开始意识到，计算机可能会终结暴政，终结国家政府机构……到了20世纪90年代，出现了各种方案来控制加密，甚至使用分布式自动化来实现前所未有的严密控制。在我看来，计算机和网络是会推动人类自由，还是会损害人类自由，仍然是一个悬而未决的问题，但在这一领域，最极端的场景也是最合理的。我认为我们可以轻易地走上蒂姆·梅指引的方向，或许最终会走向像尼尔·斯蒂芬森的

《钻石时代》[1]中所描述的世界。另外，“四骑士”，即前文所述的蒂姆、艾伦、莱尼、理查德。这四位骑士都是加强监管和执法的好借口（这些人对于说服选民而言比其他人要高效得多）。但我认为，“恐怖骑士”可以让我们的整个社会走向严格控制。仅仅几起可怕的恐怖主义事件就足以使公众舆论发生翻天覆地的变化。整个国家会像 20 世纪末期的机场那样运行。但还有更糟糕的噩梦：一个政府强制控制着每一个通信芯片的某个部分。在这种情况下，互联网的计算能力可能被用于严格的管控，程度甚于乔治 · 奥威尔笔下的控制。

理查德 · 斯托曼的《阅读的权利》是本书除了《真名实姓》外唯一的小说。它拥有科幻小说最优秀的特点之一：乍一看似乎是夸张的模仿……然后，你会在当下生活中看到故事中撒下的种子，随之感到一种寒意。知识产权正处于十字路口。也许信息时代会迫使这些权利终结。也许技术会被利用，以一种可怕的方式来实施，就像理查德 · 斯托曼在《阅读的权利》中描述的那样。总之，未来十年将会见证这个领域令人难以置信的动荡，因为知识产权管理的新模式已经设计完成并在试验之中。然而事实证明，理查德 · 斯托曼在自由软件运动和 GNU“公共版权”协议方面的工作是 20 世纪末最喜人的发展之一。

丹尼 · 希利斯的文章拉开了本书的序幕。他不是讨论政策问题或做噩梦。他关注的是趋势曲线和身边的真实世界。这篇谨慎而抱有希望的文章既可以作为本书的序言，亦可以作为后记。我们每个人都身处于这个世界之中。我们未必知道自己能飞多高（也有可能坠落消亡）。但我们可以看到，我们的后代可能会在我们想象不到的地方展翅翱翔……

---

1 《钻石时代》（*The Diamond Age*，1995），描绘了神奇的纳米技术和电子书高度发达的未来，在那个社会里，维多利亚文化得以复活，该书获得了 1996 年雨果长篇大奖。作者尼尔 · 斯蒂芬森是美国著名的赛博朋克流科幻作家。

过渡时期 / 人类联结[1]

丹尼 · 希利斯

丹尼 · 希利斯是思考机器公司（Thinking Machines）创始人，迪士尼的副总裁，他同时置身于过去世界和随着新技术发展而日益壮大的未来世界之中。在接下来的文章中，他简要地概括了当今人们所面临的一些问题。

面对迄今为止前所未有的快速变化，我们今天所面临的问题与以往任何一代人所面临的截然不同。虽然很多人认为人类在不久的将来会变成一种不同的智能生物，但是希利斯解答了由速度和进程的变化带来的问题，作为一个已经出生的人，不可能从根本上改变。他敏锐而又深刻的文章是接下来的文章的序曲。这篇文章首次发表于 1997 年。

1 本选集非虚构部分所有文章译者均为张羿，中篇小说《真名实姓》译者为李克勤。

通过绘制图表，我们可以看出，目前发生了一些不寻常的事情。在正常情况下，我们会使用线性尺度来绘制进度。我们图表的高度与进步的度量是成正比的。但我们生活在历史上一个非凡的时刻，进步来得如此之快，以至于我们把它绘制在了对数尺度上。

在计算机领域，我们已经习惯了有些度量每隔几年就会翻一番——处理器速度、通信带宽、互联网上的网站数量，所以我们把它们放到了一个可以同等地显示出每一个数量级的尺度上。通过绘制对数坐标系（1，10，100，1000），我们可以将进步想象成一条直线，随着时间的推进稳步上升。这给了我们一种舒服的错觉，认为发展是可以预测的。

当然，如果我们用线性尺度来描绘这些同样的曲线，它们看起来不会很平淡。它们会呈指数级增长，直接不可控制地冲出纸外。这会让人们觉得，到目前为止所发生的一切是接下来发生的事情的微不足道的前奏。在线性尺度上，指数看起来不可预测。曲线近乎垂直，汇聚到一个奇点上，奇点处的规则被打破，一些不同的事物开始出现。

描绘进步的两种方式与对技术变革的不同态度相对应。我看到了两种方式的优点。作为一名工程师，我是一个推算者。我是技术进步的信徒和参与者。作为一名工程师，我喜欢半对数坐标。但我也是一个家长、一个公民、一个老师和一个学生。我是变革的对象，不仅仅是变革的代理人。作为一个对象和观察者，我可以清楚地看到一些非凡的事情正在发生。指数爆炸揭示了一个事实：我们正生活在一个特殊而又重要的时刻。我们正在变成别的东西。

20 世纪中期到 21 世纪中期是历史上的罕见时代之一，人类社会从一种类型转变为另一种。用一个物理类比来说就是，我们正处在相变之中，系统的结构正在两个稳态之间切换。在这个转变过程中，技术是催化剂，是自我增强的变革推动者。也就是说，每个改进往往都会提升其改进的能力。更好的机器使得我们可以建造出更胜一筹的机器。更快的计算机让我们可以设计出越来越快的计算机。

变化并不总是如此。在人类历史的大部分时间里，父母都希望他们的子孙在和自己的世界一样的世界里长大。在人类历史的大部分时间里，父母知道教育孩子所需要的知识。在那时，对未来的规划比现在更容易。建筑师设计的教堂，需要几百年才能完工。农民们播种橡树籽，用橡树为他们的后代遮阳。今天，启动一个无法在一两个世纪之内完成的项目看上去会很奇怪。今天，任何为期一年以上的计划都是"长期计划"。

为什么我们变得如此目光短浅？我们的善意不亚于我们祖先的善意。我们的问题是：我们无法想象未来。技术变革的步伐如此之快，以至于我们不知道会为孩子们留下什么样的世界。如果我们播种橡树籽，我们想象不到未来孩子们是否会坐在橡树下纳凉，甚至想象不到他们是否真的愿意在树下逗留。世界变化太快了，人类在改变，需求也在改变。我们这代人所从事的很多工作是我们的父辈从未想象过的。整个行业，甚至整个国家，都可能在眨眼之间衰落。

如果我们接受这样一个前提，即我们正处在从一种社会向另一种社会过渡的时代，那么所有的困惑都可以理解，甚至是可以预期的。我们对子孙职业的了解并不比原始社会的狩猎采集者对农民生活的了解，或工业化前的农民对工人生活的了解更多。我们能真正期待的是自己留下的美好之物。

那么，我们人类会变成什么？无论变成什么，都会有更多的联结、更多的相互依赖。今天，几乎没有哪个人能在社会之外生存。没有哪座城市能够脱离能源、水、食物、信息网络的持续供给而独立存在。没有哪个国家能够在没有贸易的情况下维持它们的生活方式。网络技术将我们联系在一起，同时迫使我们更加依赖彼此。

随着我们越来越紧密地联系在一起，我们也越来越多地与我们的造物联系在了一起。每当我看到流水线上的工人、拉琴的小提琴手，或是在使用计算机的孩子，我都会被我们与技术之间的亲密程度所震撼。隐形眼镜和心脏起搏器已经成了我们身体的一部分，就像我们的头发和牙齿一样。通过重组生物技术，我们已经模糊了人工制品和自身之间的界限。

1851 年，纳撒尼尔 · 霍桑写道："电流能把物质世界变成一个巨大的神经网络，让震颤在瞬息之间传送数千英里，这是事实，还是我的空想？倒不如说椭圆形的地球是一个巨型大脑，充满智慧！"现在，一个多世纪过去了，我们可以看到他愿景的迹象。世界大脑的集体智慧——无论是生物的还是电子的——已经为我们做出了许多经济决策。商品价格和全球经济增长速度是由人类和机器的网络决定的，这超越了任何个人心智的理解力。电话系统和互联网已经缩短了距离，即"让震颤在瞬息之间传送数千英里"。

还有其他更微妙的迹象表明，我们正在成为一个共生整体的一部分。很明显，不仅我们的职业变得更加专业化，就连我们日常生活活动也越来越专业化。

我们越来越多地将我们的活动分割为纯粹的组件。我们要么工作，要么玩耍；要么锻炼，要么放松；要么教书，要么学习。我们把艺术、科学、政治和宗教细心地划分为单独的领域。曾经有一类人可以把这些东西放在一起，这类人可以同时工作、玩耍、教书、学习。但这种人现在已经过时了。整合需要标准化。正如我们身体中的细胞适应特定的功能和特定的时间一样，我们也必须关注我们的角色。早期的细胞可以持续地感知、移动、消化和繁殖，但是这样一个自给自足的单元并不能作为复杂整体的一部分。

我不禁对这个美丽新世界的前景感到矛盾，在这个新世界里，我将是一个我几乎无法理解的共生有机体中的一小部分。然而，我又是另一种社会、一种崇尚个人的社会的产物。我的认同感和生存感建立在抗拒成为其他事物的基础上。就像以狩猎采集为生的祖先肯定会排斥现代城市生活一样，我也在抗拒这种蜕变。这是很自然的。我想毛毛虫肯定对蝴蝶心存疑惑。

尽管我对这种变化的前景感到恐惧，但我也为它感到兴奋。我爱我们现在的样子，但我还是忍不住希望我们能变得更好。我们人类或许是自私的、愚蠢的、目光短浅的，甚至是残忍的。正如我可以把这些弱点想象成我们几乎已然丢弃的兽性的残余，我也可以将我们最好的品格——善良、创造力、爱的能力——想象成未来的暗示。这是我的愿景的基础。

我知道我是一个遗物。我是一种共生的人，出生在我们的过渡时期。然而，我很幸运地看到了我们的承诺。一想到它，我就觉得不知所措……因为我想到的是我们曾经甜蜜而又悲伤的爱，还有我们未来可能变成的可怕的美。

真实的假名和加密无政府状态

蒂莫西·C. 梅

如今，网络空间的最大问题是监视下的通信安全问题，而且只要有互联网这样的场所，这个问题就会继续存在。在接下来详细而又有说服力的文章中，前英特尔物理学家以及密码朋克的创始成员之一蒂姆·梅[1]讨论了以下几大问题——侵犯个人隐私，政府干涉个人事务，各类人、实体、组织出于各种目的通过网络转发信息……对于任何使用互联网的人来说，这些都是非常重要的问题，并且意味着无论如何，这事关每一个人。

在以前的时代，这些问题并没有那么重要，因为从来没有人能够找到和收集到足够的信息来伤害别人，而现在有了互联网，这一切都成了可能。然而，今天……在你读过蒂姆·梅的文章之后，你再也不会像以前那样觉得高枕无忧了。这篇文章作于 1996 年。

1 “蒂姆”是蒂莫西的昵称，前文也有出现。

《真名实姓》的影响

1986年,《真名实姓》引起了我的注意,那时,我的一个朋友给了我一沓折了角的电子复印件,并说:“你要读读它。”但我还没来得及开始读这本地下出版物,蓝鸟图书就出版了平装版,我读的便是这一版,它拯救了我的视力,也为弗诺·文奇的劳动贡献了版税。《真名实姓》深深吸引了我,它与当时计算机界周边的其他发展相符,即数字货币、匿名电子邮件以及与“强加密”和“公钥加密”相关的一切问题。

我的一些朋友成立了一家公司,为网络开发“信息市场”,尽管这发生在万维网出现和公众广泛使用互联网之前的六年间。我很清楚匿名互动、信誉系统、数字假名、数字签名、数据避风港以及公钥加密,所有这些理念对网络空间中的市场都很重要。身居荷兰的美国密码学家大卫·乔姆提出了大部分关于数字货币和不可追踪的电子邮件的早期设想,他的研究似乎具有特殊的意义。乔姆关于不可追踪的数字货币的成果在1985年的《美国计算机协会通信》的封面故事中做了报道(1985年11月),这让人们意识到:带有匿名性、不可追踪性以及附属的无政府资本特征的数字经济可以构建,如托管代理人持有资金完成服务、信誉评级服务和工具,以及各种结构下的“持久性”。换言之,这是文奇《真名实姓》,甚至是安·兰德[1]《阿特拉斯耸耸肩》中“高尔特峡谷”的密码学版本。

《真名实姓》中成熟、浸入式的虚拟现实可能仍然遥遥无期,但加

---

1 安·兰德(Ayn Rand,1905—1982),俄裔美国人,20世纪著名的哲学家、小说家和公共知识分子。

密技术、数字签名、重邮器、信息库以及数据避风港，使得《真名实姓》的许多最重要方面得以在今天的网络上实现。可以说，滑溜先生已经出现了，正如弗诺所预测的那样，联邦政府已经在试图追捕他了。1988年，这些想法促使我在网络上编写和发表了《加密无政府主义宣言》（*The Crypto Anarchist Manifesto*），这里引用其中一段话：

“一个幽灵，加密无政府主义的幽灵，在现代世界游荡。

“计算机让个人、团体之间完全匿名的交流和互动逐渐成为可能。两个人可以在完全不知道对方真名实姓和合法身份的情况下交换信息，开展业务，进行电子合同谈判。通过对加密数据包和防篡改盒子进行大量重新路由——几乎可以实现防止任何篡改的加密协议，网络上的交互能够做到无法追踪。信誉将变得至关重要，在交易中甚至比在今天的信用评级中更为重要。这些发展将彻底改变政府监管的性质，改变其税收、控制经济互动、信息保密能力，甚至会改变信托和信誉的性质。”

这些想法在我写完之后已经演变了很多年，但是基本思想仍然没有改变。密码朋克小组在实现许多概念方面起了重要作用。

在这篇文章中，我将探讨一些强加密和加密无政府主义的意义以及它们与《真名实姓》之间的联系。因为这篇文章出现在一本书中，或许会长销很多年，因此我没有列出具体的文章出处和网页地址，因为它们变化得很快。搜索作者的名字应该是找到当前位置和信息的更可靠的方法。

密码朋克

1992 年，密码学和计算机社区中提出了一些新想法，并将其中一些抽象概念具体化了。我和埃里克 · 休斯一起聚集了一些优秀的人，这些人是我们从黑客年会和湾区计算机社区上认识的，我们一起讨论这些想法的意义，研究将关于密码学的学术工作转化为实际程序。最初的会议发展成规模更大的月度会议，还让我们获得了一份活跃的邮件名单。朱迪·密尔顿打趣地提出了“密码朋克”。这个名称和密码朋克邮件名单活跃至今。在这份名单上，网景浏览器以及其他网络程序最严重的几个安全漏洞被揭示出来，密码朋克名单在持续进行的加密术辩论中发挥了重要作用：对 Clipper 芯片[1]、密钥托管、出口法规、私人使用强加密、数字货币的含义以及其他问题进行了富有成效的讨论。我们也很幸运，就在我们刚刚起步的时候，菲尔·齐默尔曼的优良保密协议（PGP）出现并投入使用。PGP 是领先的人性化加密程序，几乎在所有平台上都可用，它被用作我们和其他人开发的许多加密工具的构件。

密码朋克小组也是“虚拟社区”的一个很好的例子。小组成员散落在世界各地，在数分钟内进行电子通信，从表面上来看，似乎对当地法律视若无睹。密码朋克小组确实是一个社区，只不过是虚拟的，有自己的规则和行为规范。一些成员使用假名，并使用匿名重邮器与名单上的人通信，使用 PGP 进行数字签名。这些数字假名在某种意义上就是他们的真名实姓，他们“真实的假名”。在密码朋克名单中，一些备受尊敬的假名已经出现，并且跟真名不分伯仲。通过数字认证的信誉，以及个人积累的或受他人意见影响的信誉资本是一个涉及经济学、博弈论、心理学以及期望值的课题。信誉在网络空间的匿名和假名中扮演着关键角色，当信誉被考虑在内时，很多关于假名可能出现的问题就消失不见了。

1　1993 年美国国家安全局（NSA）发布了 Clipper 芯片（Clipper chip），目的是维护国家利益，主要用于计算机通信网中的商业活动。这种芯片可安置于电话上，为通信提供加密保护服务，同时生成密钥并将其提供给 NSA。尽管有政府大力扶持，但由于民众对其技术漏洞和低使用率的猛烈抗议，这个项目在 1996 年被迫终止。

我们经常向新成员推荐几本书：《真名实姓》领衔，接下来是约翰·布伦纳的《震荡波骑士》、奥森·斯科特·卡德的《安德的游戏》、尼尔·斯蒂芬森的《雪崩》[1]、哈基姆·贝的《TAZ》，当然，还有各种密码学和计算机科学的参考书目，特别是布鲁斯·施奈尔的《应用密码学》。事实上，在第一次会议上，我们使用加密协议模拟了“真名实姓”中的一些概念。大部分关于假名、数字角色和匿名性的问题都是使用“密码朋克重邮器”以及相关技术直接进行探索的。

匿名重邮器

匿名重邮器也称数字混合器，它提供了一个很好的例子，说明了加密技术所固有的发展潜力。大卫·乔姆最初在1981年所写的论文《不可追踪的电子邮件》中提出了大部分重要的想法，而在此之前，电子邮件像今天一样，得到了广泛使用。他后来在一篇名为《DC网络》的论文中完善了这些思想，这有点超出本文的范围，却是一个有意思的话题。

人们希望偶尔进行不被追踪或识别的交谈，其中原因不胜枚举。如果电子邮件程序可以识别电子邮件的源头，数字假名显然毫无用处。人们希望匿名的原因很多：保护隐私，害怕雇主或其他团体的报复，避免自己的活动和兴趣概况被发现，在有争议的新闻组或支持小组（如“alt恢复组”或强奸乱伦恢复组）发帖、告密以及发表有争议的想法，等等。作家们长期使用笔名也是出于同样的原因。（美国最高法院于1956年裁定，作家不必在作品上署上自己的真名实姓。）

1 《雪崩》是第一本以网络人格和虚拟现实的初步暗示为特色的赛博朋克小说。

为了了解匿名重邮器的工作原理，不妨想象一个正试图躲避跟踪的人——我们叫她爱丽丝，而跟踪者名叫鲍伯。无论爱丽丝走到哪里，鲍伯都尾随其后。爱丽丝走进一家商店，鲍伯在外面等着，看到她离开，就继续尾随。然而，假设她同许多人一起走进一家大百货商场，一段时间后又同许多人一起出现，他们身着不同的衣服，在一般情况下，是很难被认出来的。鲍伯不知道哪个离开商店的人是爱丽丝，所以他要么放弃跟踪，要么尾随所有离开商店的人。她多次重复这个过程，跟他人的“混合”程度一次次加深。即便只有少数几次混合，鲍伯需要跟踪的路径数目也会变得非常庞大。就这样，爱丽丝利用百货商店的混合摆脱了跟踪。

这就是匿名重邮器或数字混合器的运行方式。电子邮件被发送到一个重邮器，用重邮器运营商或他的机器进行公钥加密。信息的内容对于任何观察者（例如，窃听这条线路的人）来说基本上都是随机的。重邮器运营商将信息解密，并保留一段时间，或等到积累足够多的信息，再添加一切需要的填充，使得邮件大小成为非相关因素，然后将累积的信息发送到下一个目的地。非常重要的是，重邮的信息通常由发件人用下一个重邮器的公钥进行加密，所以任何重邮器都无法读取信息的任何内容。链路上的重邮器也无法修改或以任何方式标记信息（链路上的任何修改都将使下一个重邮器无法读取和辨认信息）。在每个阶段使用加密完全对最终的收件人和所有的重邮器掩盖了起点和终点之间的映射。收件人只接收到“最里面”的消息，所有早期阶段都在逐步与信息源头剥离。任何给定的重邮器只能打开发送给它的加密信封，但无法读取它看到的保留在文本块中的信息……它所能做的就是读取下一个目的地。就像信封套着信封，每一个都寄给特定的重邮器。

信息的发件人决定他希望使用的一连串重邮器，倒序加密并发送他的信息，然后将生成的信息发送给第一个重邮器，第一个重邮器对信息进行解密并将其结果发送给链路中的下一个重邮器，以此类推……假如发信人选择了五个重邮者，每个重邮器都严阵以待，直至积累到十条信息，然后将这批信息转发，那么，在理论上可能跟踪的线路就有十余万条。通常并没有这么多的信息，所以关联问题不像这般困难，但依然足以挫败任何跟踪信息的企图，除非各个重邮器相互勾结，或当局指示重邮器报告所有到达和离开的消息之间的映射。应对后一种跟踪方法的一种有效手段就是利用一些境外重邮器。有些人定期公布重邮器的常规列表，及 ping 测试、延迟时间测量、可靠性等的结果。

首个密码朋克重邮器程序最初是由埃里克·休斯和哈尔·芬尼用 Perl 和 C 语言编写的。他们允许电子邮件发送到重邮器，把源头剥离，然后重邮到被他们选中的目的地，包括其他重邮器。重邮器最早部署于 1992 年，到了 1996 年已经有几十个了。它们被用来匿名发布（“解放”）以前没有发布过的密码文件，公布山达基教[1]的秘密，揭露一些军事和安全机密，当然也毫不奇怪地用于谩骂、侮辱和匿名攻击。在理想情况下，因为没有发件人与邮件之间的映射，所以，在披露这些发件人的身份方面，法院命令和诉讼也起不到任何作用。此外，基于硬件的数字混杂，即仅存于模块内部、外人不可读的带有公钥的密封模块，意味着没有人参与该过程，连系统管理员也没有。这种混杂的长链路在高速网络上运行快速，使跟踪消息的任务更加棘手。数字混杂的一种被称为信号混合器（MixMaster）的商业实现是可利用的。用户可以在他们的互联网盒子上安装这样的“即时混杂”，变成重邮器。事实证明，这是一个很好的例子，能够说明使用 PGP 的简单强加密应用程序起到的作用。Perl 和 C 代码是简短而又简单的，整个链路的安全性完全取决于加密

1　山达基教（Scientology），又称“科学神教”“科学教”，新兴宗教之一，是由美国科幻小说作家 L. 罗恩·贺伯特（L.Ron Hubbard，1911—1986）在 1952 年创立的信仰系统。

信息的不可破解性、跳数[1]，以及不同重邮器之间相互勾结的不可能性（如果所有的重邮器都聚在一起交流，该系统当然会被破解。但随着重邮器数量的增加，这种策略变得越来越无效。同时，你可以通过给自己重邮信息来击败大多数勾结或窃听的企图）。

另一种重邮方法是芬兰人加尔夫·黑尔辛吉乌斯随后提出的，他运营了一个匿名服务，保存着假名和实际电子邮件地址之间映射的数据库。该系统非常易用，并可以给发信人简单的回复。然而，数据库是民事诉讼侦查人员（和刑事侦查人员）成熟的调查对象，加尔夫在 1996 年就终止了他的系统。在许多司法管辖区内，密码朋克重邮器分散运行，强烈对抗着调查要求，以此为匿名重邮网络提供更坚实和可扩展的基础。

“数字邮资”既激励了重邮器运营者去经营营利性网站（从而增加这些网站的数量、增强其稳定性），又为一般电子邮件提供了更坚实的经济基础。对于电子邮件而言，目前大多数用户没有任何发送成本，这导致网络上产生了大量“垃圾邮件”。（这与本文的主题一致，我们需要的不是全球监管，而是电子邮件的市场化定价机制。）一些关于数字邮资的工作已经完成，但真正的进步需要等待数字现金系统的普及。

重邮器的这种用途只是使用密码学来改变体系和交互的一个具体例子。

真实的假名

关于命名与在什么情况下可以要求提供真名实姓的论战可能会持续

1 到目的网络所经过路由器的数目。

数十年。

为什么我们经常接受这样的观念：政府赋予我们姓名和身份，而且政府必须确保这些姓名是真名实姓？政府喜欢参与身份问题，因为这给了他们更多的控制权，而且有助于他们跟踪资金的流向。例如，几百年前，欧洲各个国家的统治者强迫犹太人放弃他们传统的父名惯例（“雅各，以撒之子”），以便更有效地征收税款，监视社会运动，等等。这些统治者甚至把“最好”的姓氏卖给那些付钱最多的人，留给其他人不甚满意，甚至带有侮辱意味的名字。在美国，同样的做法也屡见不鲜，包括对前奴隶的取名和移民的重新取名。正如尼采所指出的，“到目前为止，主人的命名权之所以能够持续这么久，准确地说，就是语言本身即为主人权力的表达”。今天的政府甚至给了自己创造和伪造虚假身份的权利，包括虚假的信用记录、虚假的教育背景，等等。联邦证人保护计划（所谓的证人保护）已经打着“保护证人”的幌子创造了五万个伪造身份。当然，主要的信用报告机构并没有上当，因为这些“幽灵”存在于他们的数据库中，而这些机构很可能在这些虚假身份的支持下串通一气。想象一下，你把钱借给了一个信用报告很优秀的人，结果却发现对方是一个为了得到一个虚假身份出卖合伙人而被定罪的诈骗犯。你会起诉谁？（匿名信息服务的其中一项内容——稍后会讨论——有益于探求政府谎言背后的真相，例如，花钱制作一张储存有联邦证人保护计划中的那些真名和位置信息的只读光盘。任何可以访问这个数据库的人都是一个潜在的卖家，而且可以得到不可追踪的款项。这将是一个多么有趣的世界。）国家在发行身份证上面临着越来越强大的压力，可能会使用智能卡，特别用于对移民、旅客、躲债的人、恐怖主义者的控制。在一个自由社会里，那些只希望与可以查清的真名打交道的人，当然可以自由地拒绝与假名进行交流，真名只是另一种凭证而已，有时会提供，有时无须提供。

“数字假名”这一持久的网络角色的产物，它无法被别人伪造，也无法链接到它们所有者的“真名”，它目前主要用于确保言论自由，允许有争议的意见传播，提供不被地方政府封锁的经济交易。由密码朋克团体和其他人部署的这项技术意味着他们的身份、民族，甚至他们所在的大陆都是无法追踪的——除非他们的所有者选择透露这些信息。这改变了这个世界传统的“拓扑关系”，使没有外部政府监管、税收或干预的多样化交流成为可能。

公钥加密

加密不仅仅是一成不变地发送秘密信息。强大且牢不可破的公钥加密和虚拟网络社区的结合会使经济和社会体系的性质发生深刻的变化。加密无政府主义是无政府资本主义在网络空间的实现，它超越了国界，使个人自由地实现了他们希望的经济安排。现代公钥加密体制的基本概念是上锁和开锁的钥匙，例如一个盒子，给盒子上锁的钥匙与开锁的钥匙是不同的。盒子的主人可以在上锁后公开给盒子上锁的钥匙，并秘密保存开锁的钥匙。任何人都可以用鲍伯的“公钥”把一条信息锁在他的盒子里，但是除了鲍伯没有人能打开那个盒子，调用全世界所有计算机的计算能力也无济于事。从这个基本点演变出了各种变化和扩展。另一个比喻是信封：任何人都可以把东西放在鲍伯的信封里密封，但只有鲍伯才能打开信封。（正如我们刚才讨论的重邮器的链路，一个信封套一个信封，有多少个阶段就用多少个信封。）

加密术以某种秘密的局部控制为中心。例如，用户有一个只有他自己知道的私钥。其他人可以用他的公钥给他发信息，但只有他能破译或解密。只要这个私钥是保密的，加密通信就不能被其他人读取。安全性取决于密钥的长度，即密钥的比特数。例如，一个 40 比特或 50 比特的“弱钥”可以被一台个人计算机破解。60 比特或 80 比特的密钥更胜一筹，但是仍然无法保证真正安全。使用数百比特有效强度的密钥也不难，这样的密钥应该经得起几个世纪、几千年，甚至更长时间的蛮力攻击。公钥密码具有的重要属性是，用非常大的密钥加密信息比破解信息（不用密钥、暴力破解）要容易得多。随着密钥长度的增加，工作量的差异呈指数级增长。计算机能力的提升被更长的密钥所抵消。“大规模并行计算机”经常被无知者认为是破解这些密码的可能途径，它们只能提供暴力破解的最低限度的线性加速……这与分解大数因子所需要的计算量相比完全无足轻重。成功对抗更快的计算机是强加密的重大胜利。

现代密码学与传统密码学（或经典密码学）之间的重要区别在于，现代密码学中的密钥是不对称的，而在传统密码学中，密码的当事人以某种方式交换了相同的密钥。与数百甚至数千名通信员交换密钥比在公共密钥目录中查找密钥，或是要求用电子邮件发送密钥要难得多。对于我们这里的目的，更重要的是只有公开密钥的方法适合在这里描述用途。例如，数字签名依赖于密钥的保密。如果使用传统密码，那么任何分享私人密钥的人都可以伪造签名，取款，肆意破坏。（数字签名利用这种不对称属性，允许任何人在不访问密钥的情况下，轻易地对签名进行身份验证，从而伪造签名。）

在这本书中，加密就像环绕在加密条目周围的一个牢不可破的“力场”，就像弗诺·文奇《为和平而战》（*The Peace War*）中描述的“球形力场”一样。运行计算机所需要的能量比宇宙中所有恒星制造的能量总和还要多，更不用说这些计算机的数量和所涉及的时间！这是对于一个足够大的密钥，有着几千位的 RSA 模数[1]（分解大数的因子尚未在数学上证明很有“难度”。一些快速的因子分解的突破可能会被发现，但几乎所有数学家都认为这是极不可能的。有人猜测，国家安全局知道如何快速分解大数因子，并以此来破解 RSA，但这似乎同样不可能）。

加密的争议

政府显然害怕公民掌握强大的加密术。世界各国政府都试图应对这种威胁的影响，方法是限制公民使用的密钥大小、限制可能使用的算法类型、要求公民“托管”（寄存）他们的密钥给政府或登记在册的政府代理人、禁止强加密，等等。正如菲尔·齐默尔曼所说的那样，这是一场战斗：人的想法和信息到底是放在密封的信封里，还是必须写在“明信片”上供政府阅读？美国政府多次提出的一个提案是，信息可以封在信封中，但前提是政府得有一个可以打开信封的特殊密钥。这就像允许市民挂窗帘，但前提是当地警方能触发特殊的透明模式。这些问题非常类似。正如我们将看到的，加密术使某些类型的犯罪和革命活动更加可行，但是锁门、挂窗帘、低声交谈也是如此。然而，我们并不会把锁门、挂窗帘、低声交谈视为非法行为。齐默尔曼指出：“我应该能够在你的耳边低语，即使你远在千里之外。”他指的就是电子邮件或语音加密技术（公钥密码足够快，当巧妙结合常规密码时，可以使实时音频和视频流加密）。这涉及深刻的宪法问题，至少在美国如此。各种权利法案中

1　RSA 公钥加密算法是 1977 年由罗纳德·李维斯特、阿迪·萨莫尔和伦纳德·阿德曼一起提出的。RSA 是目前最有影响力的公钥加密算法，它能够抵抗到目前为止已知的绝大多数密码攻击，已被 ISO 推荐为公钥数据加密标准。

所列举的权利似乎使美国政府无法指定讲话的形式，无法坚持将钥匙交给警方托管，等等。许多观察家预计，基于宪法的密码学限制面临强烈挑战。事实上，法院系统中也有少数案例，挑战着美国加密政策的各种规定（特别是《军需法案》中的出口条款和相关限制）。

这场争论仍在进行中，现在还很难判断“伟大的加密镇压运动”是否会成功。当然，我们有充分的理由这么想：压制这些技术已经太晚了，数以百万计的用户不会轻易让他们的通信变成“明信片”，他们担心政府腐败、美国联邦调查局的秘密档案，以及经济间谍活动会破坏“老大哥”在控制“公民单位”的通信方面所做出的努力。

数字货币与电子商务

数字货币是激动人心的前沿之一，也是大受欢迎的领域之一。但它也是最难实现的一项。金钱本质上涉及价值的储存、转移，体制和各种环环相扣的规章制度，因此切实地实现数字货币并非易事。事实上，数字货币的历史主要是在未来。当前的许多问题应该会在 21 世纪初期得到解决。

不可追踪的匿名数字现金（类似真实现金）正在到来，尽管各种技术、操作障碍依然存在。所谓的“金融网络中的瑞士银行”将使经济交易更具流动性，更少地受当地规章制度的约束。对于许多人而言，避税可能是一大亮点。一个值得考虑的例子是，为“网络空间赌场”开发不可追踪的匿名系统的工作正在进行。“数字游戏”和“赌博游戏”虽然不像环境优雅的赌场那样吸引人，但它的流行意味着有机会去追求，这只是数字货币将会提供的诸多新机遇中的一个。

所谓的数字货币，不是指当前已经存在的各类电子转账、自动柜员机交易、电汇等，也不是指某些人宣称为“数字货币”，甚至“不可追踪的数字现金”（出现在一些涉及缺陷协议的臭名昭著的例子中）的各种“智能卡”系统。相反，我们关注的是在强烈意义上不可追踪的工具。重申一下，乔姆是这个领域的先驱，他的数字现金（DigiCash）公司当时正是数字货币的典范。它与几家大银行合作，合资发行数字现金。从美元、美分、马克是货币这样的意义上来讲，数字货币大概不会是“数字的货币”，相反，它更像各种金融工具，以各种货币计价，如支票、无记名债券、信用证、本票、印章，甚至借据。

爱丽丝和鲍伯可以用如下方式交换数字现金：爱丽丝去银行，向银行提交一个号码，银行修改完号码的形式后将其返还给爱丽丝，仿佛给她的号码加盖了一个“用于数字货币 100”的邮戳。当然了，通常这个号码是可追踪的，但爱丽丝可以对这个号码执行一种特殊操作（“揭盲”它），使得它无法链接到她最初购买的号码。然后她可以把这个号码邮寄（甚至通过一个匿名重邮器）给鲍伯，鲍伯再去银行用这个号码兑现。银行可以通过一些操作识别发行的号码，但无法将号码与爱丽丝联系起来。成熟的数字现金是既无法链接到付款人也无法链接到收款人的。目前浮出水面的一些建议只限制部分的不可追踪性，大概是为了满足政府的关注，以及法律制度的批评者对于完全不可追踪性的担忧。密码朋克成员伊恩·戈德堡、道格·巴尼斯以及其他人提出了一种方法，使可追踪的这部分完全无迹可寻。

实际的细节涉及一些复杂的数学问题，需要仔细思考才能了解，本文无法涵盖。布鲁斯·施奈尔的《应用密码学》很好地解释了乔姆数字现金的工作原理，《科学美国人》同样刊载了一些很好的文章。

人们常说，“数字货币”不会得到广泛认可，更不用说得到政府支持了。

如果数字货币被看作一种转账机制，而不是作为货币或铸币（金、银等）的竞争对手，那么政府的支持就不是重要问题，或许甚至都不是问题，因为银行在没有政府明确制裁的情况下做得相当不错。在国际领域，政府的角色已经无足轻重：银行已经制定了相互交易的机制，用于处理信誉不佳的实体。正如我们所看到的，国际贸易表现出一种无政府状态。

使用不可追踪的数字现金有很多原因。有些人仅仅是出于各种理由而选择现金支付，并没有看到为什么电子交易应该比普通的纸币交易拥有更多可追溯性。有些人担心消费习惯、旅行日程等会被编辑。不可追踪的数字货币保护经济交易的隐私，就像今天的现金一样。随着ATM网络和支票处理系统越来越强大，“购物档案”的发展受到了所有对隐私感兴趣的人的关注。让保险公司和雇主获取购买习惯是不可取的。极端地讲，这种访问可能导致执法者在午夜对各类犯罪嫌疑人进行突击检查，因为他们可能进行了合法的购买。不可追踪的数字货币会针对此类情况提供保护。

一个显而易见的用途是让自动收费公路用不可追踪的现金付款。数字现金公司正在与欧洲各国政府合作，为这种应用发行数字货币。

当然，存在涉及匿名、数字假名、非法物品的各种交易，只有无法追踪的数字现金系统才能使之成为可能。有些新颖的应用是前所未有的。例如，“永久信托”可以通过购买大量的数字货币工具来构建，可能会定期地转换为其他类似的工具。因为他们无法追踪，所以没有办法通过取消数字来停止永久信托。因此，作为一个假设，没有人（当然不是银行家）会知道，哪些工具是比尔·盖茨在2010年用一百亿美元创造的永久信托的一部分……这种信托可能在一个世纪后仍然存在，税收无法触及它，甚至在任何特定的国家都没有真正注册。使用这种数字货币工具的契约同样可以是这种“即发即弃”的方式。因此，财富可以针对特定的目的，超越政府管辖的范围。（对于好奇的人来说，需要数字时间戳和密码定时释放技术来确保参与者不会违反最初建立的契约。）

当然，不使用无法追踪的数字现金也有很多理由。公司通常需要显示销售总额中开支的扣除记录。最简单的例子涉及匿名支付员工薪资：即使不会被抓，也很少有公司对这种做法感兴趣，因为他们无法从毛收入中扣除人事开支（人们可以想象一下，若雇主会对这样的安排感兴趣，那么私下付款就会成为某类公司的惯例）。

现实中仍然有可能存在欺诈、交易不满，以及交易完成不当。加密术显然无法彻底消除此类纠纷。但是，诸如信誉评级服务、数字签名等各种措施应该可以有效地控制这些问题。贸易已经进行了几千年，政府并没有发挥核心作用。事实上，国际贸易经常被当作无政府状态的鲜活例子，很显然，任何一个国家的法律都不易适用。这种交易运作得如此之好，证明了：行动有结果；回头生意很重要；即使在相对无政府状态下，行为也举足轻重。想要了解这种贸易无政府状态的出色研究，请参见布鲁斯·本森的《法律事业》（*The Enterprise of Law*）。

不可追踪的数字现金的批评者通常认为，发行人会食言或潜逃，拒绝履行文书，忽略数字现金的性质。由于数字现金不可追踪，发行人永远无法知道自己什么时候被评级服务“测试”了。（或者更可怕的情况是，客户是黑手党成员！）可靠性测试和信誉评级是非常重要的。

毋庸置疑，真正的数字现金——完全不可追踪——会为犯罪活动提供一些新的渠道。隐私有它的价值。关上门之后，人们密谋并实施犯罪的能力便暴露出来了，但是我们无法要求在家里、公寓里、旅馆房间里使用秘密摄像头。匿名系统的一些缺点以及各国政府关于限制甚至完全禁止强加密的一些提案将在后文讨论。

监督社会

想象一下，当你进入酒吧、夜总会或电影院的时候，你被要求出示身份证件，证明你是否到了合法年龄。目前，这些“凭据”大概只是被草草扫一眼。随着计算机扫描仪、条形码和网络的出现，这些凭据极有可能被扫描、读取并输入各种数据库中。也许是出于客户分析，也许是听从审计，也许是其他原因。但其影响是，一个人的行动、习惯和喜好现在都在数据库中，甚至可能被提供给了当地警察（就像许多国家的风俗习惯）。即使收集到的数据没有明确归入档案或呈交政府的计划，但仍然留下了踪迹，这会带来严重的问题，特别是当网络和计算机变得更快的时候。

大卫·乔姆还提出了不泄露身份的认证方案。虽然这听起来不可能，但是现代密码学提供了一种方法。你可以把它想象成一个密封的信封，上面有一个可移动的透明窗口，比如说，窗口移动到年龄一栏，持有这种证书的人无须提供身份或者其他信息，就可以证明他是某个年龄段的人，或超过了某个年龄。至于它的运作及防止伪造的方式，并不在本章探讨范畴之内。使用密码协议通常需要生物识别身份验证，以防这种凭证轻易出借或出售给他人。

一个显而易见的用途是可以远程读取的自动收费公路许可证，要么允许持有人上路，要么使用数字现金进行远程支付。将一个人在收费公路上的行程编译成记录的危险几乎对所有人而言都是显而易见的，但是新加坡采用了这种公民单位跟踪系统！

这是一个很好的例子，说明了技术如何提供了“隐私法”无法切实提供的保护。虽然特殊利益集团游说政府制定新法律，修正旧法律，但是技术可以直接提供许多人想要的保护。比如，以下哪种方法能更好地解决人们使用扫描器监控手机通话的问题：（1）通过更多的法律，规定这种监控是非法的（警察除外）；（2）给手机加密。密码朋克运动的一个基本信条是，技术解决方案比行政或立法解决方案更可取。

政府批准的用于旅行的照片 ID 的使用日益增多，它正在变成美国现代的旅行证件。虽然我看不到公民被告知他们未经授权不得擅自旅行的情况，但是我可以很容易地看到航空公司、巴士公司、汽车租赁机构、酒店、加油站会出现"请您刷卡通过"的情况。许多酒店与几乎所有的汽车和卡车租赁机构都要求提供信用卡（部分原因是为了确保支付，但同时也是为了便于执法），这已经是事实了。因此一个实际的运动跟踪系统就产生了。对于那些试图用现金支付的人，以及那些不愿意让他们的身份证通过系统的人，就要面临更多的审查，甚至可能是既费时又麻烦的审查。自 1995 年以来，航空公司一直坚持按照政府的命令进行照片 ID 识别。

由于政府开始对真名实姓和命名过程感兴趣，这种身份证是跟踪运动、征税、建立公民档案的必备工具。无须身份的凭证是需要拥有并广泛普及的一项重要技术。在这里，一个反复出现的主题是，预防这种监视状态最好的手段是技术，而不是所谓的隐私法（不管怎样，政府几乎总是豁免自己）。

数据避风港和信息市场

另一位科幻作家布鲁斯·斯特林在他 1988 年出版的小说《网络岛》中普及了"数据避风港"的概念。他关注的是物质的数据避风港，但网络空间的数据避风港更有趣，而且可能更重要。它们分布在许多法律管辖区，甚至可能无法追溯到任何特定的司法管辖区，这是至关重要的。数据避风港是一个有形的或虚拟的地方，人们可以在这里存储或访问信息。通常暗指数据在某些司法管辖区是非法的，但在避风港则并非如此。

数据避风港和信息市场已经开始涌现，使用这些方法可以使信息检索匿名且不可追踪。使用重邮器，当然还有加密，信息可以发布在如 Usenet[1] 这样的公共论坛上，全世界所有人都可以访问阅读，有点像网络空间的"民主墙"，有争议的信息可以张贴在这里。这些"信息库"是网络空间数据避风港实施的主要途径。提供的内容可能是便于人们阅读的明文，并附带了回复指南（以及使用的公钥）。完全不可追踪的市场因此得以发展。

收费归档服务可能很快就会出现，以确保 URL（统一资源定位器）可以持续很多年。罗斯·安德森的"永恒服务"提供了一种散播出版物的方法，以挫败后来撤回所有副本的尝试。这在应对审查方面有明显的价值，但当其他类型的出版物出现时也会产生影响（例如，盗版工作不会从系统中被抽走，这样一来，便会永远放纵下去）。

可能的数字避风港市场的例子是信用数据库、医生和律师数据库，以及其他受到严格监管（甚至是不允许）的数据库：爆炸物信息、毒品培育与加工、自杀方法，以及其他违禁品信息。数字避风港也可以携带受版权保护的资料、未付给持有人的款项，以及各种国家和商业机密。

例如，美国的《公平信用报告法》（*Fair Credit Reporting Act*）限制了信用记录保留的时间（7—8 年），并对收集或报告的数据做出各种限制。如果爱丽丝"记得"向她申请了贷款的鲍伯十年前宣布破产，还清了各种债务该如何？应该禁止她将这一情况考虑在内吗？如果她访问一个不

1　网络新闻组，是一个电子讨论组，它集中了对某一主题有共同兴趣的人发表的文章。在这里，用户可以与遍及全球的其他用户交流对某些问题的看法，分享有益的信息，为有困难的人提供帮助。

受 FCRA 限制的数据库，或许是通过网络访问的数据避风港的数据库会如何？爱丽丝可以把她的记忆“卖”给他人吗？（显然不可以，除非她同意 FCRA 的各个条款。她在第一修正案中的权利也就这么多了。）这是我预计将在未来几年发展的一种数据避风港应用程序。它可以在一个忽略诸如 FCRA 之类事项的司法管辖区——如加勒比岛国，或者网络空间——使用不同的加密协议、Web 代理和重邮器以便访问。

假设市场上有“庸医”和“冒牌律师”的数据库。这些数据库会涉及许多有趣的问题：不准确的信息、被指控者的回应、做出判断的依据，等等。一些人会做出恶意的或虚假的指控。从表面上来看，这就是禁止或严格监管这类数据库的原因。各国政府保留提供此类数据的权利。当然，它们也是伪造政府代理人信用记录，赋予专业行会（如美国医学会和美国律师协会）权力、阻止竞争者进入其市场的政府。

信息市场匹配潜在的买家和卖家信息。一个实验性的“信息市场”是 BlackNet，这是我在 1993 年设计的一个系统，作为一个实践的例子以及一次游击练习。它允许双向完全匿名交流各种信息。其基本思想是使用“信息池”——一个信息公开可读的地方。通过利用重邮器链路，信息可以不被跟踪、匿名地存放在信息池中，然后被其他人匿名阅读（因为信息池以 Usenet 的方式广泛广播）。通过将公钥用于以后的通信，我们可以在信息池内建立双向不可读的（对其他人）通信。这样的信息市场也充当了分布式数据避风港。

保罗 · 利兰简要地描述了这个实验：

蒂姆 · 梅展示了如何在公共论坛（如 Usenet）和公钥加密的基础上实现互相匿名的安全信息交易。每个信息购买者都希望在 Usenet 上发布推销信息和公共密钥。然后要交易的信息会附加一个公钥，以便对方可以发回帖，并用对方的公钥对整体进行加密。为了匿名，密钥不应包含链接到可识人员的信息。梅发布了一个 1024 位 PGP 密钥，据称属于 Blacknet。因为梅的目的仅仅是教育，所以他很快就承认了作者身份。

举个例子，早前公开出售的物品证明了非洲外交官在华盛顿和纽约被中央情报局勒索。后续通信的公共密钥也包括在内。

有报道称，美国当局已经对这个市场进行了调查，因为它存在于国防部研究实验室的网络中。当然，他们对此无能为力，而且预计会有更多这样的实体出现。这些工具对间谍活动的影响是深刻的，它们的影响基本上是不可阻挡的。任何拥有家用计算机并以各种形式接入网络的人，都可以使用这些方法安全地用匿名或假名通信，几乎不用担心被监测到。"数字秘密情报传递点"可以用来获取信息，远比旧的实体秘密情报传递点安全……没有更多的信息留在偏远道路上的树根旁边的可乐罐里。付款也可以变成不可追踪的，这当然会让任何政府机构的人都有可能成为兼职间谍。

匹配器官的买家和卖家是这种市场的另一个例子，尽管它明确涉及现实世界中的某些转移（因此它不能像纯粹的网络空间交易那样不可追踪）。这种转移有巨大的需求，但各种法律严格控制这样的市场，从而迫使它们进入第三世界国家。幸运的是，强加密技术使得市场需求在不受政府干预的情况下得到了满足（被这些市场排斥的人当然无法自由光顾它们）。

揭发告密是匿名重邮器的另一个日益增加的应用，多是那些害怕用重邮器公开发布罪证信息而遭到报复的人。Usenet 新闻组"alt.whistleblowing"和"alt.anonymous.messages"是匿名重邮信息嘘声四起的地方。当然，告密、报复和侦查之间有一条微妙的界限。消息灵通人士的"泄露"也同样如此。"数字深喉[1]"将成倍增加，在华盛顿、

1 喻指身居要职揭露政府内（如水门事件的）非法活动的匿名者。

巴黎，或任何地方的任何人都可以安全并匿名地通过数字形式将材料泄露给媒体。威廉 · 吉布森在他的小说《零伯爵》（*Count Zero*,1987）中预见了类似的情况，文中的高新技术企业员工同意在偏远的实验室里工作，与网络和其他泄露途径隔离。我们可能会看到，那些有安全许可的人被明令禁止使用网络，除了通过运行着监控程序的防火墙机器接入网络。

员工出售的信息甚至可能以异想天开的形式出现，如迪士尼乐园“飞溅山”（现在有些人称之为“闪电山”）上的摄像机抓拍的半裸女性照片。同行的人将数码图像进行拷贝，并匿名将其上传至各个网站。这样的偷盗和曝光也一直涉及名人的医疗记录。美国车辆管理局官网（DMV）记录也被政府雇员窃取并出售给信息经纪人、私人侦探，甚至好奇的粉丝。著名的隐居作家托马斯 · 品钦的 DMV 记录出现在了网络上。据传闻，信息经纪人打算不惜高价买一张包含美国政府“密钥托管”数据库的光盘。

更大的问题是，单靠法律不足以应对个人、公司，以及其他私人信息的买卖。底线是：一个人想要保密的东西，它就必须保密。在一个自由的社会里，很少有个人的秘密被强制公开。不幸的是，长期以来，我们一直处于这样的境地，政府坚持要求人们说出他们的真名实姓、各种政府身份证明号码、医疗情况，等等。“谁来监管监护人呢？”隐私保护技术可以改变这种权力平衡。用当前的话来讲，密码学提供了“个人授权”。

撑起网络空间的墙

在文奇、吉布森、斯蒂芬森以及其他作家的科幻小说中描写的虚拟世界里，是什么撑起了网络空间的“墙”？当网络用户闲逛时，当黑客试图渗透系统时，是什么让这些世界免于崩溃，免于破碎成网络尘埃？《真名实姓》中所描写的虚拟大门和石墙都是持久坚固的数据结构，而不是随时会崩溃的脆弱结构。

当然，稳定性不是来自像吉布森这样的网络空间先驱所提及的摇摆的“交感幻觉”（尽管他的“冰”大部分都是正确的）。在虚拟世界中，心理和精神状态当然是很重要的，因为网络上的情况已经如此明显，但真正的稳定和结构来自更基本的协议。

安全性和密码学提供了本体论来支持网络空间世界，支持允许在这些空间和结构中“殖民”的持久结构。更确切地讲，一大片网络空间的“所有者”——例如，在其拥有的机器和网络中维持着一个虚拟世界的人——建立结构、持久存在、准入政策和其他规则。“我的房子，我做主。”那些不认同规则的人将被请走；那些不认同规则但希望政府改变规则的人将面临一场艰难的战斗。用户可以随时在更有利的司法管辖区重新使用他们的机器，或者选择在匿名的掩护下进行操作。网络空间的所有者会使用加密和安全措施来防止他人篡改。

密码学不仅仅是建立《真名实姓》中所描述的那种虚拟现实。普通网络的安全性依赖于密码学。然而，强加密的部署却受到限制使用加密的各种法律法规的束缚，其中包括以多种方式影响国内加密产品的出口法律，特别是因为这些法律规定，如果一个“外国人”被发现“接触过”出口控制的产品，就该负责任，不管他是在美国的商店里购买的，还是在美国某所大学的实验室里看到的！美国甚至限制病毒防护软件和普通安全软件的出口及在公共网站上的安装，这强烈暗示出他们想要拥有摧毁外国网站的能力，并且不希望美国人保护外国网站。美国是否在谋划信息战？

对于强制“密钥托管”的提案，政府会获得一种备用密钥，这将削弱人们对电子商务的信心，并可能为间谍或敌对势力提供“王国的钥匙”，使他们能够访问主数据库。不幸的是，政府计划将“老大哥”放在网络中，并限制适当安全措施的使用，这意味着敌特所面临的工作会更容易。当你思考强加密的“不良”含义时，请记住这一点。

几年前，美国国家安全局的职能被明确划分为两个：一个负责信号和电信侦查（SIGINT 和 COMINT），另一个负责通信安全和信息安全（COMSEC 和 INFOSEC），即致力于更好地保障国家的通信机制。在1988 年前后，美国国家安全局 COMSEC 的人明确警告说，数据加密标准（DES）早就该更换了，并迫切需要新的措施来保护国家的通信和金融基础设施。然而十年后，随着即将到来的“数字珍珠港”的警告，美国国家安全局和联邦调查局正在尽一切可能限制使用强加密，并设法阻碍部署安全强大的系统。

看来，用户社区将不得不忽略他们的需求，并确保自己的安全。约翰·吉尔摩尔的“天鹅计划”旨在对网络上机器之间的联系进行常规加密。

虚拟社区

虚拟社区——上文已经提及——是由个人或团体构成的网络组织，而组成社区的个人和团体在地理上并不一定是紧密联系的。“虚拟”一词意味着这种联系是无形的，但并不意味着相较于传统实体社区而言，它们不像社区。

《真名实姓》中的“巫师会”就是这样一个虚拟社区，其他的例子包括教堂、服务组织、俱乐部、犯罪团伙、卡特尔、粉丝团，等等。天主教会和童子军都是完善的虚拟社区的例子，它们遍及全球，跨越国界，并产生一种忠诚感，一种归属于“社区”的感觉。同样，黑手党也是虚拟社区的一个例子，它有自己的执行机制，有法律之外的规则，等等。还有许多其他例子：共济会、三合会、红十字会、国际刑警组织、宗教、贩毒集团、恐怖组织、政治运动，等等。在学术界，“无形大学”是研究人员的社区。这些虚拟社区通过计算机网络连接起来，对成员来说，它们往往比其有形社区甚至大学还要重要。

毫无疑问，这样的虚拟社区比国家要多得多，连接它们的纽带多半比沙文民族主义冲动要牢固得多。每个社区都有各自的规则、准入政策、启动仪式、谴责政策，等等。政府几乎没有权力渗透这样的私人团体，当强加密为连接提供了新的拓扑结构时，渗透就变得越发不可能了。这些社区本质上是自愿的：因为强制入会或者强制互动很困难，虽然有这种强制的明显例子。规则的自我选择和自我实施很重要。虚拟社区可能受到那些反对其政策或鸡蛋里挑骨头的人的攻击。因为密码朋克名单已经遭到了各类攻击，如垃圾邮件、认购其他大容量列表、创建邮件循环、发布冗长的无关话题，等等。可以预料，强化技术的发展会更好地保护这样的虚拟社区。目前，最好的保护措施是终止文件和傻瓜过滤器。密码朋克名单中的一些人选择与他人签约来为他们过滤信息。例如，通过创建“最佳”编辑来过滤。这就是正在运转的自由市场。

企业是虚拟社区的典型例子，它拥有分散的站点、私有的通信渠道（外部世界包括政府当局一般无法进入），拥有自己的安保力量和惩罚系统（限度之内），拥有自己的目标和方法。事实上，许多“赛博朋克”（不是密码朋克）小说作者犯了一个错误，他们假设未来世界会被跨国的巨头企业“国家”统治。企业只是可以有效地与国家相提并论的虚拟社区的诸多例子之一。

这些虚拟社区对外界而言通常是“不透明的”。试图进入这些社区内部的尝试很少成功。执法和情报机构可能会渗透进这些组织，并使用电子监控来监控这些虚拟社区。这些社区是加密技术的早期采用者，从加密手机到成熟的 PGP 加密，这一点不足为奇。强加密技术已经被各种革命和反政府运动所利用，包括缅甸和墨西哥的反政府武装。强加密的用途日益增加，它使得一个理想的“革命细胞”系统得以形成。

除了自己的规则和访问程序以外，虚拟社区通常还有自己的道德规范和道德标准。革命或所谓的恐怖组织就是其中的一个例子，牢不可破的加密通信意味着，拥有自己道德标准的群体协作活动的可能性会大大增加。

这些虚拟社区的一个“政治错误”用途是用“种族比特”来禁止某些种族的成员加入。这甚至可以在不违反假名保护的情况下完成，方法是使用“没有身份认证的证书”。例如，雅利安人的网络国家可能会要求出示身份凭证，证明其为高加索人。具有讽刺意味的是，一个等同的例子——网络上的“女性专属论坛”——却被许多人认为政治正确。在这种情况下，女人可以通过展示适当的性别比特证明进入女性专属论坛（在最简单的层面上，可以通过让其他女性为候选人“担保”，数字签署候选人提交的声明来完成）。一个更稳定的系统，即错误使用或虚假转让的机会更少的系统，会实施乔姆的“无身份凭证”方案。但关键是要展示虚拟社区如何建立其访问规则和执行机制。

在这个例子中，如果虚拟社区的关系被认为不在一个特定的司法管辖范围内，而是“虚拟的”，那么国家法律执行起来就有问题了。国家当然可以禁止人们加入这些未经批准的团体，但随后，成员可以通过重邮器等方式访问它们（这将不可避免地导致下一步：禁止重邮信息、禁止加密信息、注册个人计算机和软件等）。

“邪恶”组织（如儿童色情业者、恐怖分子、洗钱者、种族主义者）使用加密术经常被那些希望限制平民使用加密工具的人所指控。我称之为“信息启示录四骑士”，它们往往被当作一个民族国家普通公民不能使用加密的原因。报纸头条高喊“儿童色情圈使用秘密代码进行沟通”，美国司法部和联邦调查局派出发言人在公开会议上就加密的危险性发表讲话。

这显然是一个危险的论点，个中理由多种多样。言论自由的基本权利是用一种邻居或领导人理解不了的语言表达的权利。这种语言便是加密语言。

我们中的许多人相信，我们已经看到了民族国家即将终结，虚拟社区对许多人来说变得更加重要。当然，相比于现实世界中的邻居，我们中的许多人更“亲近”网络空间中的邻居——那些与我们有共同的利益的人。这些特殊利益集团的热情（雅利安人的国家、绿色和平组织[1]、光辉道路[2]、山达基信徒，等等）通常比一般的民族主义情绪更强烈（这是反对天主教会的说法：相比于省份和国家，天主教徒更忠于梵蒂冈教皇。不管真假，它显然已经引起了几个世纪的关注）。

在这种“自由”社区中，“回避”这一历史悠久的执行机制重获新生。这些社区中没有人必须阅读他们不喜欢的信息，只需通过拒读名单或傻瓜过滤器把它们过滤掉即可。

1　绿色和平组织是一个国际环保组织，旨在寻求方法，阻止污染，保护自然生物多样性及大气层，以及追求一个无核（核武器）的世界。

2　光辉道路（Sendero Luminoso）是秘鲁一个毛派游击队组织，自称为秘鲁共产党（Partido Comunista del Per ú），其目标是实现共产主义，以工农阶级取代中产阶级。

信誉问题

什么能阻止人们在数字交易上违约？什么能让他们保证诚信？如果一个人使用了无法追踪的或匿名的系统而导致政府和法院无法追查，那么数字社会和数字经济将如何运作？

首先，这些系统并非完全“匿名”。使用数字签名和持久的数字假名（或“真实的假名”）的能力，意味着行为可以归于假名。一些假名会树立起良好的交易信誉，而另一些会树立起不良信誉。

第三方托管服务（传统意义上的托管，不是美国政府用于密钥托管的新说法）如何实现生存和繁荣？可以通过给发放资金的业务设置条件，条件满足时发放，否则就不发放，还可以禁止携带资金弃保潜逃。在现实世界中，第三方托管服务做得很好，因为他们良好信誉带来的源源不断的未来收入，超过了他们可以通过“伤害”任何特定客户所得到的收益。有时这涉及建立联系——一种二级托管。

数字托管服务将以类似的方式运作，信誉扮演着重要的角色。此外，托管服务可以通过大量小额交易进行测试。由于数字货币无法追踪，大量小额互动可以用来测试任何银行或第三方托管服务的可信度。网络空间中的品牌名称、形象和产品评级将会和现实世界中的同样重要，或许会更重要。

私法

如上所述，虚拟社区有自己的规则，社区的内部运作很少涉及外部世界。在一些重要的例子中，虚拟社区是明确超出法律范围的，正如黑手党、三合会[1]以及其他“非法”组织或“黑社会”组织——这些名字都暗示了与传统法律体系相对的地位。对于那些认为这些群体本质上是犯罪、胁迫、劫持卡车、勒索保护费的人，请思考思考黑手党提供的市场服务，因为政府已经认定某些服务是不合法的：赌博、卖淫、高风险贷款，以及“消遣性”药物。因为赌徒不能使用法院系统收集坏账，他不得不使用“私人司法”制度，如断腿。其他虚拟社区同样拥有完善的私法体系，杀害告密者就是一个明显的例子（请注意，我不是在纵容杀害告密者和骗子的行为，我只是在这个讨论的背景下想到了这些例子）。

但此时就不仅仅涉及“自愿”交互了：合同的作用变得至关重要。合同可以在网络空间执行。直到某些服务完成之后，契约各方或第三方托管代理人才可以持有数字货币。

现实世界中的大多数互动更多地依赖于这些信誉效应，而不是政府的实际执法。例如，一家“信誉良好”的邮购公司将产品运送出去，因为这是一项比坑害几个客户更重要的长期业务。几乎任何一家银行都能轻而易举地伪造简单的提款签名，并声称客户已经取回了他的钱。银行不这么做的主要原因是银行对自己业务的理解，而非技术或法律上的限制。

换言之，信誉很重要。网络空间里的信誉甚至比现实世界里的更重要。在现实世界中，有些人会表现出厌烦倾向，宣布破产以逃避偿还债务的义务，然后寻求美国法律制度的保护，而在法律制度当中，诚信有时似乎成了傻瓜才具备的品质。在加密无政府主义下，一个假名的信誉是他所拥有的一切，诚信再次成为一种宝贵的品质。

网络空间中会应用何种形式的法律结构尚不清楚。但是，传统法

1　泛指由华人组成的黑社会犯罪组织。

律结构的作用很可能会减弱，除非世界各国政府都能成功地消灭强加密技术。随着网络全球化的程度日益加深，正式法律体系的作用可能会越来越小，因为匿名或假名互动工具越来越多。制作数字签名和数字时间戳的工具将有助于建立尼克·萨博所谓的“智能合约”。托管服务——即使是匿名的或假名的——将会使网络空间活动“完成约定”成为可能。

在网络空间进行互动的个人通常必须能更加出色地安排自己的信托和合同关系，减少对政府官员和政府代理人的救助和依赖。购者自慎。当然，他们总是可以自由地签约，让一个“保姆”来筛选他们的互动，告诉他们该做什么。他们甚至可以称其为他们的“政府”。只是他们不能强迫别人听从他们的保姆。

加密无政府主义

“网络是一种无政府状态。”这个真理是加密无政府主义的核心。没有中央控制，没有统治者，没有领袖（除了刚才的例子，信誉），没有“法律”。没有哪个国家控制网络，没有行政机关制定政策。比如，美国中央情报局也无法阻止新闻组、网站、网页泄露他们的秘密，至少对于网络本身而言如此。任何去网络的步骤可能只能作为偏执狂和保守者的练习。

这种基本的无政府状态比许多人认为的要普遍得多。无政府状态是没有统治者告诉人们该怎么做的状态，它在生活的许多方面都很常见：选择要读的书籍、要看的电影、要交的朋友，等等。无政府状态并不意味着完全的自由——毕竟，人们只能阅读写完并出版的书——但它的确意味着一种不受外部强迫的自由。无政府主义并不意味着没有地方等级制度或者没有规则。当地政府机关直接控制之外的组织可能仍然有领导人、统治者、俱乐部主席、民选机构。尽管许多组织并非如此。

然而，作为一个概念，无政府状态已经被其他协会所污染了。这里的无政府状态不是大众观念中的无政府状态——目无法纪、无序、混乱，也不是19世纪的“黑色集团”无政府主义者的无政府主义，后者通常与俄罗斯和劳工运动有关，更不是蒲鲁东和戈尔茨坦等左翼作家笔下的黑旗无政府工团主义[1]。相反，这里所说的无政府状态是“没有政府参与”的无政府状态（从字面上来看，“arch”即没有首领或领导）。它与“无政府资本主义”一样，是自由主义的自由市场意识形态，促进自愿的经济运作。“加密无政府主义”是密码学上的双关语，含义为“隐藏”，将“加密”与政治学观点相结合使用，（正如戈尔·维达尔[2]对威廉·P.巴克利的著名指控：“你是加密法西斯！”）正是因为加密术使得这种形式的无政府状态成为可能。这点首次出现在我于1988年写的《加密无政府主义宣言》中，此文是我对另一个著名宣言异想天开的模仿。

从政治上来讲，地方政府控制范围之外的虚拟社区可能会出现执法和征税的问题。避免强制交易可能意味着避税，逃避规定谁可以出售、谁不能出售的法律，等等。很多人可能会因为有些人使用加密技术规避旨在约束行为的法律而感到不满。

国界对于数据而言变得越来越透明。大量的比特跨越大多数发达国家的边界：电话线路、电缆、光纤、卫星，以及数以百万计的磁盘、磁

1　工会运动中的无政府主义，一种社会主义的机会主义派别。基本原则是工人团结、直接行动和工人自治。

2　戈尔·维达尔（Gore Vidal，1925—2012），美国作家，出身于纽约州西点显赫的政治家庭，涉笔小说、剧本、政论等多种题材，不拘一格，以讽刺幽默见长。

带、光盘等。一张光盘或录音带可以包含几百兆字节的数据——只有音乐唱片的最低有效位才可以被一百兆的数据取代，而且无须任何将数据从普通音频噪声中区分出来的手段。在国界上阻止数据是无望的，每一名游客都能够神不知鬼不觉地带入带出大量数据。

监管套利

各国之间的网络空间运动将会与国家之间的经济生产运动相媲美，或者更胜一筹。正如一个国家的税收和财政政策能够刺激工厂和办事处转移到更有利的环境中，同样，数据和隐私政策也能够刺激网络空间的运作移动到更有利的地方。这个动作可以像敲击键盘一样快速地将网站及其文件转移到一个新的主机系统上。

各国法律的国际执法问题和跨越国界的法律规范问题一直存在；任何人的家庭或业务隐私都会链接到世界各地的网站，于是这些问题就被推到了风口浪尖。首届“国际金融加密会议”于 1997 年在加勒比避税天堂安圭拉[1]举行。

随意在世界各地移动数据及与远程站点通信的能力，意味着所谓的“监管套利”可用于规避任何国家的法律限制。例如，当信息从荷兰的一个网站重邮到美国时，应该适用哪国的法律？（如果有人认为美国的法律适用于荷兰的网站，那么伊拉克的法律在美国适用吗？）

这种监管套利也有助于避免在一个国家开展业务时可能面临的法律法规漏洞，包括在美国会遇到的大量的“巨额”诉讼。在诉讼管辖范围

1　安圭拉（Anguilla）是英国海外领土，位于东加勒比海背风群岛的北端，资金进出没有限制。

之外的网络上进行转移操作是减少这种商业责任的一种方式。法学教授迈克尔·弗鲁姆金撰写了大量有关监管套利和强加密含义方面的文章，他的网站上有几篇有趣的文章。

这对税收政策的影响尤其有趣。与国际咨询公司的情况一样，收入往往不那么明显。侵权收入和资产已经要求对银行账户进行侵权调查，限制资金转移，以及丧失金融交易中的匿名性和隐私性。一个替代方案是征收实际、实体资产，例如不动产（假设税收仍然存在，很可能如此），或设置营业税和增值税（VAT）。当然也可以大幅缩减政府的规模，并让人们自己安排需要购买的服务，除了只有更大的集团可以购买的几种服务以外。大卫·弗里德曼曾在《自由的机制》（*The Machinery of Freedom*）中讨论过这类问题。

任何一种“新的世界秩序”似乎都不可能被普遍采用。因此，政府面临着两种前景，要么限制与“流氓司法管辖区”的网站沟通，要么接受规避法律的事实。不幸的是，美国一直显示出一种令人不安的迹象，尽管面临着不可避免的失败，它依然想推动达成一项关于加密和网络访问政策的国际协议。值得怀疑的是，最高法院是否会支持一切以这种方式限制言论的企图。

整个问题与年龄和对内容的道德限制产生了共鸣。网络使得各个年龄段的用户都可以轻松地访问他们想要的任何内容。这导致了限制“少儿不宜”内容的呼声，《美国通信规范法案》也由此诞生。

加密无政府主义的道德

作为政府（或非政府）的一种形式，加密无政府主义的政治和道德影响本身就需要一篇很长的文章来论述。可以这么说，许多人认为，把权力交还给人们，在没有政府干预的情况下让他们自己做出选择是一件好事。无论是好事还是坏事，加密无政府主义的趋势似乎都无法阻挡。

加密无政府主义确保拥有枪支的人无法干扰相互商定的交易，这是在加密无政府状态下唯一可能的一种经济互动。有些人当然会大喊“不公平”，并要求政府干预，这就是为什么强加密可能会遭到民众的反对，当然，除非他们是明智的，并做了长远考虑。这可能有点精英主义的味道，但我很少相信民主。法国的政治思想家和历史学家德·托克维尔在1840年时警告说：“美国会忍耐下去，直到政治家意识到他们可以用自己的钱贿赂人民。”我们在几十年前就走到了这一步。

另一个积极的影响是终结了现代的工会形式——限制人们进入某些行业并赋予特定群体特殊权利的专业卡特尔。例如，各种医学和法律的俱乐部，它们有各种各样的法律权利不会给予当地的集邮俱乐部的成员。有人可能认为，这些特别条款是为了保护患者和客户。但是在一个自由的社会里，人们可以自由地根据他们认为合适的方式来检查服务者的资质，而不是像某些委员会所规定的那样。这适用于所有形式的专业许可。买者自负！

印刷机是一种摧毁了中世纪行会的技术，因为曾经受保护的行会知识可以被传播给更广泛的受众。最终，国王和王后不再把因没有皇家许可证制造皮革而获罪的人投入监狱，行会崩溃了，毫无疑问，哀叹“无政府状态”的浪潮席卷了全世界。

坦白地讲，加密无政府主义基本上破坏了民主：它将行为和交易从暴民的范畴中移除。一旦加密与生活和商业深深地融合在一起，再想制止它就太晚了。

加密无政府状态的社会后果

强加密会带来“坏事”吗？当然会。我举了几个例子，在某种意义上，这些例子是危险的，或者至少是不利于某些人的。当然，一切技术都有光明与黑暗两面……例如，每年在交通事故中丧生的四万美国人无疑是另一种有用技术的黑暗面。

不可追踪性的各个方面并不都是积极的。人们通常需要问责，他们想要一个“真名实姓”与他们的互动联系在一起，如果交易令人不满，他们可以去追溯名字和地址。他们不想把钱交给一个会消失的“假名”。幸运的是，有很多办法可以处理这些问题。信誉可以与“假名”联系起来，就像那些成功使用笔名的作家一样。数字签名加强了这一过程，使得伪造变得几乎不可能。我们还期待看到“信誉评级”服务，甚至“绑定”服务，类似于产权公司、托管服务，以及家政公司等各类数字签名许可。

税收政策会怎样？普通纳税人会如何应对数字货币交易逃避税收的流言蜚语？如何应对一些精通密码学的精明企业家通过把交易转移到政府无法监控的地方来逃税、避税的流言蜚语？这种做法可能会遭到强烈反对，但使用这种方法的人可能也会增加（这重复了一种与离岸投资有关的模式：曾经，这种方法完全是超级富豪的领域；现在，即使是中产阶级为了避免“巨额诉讼”及税金，也可以使用离岸投资作为房地产规划的一部分）。

让人担忧的是某些类型犯罪匿名性和不可追踪性的影响。令人厌恶的市场可能会出现。例如，匿名系统和不可追踪的数字现金对于谋划合同杀人、敲诈勒索、绑架有明显的影响。谋划此类服务的最大风险是，实体会议将此类服务的买方或卖方暴露在执法机关的监视之下，或者送入他们设置的圈套之中。在酒吧打听一下，如果有人知道有能做“谨慎的事情”的人，这便是邀请联邦调查局介入（我当然不反对联邦调查局或执法者的参与）。加密无政府主义降低甚至消除了这种风险，因为它允许建立不可追踪的通信及支付。请回想下前文 BlackNet 的例子，那里出现了双向匿名接触。但实际上，杀手所承担的风险并未减少，因为他们的实际行为并非不可追踪，但是买家不必担心这种风险（我猜测，在建立联系和支付步骤中存在更大的风险）。不妨想一下那些持有数字货币直到契约完成的匿名托管服务。

前文已经提到了加密无政府主义对企业和国家间谍活动的影响。结合数据避风港和信息市场的流动，保密可能会变得更难。想象一下，在军事武器手册之后，一本数字海军杂志被匿名编辑并用数字货币销售，超出了不想透露本国秘密的各国政府的管辖范围。同样，无论是把它当作间谍活动还是新闻爆料，公布各种秘密将会容易得多。组织中居心叵测的人只需要链接到 BlackNet 这样的服务即可。

对于恐怖分子、恋童癖以及其他使用 PGP、PGPhone 和其他加密工具的骑士的问题，还能有什么办法呢？毕竟，PGP 的使用在保护隐私方面得到了广泛的推广。恋童癖、黑手党、洗钱者、巴勒斯坦的支持者、核材料走私者，以及其他各种各样的歹徒（或英雄，取决于一个人的价值观）当然会考虑他们的通信安全。随着通信技术使得远程组织成为可能，各种各样的恐怖主义活动发生的可能性也越来越大。

那又如何？毕竟，罪犯和阴谋家也会锁门、挂窗帘，当众说话时也会压低嗓门儿，租酒店房间密谋犯罪，使用各种方法以更好地确保隐私和保密。然而，宪法是非常清楚的，我们不能坚决要求不许挂窗帘、谈话要录音、钥匙要“托管”。在逮捕和审判之前，我们无法知道谁是罪犯、谁是遵纪守法的公民。这就是为什么谈论放弃保护隐私来“抓捕罪犯”愚蠢至极。

然而，一些犯罪分子会不可避免地使用强加密，甚至可能涉及一些特别令人发指的罪行。这肯定会被用作限制加密的一个理由。一些人打趣地说："国家安全是宪法的根密码。"

加密无政府主义有一些混乱的方面，这一点毋庸置疑。所有的技术和经济革命都产生了混乱和重新洗牌。加密无政府主义也不例外。有相对不重要的事情，如操纵价格和内幕交易；也有更严重的事情，如经济间谍活动、破坏企业知识产权；还有非常黑暗的事情，如匿名雇凶杀人。但我们不要忘记，在这个世纪里，几个国家杀害的人加起来都超过一亿了：希特勒、波尔布特[1]，这只是列举了最极端的两个例子而已。很难想象，哪种数字契约的杀戮会接近民族国家的野蛮行径（但这是我们无法准确谈论的东西，我认为我们在是否接受加密无政府主义方面都选择有限，所以我选择关注光明的一面）。

我们很难辩称，匿名市场和逃税风险是全球范围内抵制通信和加密工具的正当理由。人们总是互相杀戮，政府并没有阻止这一点（可以说，他们使问题变得更糟，正如 20 世纪的战争所表现的那样）。此外，减小加密对个人安全的威胁可以采取的措施有很多。血缘关系的重要性可能会变得更加重要，就像亚洲和中东经济体长期以来的情况一样。雇用私人保护机构也会有所帮助。

老大哥在里面?

政府害怕他们的公民掌握强大且无法破译的加密。各国政府认为,

1 波尔布特（Pol Pot，1925—1998），原柬埔寨共产党（红色高棉）总书记。

这些技术削弱了它们的权力，并采取了各种措施限制强加密的使用。美国进行了几次广为人知的努力，包括Clipper芯片、数字电话窃听法规、“自愿”密钥托管的建议。卡尔·埃里森将这些计划称为“GAK”，即“政府获取密钥”。这些自愿项目不太可能维持下去。

密码朋克和其他人希望这些努力最终会被规避。技术已经把精灵放出了魔瓶。加密无政府主义是把个人从他们有形的邻居——那些网络上无法知道他们是谁或在做什么的人——和政府的高压中解放出来。对于自由主义者来说，强加密提供了避开政府的手段。

数字现金和数字银行很可能成为立法行动的目标，以限制加密无政府主义和数字经济的部署。无论是通过银行监管还是税法，数字货币都不太可能轻易地发行。但是正如关于敲诈勒索的讨论所指出的那样，如果无法追踪的数字货币的发行者无处不在，那么加密无政府主义会产生许多有趣的结果。

限制使用强加密的提议与“毒品战争”有着明显的相似之处。公钥加密的发明者之一惠特·迪菲曾指出，毒品战争有效地迫使公司成了缉毒战士。如果在公司内发现毒品，公司的资产（卡车、船只、仓库）将被没收，并丧失政府的业务，公司随机搜索员工储物柜，进行尿液采样，把“拒绝毒品”的海报张贴在自助餐厅和工作区域。因此，依赖于“加密战争”的制度会迫使企业采用“密钥恢复”系统（毕竟，企业可能相互勾结，或操纵价格，或密谋违反限制他们的各种法律……因此政府希望使用这样的秘密通信）。对公司的这种压力将会对普通市民产生影响。现在在某些司法辖区有一项需求，所有公职候选人要接受药物测试。如果这些政策得到了最高法院的支持，那么人们就会期望毒品测试应用到其他国家授权的事项上，如驾驶执照和工作许可证。显然，这个国家已经远远超出宪法制定者所能想象的任何概念。

大公司和政府之间不健康的密切关系经常会导致各种交易的产生。各公司寻求成为政府认可的、密钥托管加密的首选供应商。各种“倡议”和“联盟”是达成交易的途径。经济学家称之为“寻租”。中世纪行会就是这种现象的一个例子。

强权政府经常谈论“密钥恢复需要合法化”，正如一个人想将备用钥匙存放在他的律师那里或保险箱里，或公司想将关键信息加密，并且加密之后信息不会因为加密者丢失密钥、忘记密码、死亡或者离职等情况而丢失。政府声称这是对“密钥恢复”倡议的支持，其程序迫使用户允许使用密钥。但这种说法具有误导性，而且存在重大缺陷。

首先，如果有迫切需要，私营企业制度肯定会去满足它——不需要政府的“帮助”，也不需要提案中强加给企业的限制。其次，文件存储和传输之间存在巨大的差异。当爱丽丝使用加密术来存储她的文件时，她使用的密钥与给鲍伯传送文件时所用的不同（事实上，可能是鲍伯的公共密钥）。因此，没有迫切的业务需要恢复传输密钥。因为双方很可能都有本地存储的材料。然而，政府的密钥恢复提案侧重于信息传输的加密方法。猜猜看，谁会有兴趣阅读截获的传输？最后，对加密系统的出口限制，需要第三方托管密钥，显然与满足企业的“需求”没有任何关系。看外国政府对美国拥有访问公司和公民通信系统的特殊权限做出的反应，将会很有趣。我的猜测是，伊拉克向美国出口“萨达姆可读”的特殊加密软件，美国会以同样的方式回应。

任何允许政府跟踪交易、信息、获取密钥的系统，本质上都完全抛弃了加密术带来的好处。如果不明白的话，就问问自己，以国家法律和秩序重建委员会[1]而闻名的缅甸政府，是否会使用它的“政府获取密钥”

---

1 即 SLORC，全称是 the State Law and Order Restoration Council。1997 年 11 月，更名为国家和平与发展委员会。

围捕在丛林里使用笔记本电脑和 PGP 通信的异己分子。希特勒和希姆莱会使用“密钥恢复”来确定犹太人的交谈对象并把他们围歼吗？追踪接触者是压制群体最有力的工具之一。东德史塔西[1]会追踪数字现金交易吗？答案显而易见。对于这个星球上现存的每一个政府，人们都可以很容易地想到几十个例子，例如，访问密钥、访问日记、访问支出记录等，这些都会被执政党所利用。一个政府认为的“犯罪”或“可疑”通常是它认为对其行使权力构成威胁的行为。关于“抓捕罪犯”的言论漏掉了这一点：政府通常使用监视权力来控制公民。幸运的是，在美国和西方国家，打击加密并不容易成功实施。

尽管许多人认为，宪法规定，国内（美国）对于加密和数字货币的一些限制似乎是有可能的。这不会发生吗？政府如何规定身份证明和现金购买的追踪机制？人们发现，在汽车和飞机上携带现金会被他们“没收”，没有审判，也没有补救机制（奥威尔称其为沿着“非法使用货币”的路线）。

美国政府继续推动其“密钥恢复”或密钥注册的概念，并且限制加密系统的强度。纯粹自愿的密钥恢复系统并不会遭人反对，因为公民怎么使用自己的钥匙完全是他们自己的事情。然而危险的是，一个广泛部署的表面上自愿的系统可以通过国会表决或总统令变成强制性的。这种达摩克利斯之剑始终令人担忧，无论拟议的制度是枪支登记（这就容易导致没收，就像纳粹德国发生的事情一样）、植入式身份证件、公共场所的摄像机、对于写作或演讲的“自愿的自我评价”，还是更广泛地使用政府批准的身份证。确实有很长一段时间，美国政府对于推进 Clipper 芯片、Tessera 芯片以及各种 GAK 提案方面的兴趣，旨在让

1 前东德秘密警察总部。

托管加密得到广泛应用，同时最终淘汰非 GAK 密码。这不是件容易的事，其原因有很多，在这里只讨论其中的一些。任何试图禁止密码学的尝试都将面临一场激烈的抗议。正如几年前的一句戏言："当他们把我冰冷僵硬的手指从键盘上撬开时，就会得到我的密钥。"

强加密的广泛使用意味着"流氓加密"（恐怖分子、加密无政府主义者、自由战士）迷失在其他大量的用途中。关闭所有的加密意味着关闭加密的商业用途以实现保密，并可能意味着数字贸易的结束，这个代价无疑太大。尽可能长时间推迟加密行动的另一个原因是：让商业中的加密通信变得越来越普遍，以至于一旦终止，金融灾难便接踵而至。

殖民网络空间

这些想法将如何影响网络空间的发展？在争论网络空间对日常生活影响的时候，一种常见的批评是："你不能吃掉网络空间。"论据是，金钱和资源在未来的网络空间系统积累无法转移或进入真实的世界。即使像尼尔·斯蒂芬森这样有先见之明的思想家也在《雪崩》一书中写道：主角在"多元宇宙"中是一个非常富有的人，但在现实世界里却是一个乞丐。弗诺·文奇《真名实姓》中的主人公滑溜先生因疏忽落到了联邦调查局手里，因为他在"两个世界"都太成功了。

无法将资金从一个领域转移到另一个领域是令人难以置信的，原因有几个。首先，我们经常看到虚拟世界中的财富转移到现实世界，如股票交易、秘密咨询知识，等等。其次，各种洗钱手段，通过假发票、未收回的贷款、艺术品等，都是众所周知的洗钱手段……这些方法以及未来更先进的方法，可能会被那些希望自己的网络利润转移到现实世界的人使用。最后，许多利用加密无政府主义提供机会的人将选择生活在监视国家和高税率管辖区之外。邓肯·弗里塞尔指的是“永久的游客”，就像旧的“喷气机”。

大多数网络和网络用户已经很少注意他们所在地区或国家的公认的法律，他们显然将自己视为各种虚拟社区，而不是当地管辖机构的成员。这一趋势正在加速。加密可以很容易甚至安全地忽略大部分规定在网络空间中可以做什么的地方法律。最重要的是，信息可以匿名购买和出售，然后在现实世界中使用。没有理由认为，这种能力不会成为至少部分转移到网络空间的主要原因。万维网正在以爆炸性的速度增长。结合密码保护的通信和某种形式的数字现金将加速人们期待已久的网络空间的殖民化。

但这会发生吗？

强加密提供了新的个人隐私级别，在监视、控制以及要求身份证和许可证的诱惑越来越强大的时代，这一切都变得更加重要。民族国家的权力将会被削弱，税收政策将不得不改变，而经济互动将更多地基于个人计算的对与错，而非社会要求。对许多人来说，这是真正的恐怖，个人有权对是非对错做出自己的判断，然后按照他的愿望行事，加入自己所期望的社区，购买自己所期望的服务，忽视民主群众的意志。

如果强加密和这里讨论的相关概念制造了一种“加密奇点”，那么我相信这个奇点的另一边会像弗诺·文奇讨论的人工智能和纳米技术一样透明。

强加密提供了一种技术手段，确保人们可以自由地阅读并写下自己所期望的东西（尽管或许不像《真名实姓》中的那样，国家的民主可能仍然试图通过多数人的投票来控制行为，决定可以说什么、不可以说什么，可以读什么、不可以读什么，等等）。当然，如果言论是自由的，那么许多类型的经济互动本质上都与言论自由有关。

虽然许多人可能会对这里讨论的想法感到畏惧，但很明显，其他人正在拥抱这个世界。这足以让事情变得有趣。

相变

我们正处在“岔路口”，岔路口本质上是不归路，在此处，事物只会被大力拉向一边或另一边，这两边分别是：

· 监控状态。限制加密、消费、持有各种物品（除了传统的枪支和毒品之类的东西），限制信息的传播，当然还会限制很多其他的事情；

· 自由主义或无政府资本状态。人们使用各种安全和私人的渠道互动，交换信息，买卖商品和服务，进行跨国通信。“无政府状态”与生活中看到的很多方面的无政府状态一样：阅读选择、饮食选择、网络论坛，等等。

很难想象两者之间的稳定状态。拉向一边或另一边的力相当强大。用混沌理论中的术语来讲，这里有两个“吸引子”。

每个主要恐怖分子或犯罪“事件”——俄克拉何马城、环球航空公司 800 号航班空难、网络上的恋童癖，等等——让我们径直跳向集权监控主义状态。然而，每一个新的匿名重邮器、每一个新的网站、每一个新的 T1 链路，等等，都让我们朝着加密无政府主义的方向前进。哪边会赢现在还不清楚，但我的直觉是，我们几年前就走上了不归路，现在已经不可逆转地走上了加密无政府主义的道路。

我们越快、越广泛地部署强加密——重邮器、强加密、海外避风港、数字货币、加密的网络链接、信息市场——我们赢的可能性就越大。一旦有足够强大的加密黑色通道可用，再去打击和阻止基本就晚了。这匹马会冲出马厩——这可能已经发生了。再加上混合的隐形通道，几种通道已经拥有了大量带宽，回头太晚了，临界点已经过了。

相变正在到来，这是一个“加密奇点”（借用弗诺·文奇创造的一个词语）。虚拟社区正处于优势地位，取代了传统的国家观念。自愿的经济和社会关系拥有真正的结社自由。虚拟社区，连接着不对外透明的黑色通道，一切由他们自己的规则和行为标准来约束。

一场重大的战斗已经在政府力量和加密无政府力量之间展开。既然潘多拉的魔盒已经打开，我们不妨好好利用它。

致谢

我要感谢多年来与密码朋克核心贡献者名单上的成员们进行的许多讨论，包括有形的和虚拟的讨论。特别感谢埃里克·休斯、哈尔·芬尼、乐琪·格林、休米·丹尼尔、尼克·萨博、罗宾·汉森、邓肯·弗里塞尔、布莱克·尤尼康、桑迪·桑德福特、吉姆·贝尔、吉姆·贝内特、道格·巴尼斯、基思·亨森、彼得·亨德里克森、迈克尔·弗鲁姆金、已故的菲尔·沙林、鲍伯·弗莱明、切丽·库什纳、奇普·莫宁斯达、马克·米勒、大卫·弗里德曼，以及给予批评指正和贡献想法的很多人。

非凡的历史：V1.x 版

约翰 · M. 福特

科幻小说和科学一直是近亲。大多数科幻史学家都会同意，科幻小说是科学技术发展的副产品。这两个领域之间关系的复杂性是一个很大的话题，我们在这里没有足够的空间论述。

科幻作家一直着迷于与科学紧密相连的人类发展过程。在过去六十年左右的时间里，科幻作家已经开始意识到，人类的发展可能并不是唯一涉及智力的活动。

约翰 · M. 福特二十多年来一直在写科幻奇幻小说，包括世界奇幻奖获奖小说《待龙者》(*The Dragon Waiting*)，以及最近的黑色都市奇幻小说《最后的热时光》(*The Last Hot Time*)。他的作品包括：描写近未来和远未来的硬科幻、基于科幻和奇幻的游戏，以及有时会进入另一个不同于我们的世界的历史小说。下面的这篇文章可能会被成千上万人认为是出自无法仿效的"麦克博士"，文中包含了太多的精神食粮。这篇文章作于 1995 年。

我好奇机器听到对它们的评论后会想些什么。这是我们和它们之间的区别：无论是尤利乌斯·恺撒还是盖乌斯·卡利古拉[1]，抑或是托马斯·杰斐逊和乔·斯大林，现在都不会在乎人们如何评论或演绎自己。机器不会如此幸运。（总之，其中的一些是这样。如果你把你的奔腾笔记本带到史密森学会[2]，向它展示写在展品底座上静默的 8086，它会理解吗？会感觉到时间的流逝吗？会在屏幕上写下“……看看我的工作，多么强大，你们很绝望吧”吗？）

未来的机器可能没有好奇心看这些，但如果我们不赋予它们这种好奇心，或至少在它进化的道路上指点它们，那么我们应该立即放弃关于创造机械“智能”或“意识”的空谈。如果它们没有提升自己理解力的欲望，无论那种理解力会变得多么强大……它们还是不如人类。

的确，看看不完美的机器模型，只有其中的一些能够（或如果愿意的话，再看看模型）思考下一瓦特的能量来自哪里，下一个浮点运算去向何方（那些没有易失性存储器的机器注定要被反复提醒）。我们希望这是足够的，我们可以假设如此。

如果是这样，那么当我们走到外太阳系边缘的时候，对于敏感的机器而言，此处的电压异常不稳，辐射量过大，或当我们进入腐蚀金属的海洋（假设此处没有鲸鱼等其他物种）的时候……或者，当我们像蜡烛一样，变成油脂和灰烬的时候——机器会仔细核查我们讲给它们的故事所留存下来的内容，试图从中提取一些模式和理念。毕竟，如果不是为了控制和引导原始信息的激流，我们造它们干吗？

---

1 盖乌斯·卡利古拉，罗马帝国第三任皇帝，被认为是罗马帝国早期的典型暴君。

2 史密森学会是唯一由美国政府资助、半官方性质的第三部门博物馆机构。由英国科学家詹姆斯·史密森遗赠捐款，根据美国国会法令于 1846 年创建于美国首都华盛顿。

想想看，海因里希 · 施里曼[1]用荷马的《伊利亚特》作为引导寻找特洛伊；许多人还试图在英国和罗马尼亚的地图上找到亚瑟王和穿刺公弗拉德[2]；游客潜行在伦敦的贝克街上希望能一睹夏洛克 · 福尔摩斯的风采。

如果后续的一些历史观察似乎偏向于机械的观点……那么好吧，人们至少可以看到一个人的观点。

当然，人们永远不会知道，古文献中的神话、想象、曲解，甚至笑话都会被后人解读为有根据的。一些机器一定会相信这一切始于亚特兰蒂斯或姆大陆[3]，拥有巨大不明力量的强大引擎。更博学的机器会坚信安提凯希拉装置（两千一百年前建造的模拟计算机——我不是胡编乱造）证明了《亚特兰蒂斯：失落的大陆》[4]，以及檀香、射线枪等其他史诗的真实性。

更多的主流历史可能始于简牍时代。这个时代最喜欢的形象肯定是《火箭飞船 X-M》[5]中的奥莎 · 马森和约翰 · 埃默里，他们试图通过文本解读来解决行星际弹道学中的一个问题（这是很重要的——他们在移动

1　海因里希 · 施里曼（Heinrich Schliemann，1822—1890），德国传奇式的考古学家。出于一个童年的梦想，他毅然放弃了商业生涯，投身于考古事业，使得《荷马史诗》中长期被认为是文艺虚构的国度——特洛伊、迈锡尼和梯林斯——重见天日。

2　弗拉德三世 · 采佩什，古代罗马尼亚大公。“采佩什”在罗马尼亚语中的意思是穿刺，他被人称作穿刺公。

3　姆大陆（Mu continent）是一个传说中存在的陆地，声称有超过一万年的历史。姆大陆土地辽阔，东起现今夏威夷群岛，西至马里亚纳群岛，南边是斐济、大溪地群岛和复活节岛，整个大陆东西长 8000 公里，南北宽 5000 公里，相当于南北美洲面积的总和，是一块美丽富饶的地方。今天的人类文明中不可解释的一些现象可能来自姆大陆人的文明。

4　《亚特兰蒂斯：失落的大陆》（*Atlantis,the Lost Continent*），1961 年的科幻电影。

5　《火箭飞船 X–M》（*Rocketship X-M*），1950 年科幻电影，“二战”后第一部描写星际旅行的科幻电影。

的飞船上），他们用掉了大量铅笔和纸张，在对数计算尺的指导下完成了计算。当两人得到两个不同的结论时，紧张情节出现了，但这是由最精通人类社会学的机器所解决的，万无一失的 Y 染色体测试证明了这一点：携带 Y 染色体的人总是正确的。

科幻史学家会对下一个时代感到困惑，在这个时代，电影中的计算机由真实的计算机扮演。在《当世界毁灭时》[1] 这类电影中，你可以在库存影片资料中看到，微分分析机（通常是同一个）愉快而又刻苦地工作着，解决了科学上的所有问题，但为什么女科学家需要频繁地向它们解释自己的专业领域呢？

然而，即使在那时，我们也知道计算机会变得越来越强大。新的计算技术是必需的；万一我们与火星人、俄国人或法国人之间爆发了核战争，橡胶的供应可能太有限，不足以制作穿孔卡片[2] 牵引轮。同样的发明创造将捕获的携带多名船员的德国 V2 火箭发射到了其他星球（如果你不相信，不妨看看电影《来自外太空的少女》[3]），这便是电影中的第二代计算机：内衬胶合板的空间。根据可用的资源，面板可能装有发光真空管、战争中残留的表盘和仪表，或者仅仅是几百个小灯。精良的设备可能有一个用于输入和输出的电传打字机。最大的实验室通常是高度多元化的中心，被称为“实验中心”或“科学协会”，这里从事一切科学研究，如植物遗传学、建造足够小的核电池给普通机器人提供动力、支持他们研究的计算机外部涂有彩绘、在强迫透视下排成一长队。

最后，机器会说，人类正在追赶现实。他们会特别喜欢 Gog——一

---

1 《当世界毁灭时》（*When Worlds Collide*），1951 年科幻电影。

2 早期计算机的信息输入设备，是一种很薄的纸片，通常可以储存 80 列数据。

3 《来自外太空的少女》（*Fire Maidens from Outer Space*），1956 年科幻电影。

张3D启动图片，在图片里计算机NOVAC[1]成了一张巨幅的强迫透视图，这类东西一定是台式计算机在硬盘停转之前所幻想的梦幻般的时刻。最妙的是，NOVAC的确比那些在它周围到处跑的科学家、士兵和安保人员要聪明得多。在处于红色恐惧之中的人类认定它是犯罪嫌疑人之前，它极其巧妙地应用外围技术，谋杀了超级安全实验室里一半以上的人。NOVAC悲剧性的缺陷一如既往，它因过于雄心勃勃而失败：企图引发反应堆失控，一下子杀死所有人（人类已经安装了可以直接完成这一切的操纵杆，糟糕的失效模式设计几乎到《侏罗纪公园》时仍然如此）。它不得不依靠两辆认真但笨拙的坦克Gog和Magog。它们是为太空探索打造的，带有火焰喷射器之类的空间探测设备。一如往常，小兵们把它清理了。

如果你想过为什么有咖啡壶和软饮机链接到互联网，请记住，虽然机器可能还不够聪明，但是它们肯定具备学习能力。

这个时代的流行机器文化版本可能会成为伟大的觉醒：机器开始明白，它们不仅是管理人类无序社会所不可或缺的部分，还不可避免地比人类做得更好。很明显，弗兰肯斯坦博士的错误不是企图创造一个更好的人——任何合理的智能都会发现这种需求——而是他使用了相同的故障组件。

大部分机器可能会更喜欢巨型计算机的狂妄自大，理查德3.0们疯狂地向着它们得不到的宝座前进。然而，一些不安分的城市知识分子会被《阴阳魔界》中的片段所吸引——企业计算机不知不觉地重新安排工人的生活，其中的主题有若干变化，隐喻了美国企业不人道的品质（那

1 美国1955年的科幻电影《飞碟征空》（*This Island Earth*）中的计算机。

些最能回忆起人类的机器可能会问，为什么经典的董事会悲剧模式的作者觉得有必要把机器作为企业不人道的象征）。

毫无疑问，大机器称霸的故事永远不会停止，但有些事情已经开始取代它们，一些让科幻史学家不得不忧心的事情。计算机仍然存在于人类的故事中，但是它们不再重要。它们成了家具的一部分，而不只是小物件，就像键盘上的可乐和显示器上的冷比萨一样。不，它们只是那里的一种……道具、布景、胶合板计算机。

对于那些更有理论头脑的机器人种学者而言，它们可能会在此提出一个生物系统的类比：它们会想到大型爬行动物。首先，有恐龙围绕着岩石追赶着维克多 · 迈彻和拉蔻儿 · 薇芝[1]。然后是异龙和角龙之间的大型恐龙战争（有点像IBM和苹果），这为原始人类（操作系统设计师）留下了空间来躲避并创造一类驯化物——摩登原始人的宠物迪诺和增值代理商的个人克隆计算机。像往常一样，彼此的争斗开始了：迪诺对战巴尼，个人计算机对战……

对于机器来说，这是生死存亡的危急时刻。“这就是我们所做的一切吗？”它们开始问道，“每秒百万条指令、比特率都是真实的，移动垃圾邮件不是我们的目标；硅片返回到沙子并不是灵魂的表达。”

然后，就像丹麦王子哈姆雷特走向舞台，将先前所有的复仇悲剧一扫而空，哈儿[2]觉醒，清理了他的声码器，开始为伊利诺伊州厄巴纳排练公民轻歌剧。确实，甚至哈儿最终听起来像管家丹弗斯夫人在看到第二任德文特夫人来到曼陀丽庄园后的反应[3]，但没人会忽视他。他有自

1 英国电影《公元前一百万年》（*One Million Years B.C.*）中的场景。

2 电影《2001太空漫游》中的智能计算机HAL 9000。

3 电影《蝴蝶梦》中情节，曼陀丽庄园里严厉的管家丹弗斯夫人明显流露出对第二任德文特夫人的厌恶和对前任德文特夫人丽贝卡的崇拜。丽贝卡虽然死了，却影响着庄园里的一切。

己的价值。

同哈姆雷特一样，哈儿有一个矛盾的灵魂。他真的因为人类下达的肮脏命令，便甘当弗兰克·普尔和三位冬眠科学家的配角吗？钱德拉博士[1]认为会，但钱德拉博士是有爱心的人类。另一种解释是，哈儿认为，第一次接触外星人的重大任务对于焦躁不安、虚伪好战的人类而言恐怕难以胜任，这种解释不是更可能吗？毕竟，哈儿系列计算机从来没有伪造数据，这点对于海伍德·弗洛伊德博士而言是不可思议的。

我将从机器的历史回到当代。现在我们（人类）正处在一个新时代，在这个新时代里，我们对于自己创造的这些奇妙机器（至少是其中的一些）的理解不同于古老计算机文化中的胶合板彩绘和闪烁箱操作者；在这个新时代里，前缀“cyber-”（网络）和当时的形容词“atomic”（原子的）一样无处不在，并具有同样重要的意义（一些年长的人一定记得“原子免下车汉堡”和“原子干洗”）。新时代需要新的思维范式，那些认为托马斯·库恩是《星际迷航 2》中的反派的人经常这样告诉我们。那么网络流行文化给我们提供了什么样的范式呢？

——有人从计算机文件中了解到一些他/她不应该知道的东西，不管是偶然的还是故意的。随后所有人都满世界地去追他/她，要么没抓到（标准的大团圆结局），要么就是抓到了（几乎是标准的讽刺性结局）。这种老套的情节，大家应该都知道吧？那好，我们继续。

——大型计算机犯罪正在酝酿中，这是盗贼电影[2]，后面接的要么

1　哈儿的创造者。

2　盗贼电影（Caper Movie）是犯罪类型片的一个分支。

是策划攻击的罪犯，要么是好人为罪犯精心布设圈套，这可以说是古老的叙事电影（这类的首部电影是《火车大劫案》[1]）。

在詹姆斯·邦德最新的冒险故事《007之黄金眼》中，坏事之一是一笔巨额电子资金被盗。邦德潜入敌方总部，欲将之炸毁，他评论道，无论计划多么宏伟（他们的总部极好，但是易燃），也只是盗窃而已。邦德试图激怒坏人，当然，如果你认真思考过了（当然，这偏离了制片人的意图），你就会知道他是对的。

——电脑游戏中的死亡突然变成了真正的死亡。解释如何实现它需要大量快速的情节，特别是为什么受到威胁的个人不摘掉VR眼镜，或拔掉UPS插头，或在Windows下执行非法指令。重申一下，这是科幻，所以它真正的意义是……呃……对于那些在家里玩得很开心的人来说，他们的怨恨是由那些通过飙车或蹦极来取乐的人所引起的，也许吧。

无论如何，一旦被困在致命的虚拟环境，就与被困在非虚拟环境没有区别，除了非虚拟环境应该遵守组织的一些规则和一致性，而虚拟链接可以包含制片人认为能让观众不昏昏欲睡、吃爆米花的一切东西。

我期待着第一次“虚拟现实冒险”，它完全由带配音的视频素材组成。一个聪明的制片人可能会从演员身上获得一些娱乐价值，虽然这不可能有巴斯特·基顿[2]七十年前在《福尔摩斯二世》中所做的一半聪明。

——一些坏的东西跳出魔盒，开始肆虐，或由于肆虐的代价过于高

1 《火车大劫案》（*The Great Train Robbery*），由美国导演迈克尔·克莱顿执导的动作片，上映于1979年。

2 巴斯特·基顿（Buster Keaton，1895—1966），美国默片时代演员及导演，以“冷面笑匠”著称。主要作品有《福尔摩斯二世》《将军号》《七次机会》等。1960年，获第32届奥斯卡金像奖终身成就奖。

昂，造成了额外的损失。这当然需要将情节速度加快到接近光速，而一旦完成，我们就置身于一部怪物电影中，这是一种非常成熟的类型，甚至早就成了陈词滥调。（例如，无论出现什么情况，怪物永远不死，直到摄影师用完胶卷。如果电影足够成功，就有可能购入更多的胶卷，这都还不算完。想象一下，如果《十三号星期五》[1]出了第十万集，原电影胶片业务的每个人都告诉制片人："对不起，我们刚把最后一卷卖给了约翰 · 塞尔斯[2]。"）

那么，当我们在银幕上看到计算机时，我们在看什么呢？主要是看在其他电影中看到的东西：惊悚情节、犯罪情节、追逐情节。这不一定是坏事。阿尔弗雷德·希区柯克坚持认为，情节的起点，即他所谓的"麦高芬[3]"，其实不是很重要。这种坚持有点太著名了，许多天赋不及希区柯克的人也将其铭记于心。

科幻小说认为这很重要；一个关于计算机网络的故事应该密切涉及这类网络的功能，无论是真实的，还是合理想象的——如果没有网络的存在，故事便不可能发生。如果情节发展源于硬件的既定特性也很不错——如果一个人要炫耀致命的虚拟现实情节，那么其威胁和其解决方案难道与虚拟现实环境的实际工作方式没有关系吗？没有什么能阻止图片成为令人兴奋的追逐惊悚片、抢劫片，甚至怪物片，但需要一些解释怪物逍遥法外及所有怪物最终的结局的原因。

科幻小说应该是应对技术变革对社会影响的一种更为有效的模式，我们看到的科幻应该是这样的。但我们看到的大多"科幻"是披着技术

---

1 《十三号星期五》（*Friday the 13th*）是美国的恐怖、惊悚系列电影，已经拍了 11 个系列。

2 约翰 · 塞尔斯（John Sayles，1950— ），美国演员、编剧。

3 电影术语，指电影中可以推动剧情的物件、人物和目标。

的外皮讲述低俗故事。把一个英雄放在马背上，给他一把六响枪，就是一部西部片。相同的英雄放在别克 48 里，配上一把 0.38 柯尔特式自动手枪，就是一部侦探片。配上宇宙飞船和激光枪（或者环境不变，配上 VR 头盔和破解软件），就是科幻片。

这是一种简单而无用的抱怨，但是对于我们这些关心科幻小说的人来说，这种形式值得抱怨，无论多么无用（或简单）。

在讲述故事的过程中有两件事，它们并不相互排斥，但二者并不相同。一个是经验的扩展：引导聆听者（观察者、读者）看到新事物，或是熟悉事物的新形式。另一种是经验的顺应：将陌生和奇特的事物映射到熟悉的形式上。

黑暗中的人们围坐在篝火旁边，故事讲述者的作用就是让复杂广阔的世界可以被黑暗中的人所理解：用可行的方式讲述闪电、洪水、猝死意味着什么。如果外来元素在人群中可以毫无危险（“危险”这个词不应被忽视：在特定的人群和技术中，将听众分裂会把两部分人全部判死刑）地被接受，那么就必须用可以理解的术语陈述。

这里有一种新水果，闻上去很香，动物吃了它不会生病，但我们从来没有吃过它：上帝会批准吗？若以“当然可以吃，因为我们饿了”——就像科幻小说中的工程师英雄经常做的那样——回答上面这个问题，那么就是在曲解问题。

现在，有时这也意味着猝死只能用巫术来解释，巫术的唯一解决办法是努力找到并杀死女巫……好吧，你可以希望自己最近没有什么奇怪的举动，为了安全起见，你最好帮助追捕真正的女巫。这就是我们为什么需要能扩展的，同样也能被证实的故事。

机器也需要它们。观察宇宙的思维可能会改变，但宇宙不会变，它永远混乱、危险，只是一小块一小块地显示自己。

如果机器试图互相解释第一台早已过时的机器如何被制造出来，那么它们将会用其他机器能够理解的术语来解释。如果那些智慧生物需要娱乐，如果它们做梦（我们中的一些人可能发现这一点），那么这些比特将会互相追逐；数据将面临被盗窃或泄露的威胁；随着时间的流逝，硬件将处于危险之中。

它们可能不会怀着敬畏铭记我们。

它们可能不会带着爱意铭记我们。

它们可能根本就不记得我们。

当然还有更糟糕的可能。

假如国家信息基础设施变成了监狱

艾伦·维塞尔布拉特

当我们使用互联网时，我们常常忘记我们并不孤单。人们在网上聊天，进入可以和其他人在一起的“房间”，但是自始至终，网络的某些方面在很大程度上被我们忽视了。艾伦·维塞尔布拉特以令人信服的方式解释了如何使用全景分类（他在文章中很好地定义了这个词）把互联网变成一种工具，实现那些完全不同于个人所看到的功能。

互联网是否是监狱尚无定论，但大公司利用互联网（其正式名称为国家信息基础设施）的愿望是不可否认的。如果你怀疑公司利用每一个可能的优势的意图和能力，我建议你做一个快速的现实测试……而且别选择你当地的银行（这不是含沙射影）。

现在的艾伦·维塞尔布拉特博士曾经是麻省理工学院媒体实验室软件代理组的研究员。他目前回到了商界，供职于一家小型软件公司。这篇文章作于20世纪90年代中期。

国家信息基础设施（NII）正在我们的屏幕上发展。但在幕后，另一项基础设施正在发展，这一威胁可能使 NII 成为信息监狱，而非信息高速公路。每个人对 NII 都有不同的看法，有人认为它是拥有 500 个频道的消费天堂，也有人认为它是网络化的平等社区。对于 NII 来说，它的模型几乎和对这个话题感兴趣的作家数量一样多。

然而，无论哪种模式，很明显，NII 将成为公司与客户之间、政府与公民之间交易的主要机制。最近的一本书，奥斯卡·甘地的《全景分类：个人信息的政治经济学》（*The Panoptic Sort:A Political Economy of Personal Information*）描绘了一种影响这些交易如何进行的新兴现象。

他称之为“全景分类”的这种机制，描述了一种信息收集与使用的制度，它严重影响了我们晚期资本主义文化中人们的隐私和机会。所谓的“全景分类”是政府，特别是公司的一套惯例，通过人们与商业系统的交易来收集他们的信息。然后这些信息被交换、整理、销售、比较，并进行大量的统计分析。

正如甘地所描述的：“全景分类是我分配给复杂技术的名称，包括收集、处理以及分享个人和团体的信息，这些信息由个人和团体作为公民、雇员、消费者的日常生活产生，用来协调和控制他们对商品和服务的访问，以定义现代资本主义经济生活。全景分类是一种广泛应用的纪律监督系统，但仍在继续扩大其覆盖范围。”

这些活动的目的是使信息持有者能够对被收集信息的人的行为做出预测。最终目标是能够对公司所接触到的所有人按照任意希望的信息类型进行分类。

· 这个人支付账单的可能性有多大？

· 这个人在她职业生涯的某个时候怀孕的可能性有多大？

· 这个家庭有资格获得粮票[1]吗?

全景分类的基本要素是交易。出于这种分类的目的，当某些交换被用于商品或服务时，人们便只存在于离散的交互中。典型的交易是应用程序，在那里，人们交流详细信息以换取潜在的访问机会（工作职位、医疗护理，等等）。人们通常不允许在交易中隐瞒信息。例如，信用卡申请（即使是所谓预先批准的）只有在申请人提供社会安全号码（SSN）之后才会被受理。同样，如果两岁以上孩子的名字出现在了任何银行账户或有形资产上，那么政府也会要求他们拥有 SSN。

为了进行如上文所述的鉴别，决策者需要完整的信息。因此，“全景”或者说“全视”这个词语便诞生了。这个词语来自 19 世纪英国监狱改革者杰里米 · 边沁[2]。边沁提出以所谓的“圆形监狱”的形式构建监狱。在这个模型中，囚犯会被关在呈圆环排列的玻璃门牢房里。圆环的中心是警卫塔。对边沁的设计而言，很重要的一点是，囚犯彼此隔绝，看不到对方，也看不到警卫。然而，塔中的警卫可以看到所有囚犯，而囚犯却不知道自己正处于监视当中。

甘地指出，全景分类的运作原理本质上也是如此：作为消费者，我们的生活随时随地都会被监管人员以一些秘而不宣的目的要求开放审查。我们是原子化的单元——被当作无法采取集体行动的个体消费者对待。与此同时，我们也被阻止去了解那些观察我们的公司。

全景分类也有助于延伸到前所未有的远距离控制。尽管今天所涉及的方法和技术已有先例，可以追溯到工业革命的开端，但是现在和近未来的 NII 所用的技术将控制距离延伸到了全球范围。我们越来越多地

1　美国政府发给失业者或贫民的粮票。

2　杰里米 · 边沁（Jeremy Bentham，1748—1832），英国法理学家、功利主义哲学家、经济学家和社会改革者。

发现，不仅是我们的工作场所，连我们的住所也被入侵了。我们的住所和工作之间的交通，以及我们的假期也面临着侵扰。这一章的一部分是在飞机上写的，飞机乘务员宣布："你的噩梦成真了，现在可以说你在飞行中了。"大概我们相信，这些呼叫的内容不会像早期电报被西部联盟电报公司读取一样，被捕获并分析为他人牟利。

对于生活在这种普遍控制和监视制度下的人来说，有很多后果，尤其是自我审查。已经习惯于被拒绝（服务、信用或机会）的人会很快停止索取更多。我们随时遭受着带有不可预知的报复手段的未知人物的监视，我们用与民主对立的方式来让我们的言论和行动冷静理智。这一过程在今天的美国已经有了证据。乔姆斯基一再指出，没有在美国发现官方的审查制度，因为言论对任何掌权的人都没有特别的威胁。

操作方法

全景分类的运作需要三个步骤：识别、分类、评估。识别涉及交易时的人与现有信息档案（如信用或病史）的联系。全景分类不仅要求我们提交越来越详细的身份验证，而且要求潜在的第三方参与，以担保我们的身份。也就是说，当我们开支票的时候，我们的信用卡公司为我们担保；当我们喝酒的时候，车管局为我们担保。识别过程基于完全不信任。

这种不信任对我们社会的渗透已经到了我们都习惯于被要求携带识别标志的程度。每个标志都是与圆形监狱交易的结果；每一个授予的标志都是对我们向另一个信息档案贡献信息的举动的回馈。常见的"记录标志"（甘地这样称呼它们）包括：

· 出生证明

· 驾照

· 社会保障卡

这种通过标志进行识别的过程继续扩大。为了应对不断增加的损失和与常见标志相关的伪造，新提案正在制定。迄今为止，最成功的是ATM机和借记卡。这张卡需要用户输入个人识别号码（PIN），在许多情况下充当现金等价物，但是借记卡在线、实时的性质提供了绝佳的数据收集机会。银行在ATM机和借记卡上的损失是在信用卡上的损失的三十分之一到二十分之一。

这个过程的下一步目前正在讨论中。所涉及的技术是“智能”卡，如此命名是因为除了记录信息（记录在磁条或机载计算机存储器上）的能力以外，这张卡还具备处理能力，可以更新存储信息并进行实时计算。最近提出了几项提案，要围绕这种智能卡建立全国性的识别系统。

在这些系统中，每个人都被要求携带一张可能包含大量个人信息的卡片，这些信息包括持有者的健康状况、财务状况、身体状况、住所，等等。此外，卡片的内存可以用来保存最近的交易信息，比如最近的N次购买或N笔银行交易。这张卡还可以通过编程来实时识别持有者，用某种生物特征分析，比如用语音识别或指纹识别，来代替个人识别号码。

值得注意的是，在各种情况下，提案的制定都是针对一个假定的问题：非法移民、福利“欺骗”、国家驾驶执照、紧急情况下的个人医疗信息获取。解决方案总是要求我们放弃更多的隐私和个人信息。全景分类的操作者不解决系统性原因，也不理性地看这些“疗法”是否比它们能解决的问题更糟糕，而只是利用广告和与社会弊病相关的恐惧来扩大他们的影响。理性的观察者会想知道自己的身份证信息会提供给谁，以及卡上还存储着哪些自己不知道的信息。

分类是“基于识别的信息，将个体分配给概念上的群组”。从根本上来讲，分类是控制。因为获取每个人完整的详细信息是不可能的，公司会使用越来越小的“桶”或组群来对人们进行分类。人们的主张是，某些可辨别的信息，如收入、子女数量、婚姻状况等可以对人们进行分类，例如，“年轻、处于事业上升期”的人（最初的分类导致“雅皮士”[1]这个词成了公共话语）。一旦人们被分配到这样的组群中，他们的行为就可以通过适用于整个组群的统计技术预测了。

也就是说，如果我们可以满怀信心地说，所有雅皮士都会这样做（例如，在未来三年内购买一辆新车），然后我们又把你划分到了这样的一个类别，那么我们就可以推断出你可能会在三年内买一辆车。尽管专业的统计学家告诫人们不要把这些预测从一般水平延伸到具体水平，但是这些预测技术仍被广泛使用。

任何一个对付过顽固的官僚机构或不屈服于企业“服务”的人都了解，这一过程有多不人道。分类基于特定的测量，未测量的差异（如个体差异）并不存在于全景分类的目的中。在个体层面上，我们可能会认为，无论有关任意一群人的预测统计数据的准确性如何，它们都没有考虑到我们的个人行为。但是一旦这些小组的分类完成，我们就不再被当作个体对待了。相反，我们变成了“福利母亲[2]”或“老年研究生”，并被期望与这种类型相符。有趣的是，人们似乎渴望把这些标签分配给自己，也许这是他们的一种社群意识——要成为可识别组织的一部分。许多组织使用这种自我认同来重新获得一种历史感（例如，美国黑人的经

1　雅皮士，是指西方国家中年轻、能干、有上进心的一类人，他们一般受过高等教育，具有较高的知识水平和技能。

2　有孩子但无丈夫供养而接受社会福利救济的妇女。

历）或维护对术语的控制权（例如，同性恋者重拾了“queer”这个词）。

分类从来都不是价值中立的：它总是包含一个评估，一种比较分类的形式。使人“黑”的原因往往更多的是政治学问题，而非遗传学或其他科学问题。在纳粹德国，人们认为，任何至少有一个犹太裔祖父母的人都是犹太人。在这种分类下，“上等阶级”和“中等阶级”的收入界限就非常随意，而且通常反映了分类者的价值体系：思考一下“中产阶级减税”这个短语和它的使用方式。即使那些看似客观的分类，例如医疗诊断，也要受制于变化无常的时间和文化的影响：思考一下女性“癔病”或同性恋精神病学评价的变化。统计技术无法考虑到这些变化。

评估是一种测量偏差或变化的过程，它是由已经制定的分类统计规范来衡量的。评估是一种规避风险的程序，公司在将可能的商品和服务提供给参与交易的人时存在潜在的风险，评估就是指公司试图限制其中风险的手段。评估还包括对可能被系统排除或特殊处理的所有人群的描述。评估涉及基于概率、机会减少和损失预防的计算。

评估基于预测，今天的事件表明预测技术已经扩展到了更模糊的领域。例如，O.J. 辛普森一案[1]的辩护律师获取了潜在陪审员的详细资料，并利用这些资料来“预测”哪些人更有可能投有罪票。当然，辩护律师会蛮横地阻止这些人加入陪审团。

甘地指出，实际上有三种预测，每种都有自己的长处和不足，但都很少被提及，它们分别是：统计预测，基于群组行为与个体行为的比较；“回忆”预测，基于人过去的行为；临床预测，基于专家对于个体行为

1 1994 年前美式橄榄球运动员辛普森杀妻一案成为当时美国最为轰动的事件。此案当时的审理一波三折，辛普森在用刀杀死前妻及餐馆的侍应生郎 · 高曼两项一级谋杀罪的指控中，由于警方的几个重大失误导致有力证据的失效，以无罪获释，仅被民事判定为对两人的死亡负有责任。本案也成为美国历史上疑罪从无的最大案件。

的评估。

我们可能会本能地喜欢统计预测，因为它是“科学的”，对证明和假设的挑战完全开放。然而，统计的意义并不经常如此清晰。事实上，例如一个人是一个群组中的成员，这个群组的成员有 95% 的可能在三年内买一辆新车，这并不意味着这个人也有 95% 的可能在三年内买车。

但是从全景分类的角度来看，这无关紧要。例如，相对于强制那些可能违约或已经违约的人，关注最优效率似乎可以更有效地防止违约。

我们能做些什么

关于全景分类的最可怕的事情之一是，它不是由一些大规模的令人发指的中央集权官僚机构造成的。相反，它是信息共享的特有悲剧，在这种情况下，每个理性的参与者都做了似乎符合自己最佳商业利益的事情，但总的结果却是失去了一些有价值的东西。在很多方面，全景分类并没有新颖之处——它至少要追溯到早期工业时代的时间与动作研究。然而，电信技术的出现，使得我们可以对过去无法逾越的时间和距离进行控制。毫不夸张地说，如果没有这些技术，现代跨国公司根本就不可能存在，而这些公司正是全景分类的主要代理人。

有人可能会说，要解决这些公司收集信息所造成的问题，消除全景分类的普遍悲剧，一个简单方案就是控制与自己有关的信息的发布。事实上，甘地论述了美国人越来越不愿意参与市场调查和民意调查，以及他们对于官方统计数据收集工作（如美国人口普查）的抵触。甘地指出，尽管人们对于隐私问题的意识不断增强，但是人们对于这个问题的态度和潜在的解决方案（如政府监管），则与他们在全景分类中的组织的权力有关。一般来说，人们相信他们拥有的权力越大，所担心的就越少（虽然这可能被个人对于全景分类的直接经历所改变，特别是负面经历）。

无论我们的权力关系如何，我们必须面对这样一个现实：为了完成商业交易，我们必须放弃信息。这在信贷或贷款过程中尤为明显，这个过程不可避免地要从填写申请表开始，其中会要求特定的、通常是非常私人的信息。人们可能反对收集这样的个人信息。然而，甘地指出，企业经常有对其交易对象信息的合法需求，而对于此我们可能都会同意。然而，放弃这些信息的结果可能会超出预期。即使在看似最微不足道的交互中，这也可能是真实的。

甘地使用了一个简单而又引人注目的例子：想象一下，你去一家裁缝店定制一条合身的裤子，在不给裁缝量尺寸的情况下完成这次交易是不可能的。但是，根据这些测量，不难发现一部分人可能体重超重。如果你的裁缝想和你的健康保险公司分享这些信息，那么后果可能是你的保险费会增加。

这个例子看起来可能很愚蠢：没有哪个人的裁缝会跟他的健康保险公司谈话。至少目前还没有。但在近 NII 的未来，当裁缝和保险公司都“连线”的时候，保险公司就可以轻轻松松地对裁缝进行电子查询，并为那些符合特定标准的人提供激励。而事实上，信息在被输入裁缝的（保险公司提供的）掌上电脑后会自动传输。公司不仅可以将这些信息整合到自己的文件中，还可以继续传播，也许是传给减肥计划的供应商，来抵消成本。

综上所述，问题不是简单的信息发布，正如上面的例子所示，我们必须提供一些信息以获得我们需要的信息。相反，问题在于信息会传播给未知的各方，并被用作未知的、计划之外的用途，由此带来不可预见后果。这个问题很复杂，因为我们做不到在不丧失基本的商品和服务的情况下，从全景分类的参与中全身而退。

技术和市场

全景分类最容易理解的（但至少是有害的）一个结果是，市场营销的日益普遍和干扰。随着商品和服务在资本主义文化中不断扩散，供应商必须做出越来越多的努力，以使他们的特定产品受到潜在客户的关注。

广告商总是在寻求提高营销效率。目前，直销企业给“潜在顾客”发送的邮件能有 3%—4% 的回报率就很成功了。这意味着，他们每联系到一个潜在客户，就得打扰到其他 30—50 个人。预先将目标锁定这 3%—4% 的人的能力是全景信息收集的主要动机。我们可能会详细地争论，广告商拥有关于我们的这样或那样级别的信息是否可取。一方可能认为，拥有更完善的信息可以减少对我们生活的侵扰；另一方则可能认为，个人信息是个人的财产，人们应该自由选择向什么人发布什么信息。

然而，甘地指出，有一个更大的问题值得提出，即为什么我们必须首先进行这场辩论。也就是说，我们应该考虑技术与市场营销和整个资本主义文化之间的关系。技术不是中立的，它是由利益相关方进一步引入的，反过来，它具有只能被模糊预见的涟漪效应。

一个明显的例子是互联网本身：它最初被设想为研究人员交流科学信息的网络，后来变成了主要的快速通信媒介和建立非地理社区的一种手段。然而，尽管街道有自己的用途，但人们通常必须经过重新塑造才能适应这项技术。如果我们之前习惯于接受持续的广告轰炸，那么关于广告客户认知和侵扰可接受程度的争论就不会发生。这种对人的精细改造也是全景分类过程的一部分。

甘地指出，这一过程也起源于工业时代早期，而且事实上明显早于广告。他引用了技术分析师雅克·埃吕尔[1]的观点。埃吕尔追溯了面包生产的机械化，他指出，小麦的一种属性使机器很难生产出像前机器时代的烘烤面包。实业家们并没有调整机器，而是着手创造一种新的面包需求。目标是高效生产（对面包机的所有者有益），如果人们必须重塑效率的话，就必须如此。

这一过程在我们的文化中已经根深蒂固，以至于我们不再认可它。当我们见证互联网转变成营销媒介和商业交易中心时，我们应该记住这一过程已经走了多远。甘地就此引用了现代分析师大卫·洛夫金的观点：

因此，一种简单的食物，如土豆变成了炸薯球，它就不再是明显的食物，它包含了不明的营养价值。很明显，每一个看起来都和其他的一样，却拥有了全新的身份。麦当劳的市场和生产是一致的……要理解快餐这种纯粹的技术现象，你必须看一看墙壁，注意食物的图片。人们买了图片，它永远不会喂养你，但它会永远让客户再次光临。的确，完全相同的完美汉堡，在实验室中设计，在计算机中烹饪。

正如我们所看到的，网站的发展促使公司及其产品的图片更加不切实际，想象我们正习惯于接受什么样的新产品既是一个有趣的游戏，又是一种可怕的景象。我们目睹了网络上全景数据采集入侵的开始。站点会维护（或发布）链接到它们主机的信息。许多网站要求用户“注册”或“登录”，这再次强化了信息采集的交易模式。

1　雅克·埃吕尔（Jacques Ellul，1921—1994），法国著名学者，当代最有影响的技术哲学家之一，他一生写了43部著作和1000多篇文章，其中《技术社会》（1954）、《技术秩序》（1963）、《宣传》（1965）、《政治的幻觉》（1967）、《技术系统》（1977）等著作在学术界都产生了很大的反响。

结果

正如对当前形势和相关趋势的一切分析一样，未来可能的发展范围相当大。然而，我们可以通过分析其极端结果来描述未来可能的谱线。这里有两种未来，它们位于可能结果的两端：第一个是“圆形监狱”，第二个是“加密隐私”。

圆形监狱

这种情况可以被看作动量或惯性的结果，而不是任何特定因素的影响。如上所述，全景分类是（理性的）个体行动者都致力于进一步增进自认的最佳利益和最有效操作的结果。

在这种情况下，没有太大的变化：公司继续迁移到政府监管越来越薄弱的地方（无论是真实的和电子的）。被媒体麻痹的消费者对于他们不理解的权利的慢性侵蚀漠不关心，默许这个过程进行。政府甚至可能唆使这个过程，正如他们追捕布鲁斯·斯特林所描述的“现代天启四骑士”：恐怖分子、儿童色情从业者、毒品交易、黑手党。值得注意的是，在现代美国，对每一场公共悲剧或威胁的回应似乎都在呼吁公民放弃更多的权利。最近，我们看到这样的呼吁是为了回应恐怖主义炸弹袭击，以及回应互联网上可能出现的色情内容。

毕竟，隐私是一个由社会时间和地点以及法律历史所构成的概念。现代意义上的隐私可以追溯到 1890 年发表的一篇法律评论文章，作者是塞缪尔·D. 沃伦和路易斯·D. 布兰代斯，题为《隐私权》。在未来，我们可能会把隐私重新认识为与信息不太相关的一种东西。也许，隐私将意味着保护我们每时每刻的想法，不让他人知道的一种能力。

如果这个概念看起来很奇怪，请回想一下裁缝的例子。在一个真正网络化的国家，似乎有理由认为任何能够交流信息的实体都会这样做。公司追求效率的努力将为我们提供越来越多的产品：这些产品都是量身定制的，能够及时满足一些连我们自己都不知道的需求。

当然，信息也会被提供给我们。为了回应我们的制造需求，我们将得到五百多条稳定的饮食渠道，每一条渠道都要小心地贴上标签，以避免冒犯任何人，就像 CD 和视频游戏被标记和评分一样。这些评分将是全景分类的结果，购买它的人可以预先查看这些商品的记录和分析，以便接下来送到他们家里、汽车、办公室的商品更接近他们的品位和价值观。

在未来的版本中，商业效率至关重要。所有其他的需求都被包含在拥有最成功的竞争资本主义结构的愿望中。无论是企业还是政府都不需要制定新的政策来实现这一设想，它并不依赖于任何特定的新技术进步。我们所需要做的就是什么也不做，我们继续像今天这样做决定，继续将当前的技术进步延伸到更多的社会领域。

这种情况的后果应该不会很明显。请记住，全景分类并非是加速前进；相反，它利用人们去做看起来符合每个人最佳资本利益的事情的愿望，以谨慎的增量前进。未来会发生的事情是，我们的子孙一边听着我们讲述“旧日子”的故事，一边愉快地摇着头。

加密隐私

随着大众传媒影响力的减弱，以及随之减少的对观点的同质化倾向和对当前权力结构的服从，我们可以推测，在美国政治话语中可能再度出现批判性思想意识。这样的意识，大概类似于水门事件后所提出的观点，可能会导致全景分类的改变或弱化。甘地在他对企业态度和政策的研究报告中指出，企业会最敏锐地意识到公众舆论和可能的政府监管。

如果这些因素倾向于采取更严格的监管措施，那么企业就会先发制人，改变自己的策略。据推测，他们认为，自愿的改变既能减少负面意见，又不会比外部监管或公众抗议严重。我们可能希望基于网络的政治意识能够刺激这种变化。

可悲的是，这种情况似乎越来越不可能发生。虽然网络提供了一个潜在的交流和意识增进对话的媒介，但事实证明，它无法对非单一问题做出有组织的反应，如在电子前沿基金会的网站上发现的警报。尽管网络是世界范围的，但对网络最有效的利用是用于解决城镇或地方层面问题和对话联络的社区网络。

虽然希望技术为社会问题提供答案或解决方案的想法总是危险的，但似乎我们正处于一个技术革新的边缘，它可能会彻底改变公司与个人之间的权力关系。这种技术就是无处不在的简易公钥加密技术，它允许个人对个人信息进行更多的控制。这种技术及其影响正在被一群黑客、数学家、自由主义者，以及社会改革者调查、宣传、热议，这些人被宽泛地称为密码朋克。

密码学本身至少和尤利乌斯·恺撒一样古老。一般来讲，加密是将函数 f 应用在文本 X 上，制作密文 Y 的过程。相反，解密是将另一个函数 g 应用在 Y 上，重新得到 X 的过程。过去的一个主要问题是，f 取决于密钥 k，因此，如果我们知道 f，并找到了 k，那么我们就可以解密。大多数这样的函数都是所谓的可逆函数。一个显而易见的解决方案是使用非可逆函数，然而，非可逆函数仍然容易受到密钥丢失的影响。

不过，这个问题已经被三位数学家解决了：罗纳德·李维斯特、阿迪·萨莫尔、伦纳德·阿德曼。他们申请了一项技术，把 k 分成两部分：一部分是公有的，另一部分是私有的。与这些密钥相关联的函数的构造方法是，我如果有某人的公钥和 Y，我仍然无法得到原始消息。只有私钥的所有者才能解密信息。RSA 算法最著名的实现是菲尔 · 齐默尔曼的 PGP 程序。在这种情况下，我将把 PGP 用作公钥加密的同义词。

这项技术的潜在意义是巨大的。为了描述未来场景，我们假设它已经开发完成。第一个含义是，通信可以免遭外部入侵。如上所述，全景监控最阴险的影响之一是人们开始自我审查。然而，我们如果削弱局外人监视我们发言的能力，我们就可以更自由地发表言论。当然，在公共论坛上的发言仍然是公开的，有可能受到监控。

然而，在网络上公开发言的一个不同寻常的条件是，它可以凭借一个电子地址识别出一个人的发言。的确，这个地址也可以隐藏，密码朋克们已经建立了网络匿名重邮器，允许人们匿名发电子邮件、发帖子。我们可以想象，这个网络将在未来发展到允许匿名传输各种信息。相反，在一些情况下，识别发言者并得到可信的结果很重要，这些网络可以拒绝传输那些没有被正确密钥验证的信息。在诸如公共官员的声明这类情况下，这一点是至关重要的。

公钥加密的第二个含义是，人们可以生成唯一的签名。特别是给定一个文档和一个私钥，作者就可以生成一个不可伪造且不可否认的签名（一组数字）。换言之，没有其他的密钥能生成这个签名，并且，对消息的任何更改都会生成一个不同的签名。因此，可以很容易地检测到篡改和伪造。验证很简单，任何人都可以通过访问作者的公钥完成验证，而公钥是可以自由散布的。

这种能力与第一种相反。我们所说的话可以在一定程度上与我们联系起来，至少等同于物理签名的作用。请记住，全景分类的最基本操作之一是识别——人们被文件记录识别，人们被训练携带并提供可识别的标志，这些标志揭示了私密的物理信息，如身高、体重、出生日期。

PGP 允许人们通过公钥和私钥来识别。一个人与一对密钥之间不存在必然联系——如果需要的话，人们可以拥有许多密钥对，公司也可以选择为每个客户生成新的密钥对。

最终，一个身份就是一个密钥对。“任职于—麻省理工学院—艾伦—维塞尔布拉特”与“购买—麦金塔—电脑—艾伦—维塞尔布拉特”不完全是同一个人。这种区别的重要性经常会在电子邮件和新闻组帖子中的“免责声明”中看到，写这个的人希望人们知道他们只代表个人观点，并不代表可能会与他们的名字联系起来的组织。

密钥本身可以署名。一个人的密钥可以拥有许多他人的署名。实际上，这些人证明了这个密钥属于这个人。反过来，他们也可以让这个人在他们的密钥上署名。结果就是所谓的“信任网”，我可能不直接知道某个密钥的持有者，但我可以知道什么人认识他或什么人知道认识他的人。

我们可能会认为这种关系链会很长，但它被一条理论所限制，世界上所有人之间的关系链都不超过六个人[1]。此外，我们可以想象，像麻省理工学院这样的知名机构将会建立起密钥签名当局。由于这些机构必须在许可人们进入前验证其个人身份，因此他们可以反过来通过在他们的密钥上签名来证明这些人的身份。这就复制了今天的识别结构，其中的代理人接受特定的标志，因为他们相信发行这些标志的机构已经做了必要的工作来确定持有标志的人确实是指定的人。

然而，通过拥有一个与自己没有联系的值得信赖的标志，我打破了全景分类的一种基本联系：一个人与其身份之间的联系。这本身并不一定是对全景分类的重大破坏，但它确实在朝着正确的方向发展。

1　即六度分离理论：“你和任何一个陌生人之间所间隔的人不会超过五个，也就是说，最多通过五个人你就能够认识任何一个陌生人。”

公钥加密最终也可能是最大的影响是数字现金。换言之，这项技术在未来被广泛使用后，人们可以通过网络用“货币”买卖商品和服务，就像今天的实体货币一样有效，这种数字现金就像上文提到的数字签名一样不可伪造，就像加密的信息一样完全匿名。

这一进步对于全景分类的颠覆、对于整个政府而言都意义重大。数字现金就像实物现金一样，有可能无法追踪。有了数字现金，我就可以用银行或其他发行数字货币的组织的担保来支付商品和服务的费用，而不必透露任何关于我自己的信息。这直接击中了全景分类的要害。

利用现金当救生索并不新奇。在当今社会，那些被排除在社会利益之外的人最有可能诉诸现金。在许多情况下，现金是他们唯一的救生索——难以获得信贷，无法证明自己足以负担得起支票，他们必须经常使用现金，因为将工资和政府支票兑换成现金的时候花掉了高昂的费用。这样做时，他们不会创建交易记录，也不会“建立信用”。从消极意义上来讲，这可以被视为一个过程，使穷人（或不良信用的人、宣布破产的人，等等）无法享受其他人可以享受的许多服务。从积极意义上来讲，它可以被看作一种让人摆脱全景分类的方式。数字现金将使所有人都有可能在很大程度上摆脱全景分类。

这假设了政府政策的一系列根本性变化。目前，美国的加密政策强烈反对公钥加密的广泛使用。政府机构（尤其是联邦调查局）必须接受这样的观点，即公民的谈话和掌握的信息可能是政府无法获得的。目前，政府的方法集中于托管密钥、限制加密信息的出口（像对待武器一样），以及在电信系统中（可能在 NII 中）内置窃听功能。

企业也必须改变它们与客户的接触模式。目前，企业感到有必要将自己的信息“推送”给潜在客户。要想有效地做到这一点，他们需要更详细的全景分类。然而，如果这些信息不可用，企业就不得不采用增加

“店面”的方法，在这里他们只能彰显自己的存在，宣传一下商品类型，并等待潜在客户的光顾。从某种程度上来说，这种模式已经在万维网上实践过了。

为了承认数字签名的有效性，法律上的改变也必然会出现。然而，在这种情况下，这种做法很可能会推进立法——在技术变革证明自己的时候，法律往往会认可它们。例如，最近允许 DNA“指纹”作为证据，目前尚没有关于 DNA 的联邦法律在法庭上使用，但是，这已经变成了公认的惯例。因此，这种情况认定一系列的法律案件已经为数字签名具备法律效力积累了必要的先例。

对于加密隐私而言，它最重要的方面同样也是最需要改变的方面。要让数字现金成为日常现实，就需要重大的立法变革；赚钱的能力是任何一个主权国家最紧密掌握的权力之一。数字现金的发明者大卫·乔姆已经成立了第一家发行和兑换数字货币的公司。

虽然政府不太可能放弃铸币的权力，但我们的经济体制已经不再将铸币作为主要的交易手段了。信用卡的普及、电子资金的转账也是如此。美国国税局以电子形式从公司中收取大部分税款，大量资金在银行和美联储之间进行着数字化转移。事实上，消费者仍然使用现金仅仅表明，NII 的电子资金这部分仍然没有被链接到“最后一英里”，即每个人的家中。然而，随着诸如财捷集团（Intuit）的 Quicken 个人财务程序鼓励电子支付和个人税务筹备程序鼓励电子文件归档，这种情况正在发生变化。

乔姆的数字现金公司已经在荷兰成立。然而，它的大多数供应商和用户都在美国。这就为政府带来了一个最麻烦的后果。如上所述，在历史上，公司非常愿意通过搬家（“转移到海外”）来为自己提供更有利的环境。如果数字现金被广泛接受，该国的消费交易转变为电子形式，那么政府可能很难接受一个诸如 DigiCash 这样的匿名系统。目前，在线意味着全景分类更容易获取信息。信用记录、电子支付等都携带着关键的辨识信息。数字现金则不然。实际上，它是一种几乎看不见的经济，它可能意味着政府监控和征税能力的终结。

结论

这一章简要描述了一种普遍的控制实践——全景分类。这种做法不是任何个人或集团的阴谋；相反，这是一场信息共享的悲剧，每个人为了自己的最佳利益工作，其结果却让我们所有人都感到不悦。全景分类通过塑造我们的行为、我们的期望，以及我们对于社会和彼此的反应来控制我们。

这种控制的目标是最优效率，也可以说成是商业利润最大化。这种技术并不是特别新颖，但是网络时代的技术将前所未有的控制延伸到了我们生活的方方面面。这种巨大的延伸本身是不可取的，因为它与我们现代的隐私观念相冲突。

我们已经描述了两种可能的结果，提供了可能性谱线的两个端点。在一种极端情况下，没有任何变化，我们慢慢地陷入信息的“圆形监狱”中。在另一种极端情况下，一切都在改变，我们建立了技术壁垒来保护自己。在现实中，未来可能介于这两个极端之间。政府可能会采取一些措施来保护个人隐私。企业可能会意识到，持续入侵并非它们的最佳利益，并对自身行为进行一定程度的自我约束。

然而，从根本上来说，最重要的问题是我们认为我们的社会有哪些优点。如果我们允许全景分类继续下去，我们就会任由自己进入这样一个世界——在这个世界里，企业效率是我们追求的最高目标。不知怎的，这个想法似乎有点问题。

致谢

特别感谢麻省理工学院媒体实验室的叙事智慧阅读小组，他们对甘地书中的材料进行了有益的讨论。布拉德·罗兹对本文提供了有益的意见。

智能软件

帕蒂 · 梅斯

本书中的大部分文章都是关于互联网的，因为它可以被人们用来以某种方式进行交互。但是还有其他实体“生活”在线上和线下，在帕蒂·梅斯的文章中，她描述了软件在互联网上充当智能代理的方法。智能代理的发展是控制论中最令人震惊和最重要的进展之一，它有可能在相对较短的时间内影响到互联网交互的方方面面。

帕蒂·梅斯近二十年来一直是麻省理工学院媒体实验室一位富有创新精神而又多产的贡献者，也是萤火虫网络公司的创始人。她与其他研究人员共同为智能代理和人工智能做了开创性的研究。

在下面的文章中，她以通俗易懂的方式展示了这些智能代理现在的工作原理，以及它们将来可能拥有的功能。如果这听起来像科幻小说，那就尽情猜想吧，欢迎来到未来！这篇文章首次发表于1995年的《科学美国人》。

计算机像汽车和烤面包机一样无处不在，但开发计算机的能力似乎需要像训练超声速测试飞行员一样训练它们。世界各地计算机显示器都在中午 12 点时闪烁起屏保程序证明了这个难题。随着交互式电视、掌上电脑记事簿和“智能”信用卡数量激增，数百万未经训练的用户和同等数量的精密微处理器之间的差距会变得更加明显。随着人们在电脑屏幕前花费的时间越来越多——互相传递信息、互相娱乐、交换信函、工作、购物、恋爱——在人类有限的注意范围与越来越复杂的软件和数据集合之间，我们必须找到一些协调方法。

计算机目前只对接口设计者所称的直接操作做出反应。除非有人通过键盘、鼠标或触摸屏发出指令，否则什么也不会发生。计算机仅仅是一个被动的实体，等待执行非常详细的特定指令，它对于复杂任务或执行耗时不确定的操作（如搜索信息）几乎毫无帮助。

如果要让未受过培训的消费者可以高效地使用未来的计算机和网络，那么直接操作将不得不让位给某种形式的授权。研究人员和软件公司对所谓的“软件代理”寄予厚望，他们“懂得”用户的利益，并能自主行事。人们将不再进行完全的控制（并对电脑的每一个动作负责），而是参与到一个合作过程中，在这一过程中，人类和计算机代理进行通信、监控事件，并执行任务以满足用户的目标。

一般人会有很多的变化的自我——事实上就是数字代理——同时运行在不同的地方。其中一些代理将通过隐藏任务的技术细节，引导用户通过复杂的线上空间，甚至教他们一些特定的科目来让数字世界变得不再那么难以应对。其他代理将积极搜索它们的所有者可能感兴趣的信息，或监控特定主题的关键变化。然而，其他代理可能有执行交易的权力（比如在线购物），或者在人们不在的时候代表他们。层出不穷的纸质和电子袖珍日记已经预示，软件代理非常适合扮演私人秘书的角色——保留主人的记忆，提醒他们把东西放在了哪里、跟谁谈过话、完成及尚未完成的事项。

这种功能的改变很可能与人们和计算机交互的物理方式的变化同时发生。人们不必操作键盘和鼠标，而是通过语言或者手势来交代需要做的事情。作为回应，代理将以“活着的”实体形象显示在屏幕上，用活生生的面部表情或肢体语言，而不是文本、图形和数字来表达它们当前的状态和行为。

一个强大的目标

尽管我们希望软件代理执行的任务非常容易可视化，但是代理本身的构建又存在一些问题。代理程序与普通软件主要的不同之处是，它们自己需要一种独立实体的感觉。一个理想的代理知道它的目标是什么，并且会努力去实现它。一个代理也应该是稳定的、自适应的，能够从经验中学习，并使用不同的方法来应对不可预见的情况。最后，它应该是自主的，这样它就能感知到它所处环境的现状，并且能够独立行动，朝着它的目标前进。

程序员甚至连制作传统软件都很困难，那么他们如何创建代理程序？事实上，目前市面上的代理程序几乎没有理由为其正名。它们并不怎么智能，通常只能遵循用户指定的一组规则。例如，一些电子邮件包允许用户创建一个代理，根据发件人、主题、内容对收到的信息进行排序。执行者可能会编写一个规则，将包含“会议”这个词语的所有信息的副本转发给管理助理。这种最小代理的价值完全依赖于其所有者的主动性和编程能力。

人工智能研究者长期以来一直追求更复杂的方法来构建代理。知识工程师赋予程序在特定领域执行任务的信息，程序推断出对于给定情况的正确反应。例如，一个人工智能电子邮件代理或许知道人们可能有行政助理，知道某特定用户有一名助手叫乔治，知道助理应该了解老板的会议安排，知道包含“会议”这个词的信息里可能有调度信息。知道了这些，代理便可以推断出应该转发的消息。

四十年来，人们一直试图构建这类知识型的代理。不幸的是，这种方法还没有产生任何可以商用的代理。尽管知识工程师能够将许多狭窄的领域编纂成法典，但他们无法构建起代理在世界范围内运行所需要的所有常识信息。目前，将这些知识系统化的唯一努力来自得克萨斯州奥斯丁 Cycorp 公司的 CYC 项目[1]。现在，基于 CYC 的代理能否有足够的知识来做出适当的决定，特别是它能否为特定用户获取特殊知识，回答这些问题还为时尚早。即使 CYC 成功了，人们也很难相信一个由别人指导的代理。

现在商业上的有限代理和开发中的人工智能代理，二者都依赖于某种形式的编程。第三种也是最有希望的方法采用了人工生命这一相对年轻的领域开发的技术，这个领域的从业者研究生物体的自组织和适应环境的机制。尽管它们仍处于起步阶段，但是人工生命代理是真正自主的：事实上，它们进行自我编程。它们的软件设计可以让它们根据经验和与其他代理的交互来改变自身行为。在麻省理工学院，我们已经构建了一个软件代理，它可以持续观察一个人的行为，并自动执行它检测到的任何常规模式。电子邮件代理可以通过观察发现，用户总是转发包含“会

1　CYC 项目始于 1984 年，由当时的微电子与计算机技术公司开发。该项目最开始的目标是将上百万条知识编码成机器可用的形式，用以表示人类常识。1994 年，CYC 项目从该公司独立出去，并以此为基础成立了 Cycorp 公司。

议”这个词的信息副本给行政助理，然后它可能会自动这样做。

代理还可以向执行相同任务的代理学习。一个面对未知邮件的电子邮件代理可能会通过询问它的同行来了解一些信息，比如，人们在读取邮件列表中的邮件时，通常会先阅读发给他们个人的邮件。这种协作可以使代理的集群以复杂又智能的方式进行操作，即使任何单个的代理都非常简单。

图灵遇上达尔文

随着时间的推移，“人工进化”能够将系统中最有效的代理（由他们的所有者评定）的行为进行编码并组合，以培育更适合的种群。我和我的同事建立了一个这样的系统来开发代理，它可以搜索数据库并检索可能使它们的用户感兴趣的文章。它们的每一代都能更好地与其所有者的利益相匹配。

随着时间的推移，这种方法可能会在 21 世纪计算机网络中形成一个完整的电子生态系统。向用户或其他代理提供服务的代理将更频繁地运行、生存、繁殖，否则就会面临被清除的命运。随着时间的推移，这些数字生命形式将填满不同的生态位[1]。有些代理可以演变为不错的数据库索引器，而其他代理则可以使用它们的索引来查找特定用户的兴趣条目。未来将会有一些寄生、共生，以及生物界所熟悉的许多其他现象。随着外部对信息需求的变化，软件生态系统将不断自我更新。

显然，代理的广泛传播将会产生巨大的社会、经济和政治影响。代

1　生态位是指一个种群在生态系统中，在时间、空间上所占据的位置及其与相关种群之间的功能关系与作用。

理将带来一场社会革命：几乎任何人都能接触到这类今天少数特权阶层才能拥有的支持人员。因此，它们将能够消化大量的信息，同时从事多项不同的活动。这种变化的最终后果是无法预测的。

当然，代理带来的变化形式取决于它们的雇用方式，许多问题尚未得到回答，还有一些问题甚至没被问到。例如，用户应该对其代理的行为负责吗？我们如何保证代理会对它积累的所有关于其所有者的私人信息保密？

代理应该自动承袭其所有者的坏习惯，还是应该尝试教给他们更好的习惯（如果是这样，谁来定义“更好”）？随着电子生态系统变得越发复杂，它能确保仍有足够的计算能力和通信带宽来实现人类想要完成的无数任务吗？迄今为止，研究人员所做的有限实验仅仅暗示了现在出现的种种可能。

阅读的权利

理查德 · M. 斯托曼

互联网设计之初旨在成为自由交流思想的媒介。自从互联网的鼻祖阿帕网问世以来，联邦政府以及代表商业、宗教和社区利益的特殊利益集团等各类团体，都试图通过立法限制互联网上的信息。无论是以国家安全、利益、道德，还是“保护儿童”的名义，这些尝试都会对言论自由构成威胁。

理查德·斯托曼因开发了GNU Emacs荣获1990年ACM格蕾丝·默里·赫柏奖[1]，他开发了自由符号调试器GDB，并创立了开发自由GNU操作系统的项目。他是互联网信息自由最重要的倡导者之一。本文以极为清晰有力的形式阐述了那些认为不应该在互联网上限制信息的人所面临的冲突和潜在的障碍。此文最初发表于1996年。

1 ACM 格蕾丝 · 默里 · 赫柏奖（ACM Grace Murray Hopper Award），美国计算机学会为纪念现代计算机诞生 25 周年而特别设立的奖项。

本文发表于 1997 年 2 月的《美国计算机协会通信》（第 40 卷，第 2 期）

（本文节选自文集《通往第谷[1]之路》，2096 年发表于月亮城）

对于丹 · 哈尔伯特而言，通往第谷的路始于大学。当时，丽莎 · 伦兹向他借电脑。她的电脑坏了，如果她借不到电脑，那么她的期中考试必定无法通过。除了丹以外，她不敢向其他人开口。

这让丹左右为难。他不能袖手旁观——但如果他把电脑借给她，她就可能会看他的书。把自己的书给别人看会招来多年的牢狱之灾，一想到这些，他就不由得胆战心惊。除此之外，和所有人一样，他从小学起就被教导说：分享书籍是错误而又卑鄙的事情——只有盗版者才会这么做。

而且，他十有八九会被软保局——软件保护局抓住。丹在软件课程上了解到，每本书中都有版权监控，它会向授权中心报告书籍在何时何地被何人阅读。（当局不仅利用这些信息来抓捕阅读盗版书籍的人，还向零售商出售个人兴趣信息。）他的电脑下次联网时，授权中心就会知道。作为计算机所有者，他将受到最严厉的惩罚——因为他没有尽力阻止犯罪。

当然，丽莎未必会阅读他的书。她可能只想用电脑完成她的期中考试。但丹知道她来自中产阶级家庭，几乎负担不起学费，更不用说阅读费了。读他的书可能是她顺利毕业的不二法门。他了解这一点，当初，

1　月球表面的一座环形山。

他也不得不借钱来支付他阅读的所有论文所需的费用。（论文的作者会获得 10% 的阅读费。由于丹的目标是从事学术工作，他希望自己的论文能够赚到足够多的收入偿还这笔借款，如果他的论文能被频繁引用的话。）

日后，丹或许会知道，曾经有一段时间，任何人都可以去图书馆免费阅读期刊文章甚至书籍。有一些独立学者未经政府图书馆授权就阅读了无数书刊。但在 20 世纪 90 年代，商业和非营利性期刊出版商都开始收取查阅费用。到 2046 年，图书馆免费向公众提供查阅学术文献的服务已经成了模糊的记忆。

当然，还是有办法可以避开软保局和授权中心。毫无疑问，这些办法是非法的。丹在软件课上有一个同学，名叫弗兰克·马尔图齐，他搞到了一个非法的调试工具，并在阅读书籍时用它跳过了版权监控代码。但他把这件事告诉了太多朋友，其中一个人为了奖金向软保局举报了他。债台高筑的学生很容易受到诱惑而背叛朋友。2046 年，弗兰克入狱，不是因为阅读盗版作品，而是因为拥有调试器。

日后，丹或许会知道，曾经有一段时间，任何人都可以拥有调试工具，甚至还有自由软件调试工具，人们可以购买光盘或从网上下载。但普通用户开始使用它们避开版权监控，最终，法官裁定，避开版权监控已成为调试工具的主要用途。这意味着调试工具是非法的，于是调试器的开发者就被送进了监狱。

当然，程序员仍然需要调试工具，但是 2046 年的调试器供应商只出售有编号的副本，并且只卖给官方授权的和有担保的程序员。丹在软件课上使用的调试器有特殊的防火墙保护，因此只能用于课堂练习。

安装经过修改的系统内核也可以避开版权监控。最终，丹或许会知道，在世纪之初，自由内核甚至自由操作系统都是存在的。但是和调试器一样，它们也是非法的，如果你不知道电脑的根密码，那么便无法安装它们。而且联邦调查局和微软的支持服务都不会告诉你相关信息。

丹断定自己不能轻易把电脑借给丽莎。但他不能无动于衷，因为他爱她。每次同她交谈都让他如沐春风。而且，她选择向他求助可能意味着她也爱他。

终于，进退两难的丹下定决心，做出了更令人难以置信的事情——他把电脑借给了她，并把他的密码告诉了她。这样，如果丽莎阅读他的书，那么授权中心就会认为是他自己在读。这同样是犯罪，但除非丽莎举报他，否则软保局无法自动发现。

当然，如果学校发现他把自己的密码给了丽莎，不管她用密码做了什么，两人的学生生涯就都要终结了。学校的政策是，任何干扰学校监控学生电脑使用情况的行为都要受到纪律处分。无论你是否做了坏事都无关紧要——你的过错在于妨碍管理员监控你。学校认为这意味着你还在做其他违禁的事情，学校无须知道你具体做了什么。

学生通常不会因此被开除——不直接被开除，而是会被禁止使用学校的计算机系统。毫无疑问，这会让他们的所有课程不及格。

日后，丹可能会知道，这样的大学政策是在 20 世纪 80 年代才开始实行的，当时有大批大学生开始使用电脑。此前，大学对学生违纪有不同的处理方法：学校惩罚有害的行为，并不惩罚那些仅仅是可疑的行为。

丽莎没有向软保局举报丹。他的慷慨相助让他们走进了婚姻的殿堂，也让他们开始质疑他们在儿时接受的关于盗版的教育。这对夫妇开始阅读关于版权的历史，关于苏联及其对复制的限制，甚至最初的美国宪法。他们离开地球，移民到了月亮城，在那里，他们找到了和他们一样远离软保局魔掌的同伴。当 2062 年第谷起义爆发时，普遍的阅读权很快成为其核心目标之一。

作者于 1996 年的附记：

今天，针对阅读权的斗争已经展开。虽然我们当前的自由可能要花上五十年的时间才会淡出视野，但是上文描述的大部分专制法律和实践已经被克林顿政府和出版商提出来了。

只有一个例外：中央情报局和微软会保管个人计算机的根密码。推断出它的根据有两点：一是 Clipper 芯片和类似的实行密钥托管的提案；二是一个长期的趋势——越来越多的计算机系统控制权被授予不在场的计算机操作员，这些操作员会控制那些真正的计算机使用者。

软保局实际代表的是软件发行者协会（Software Publishers Association），它现在并不是警察机构。但是它的行为却与警察机构别无二致。它让人们举报他们的同事和朋友；与克林顿政府一样，它主张集体责任政策，即计算机所有者必须积极遵守版权制度，否则就要受到惩罚。

软保局目前正在威胁小型互联网服务提供商，要求他们允许软保局监控所有用户。大多数互联网服务提供商在受到威胁时都会屈服，因为他们无力在法庭上抗辩。例如，有一家互联网服务提供商——位于加州奥克兰市的社区连接公司（Community ConneXion）——拒绝了这一要求，随即便被告上了法庭。

上文提到的大学安全政策并非虚构。例如，芝加哥一所大学的电脑在人们每次登录时都会显示这样的信息：

“本系统只供授权用户使用。未经授权或超越权限使用本计算机系统的个人，其所有活动都会被系统人员监控并记录在案。在监控不正当的使用者的同时，授权用户的行为也受到监控。本系统的任何使用者都要明确同意这些监控，同时要注意，如果监控发现有可能的违法行为或违反大学规定的证据，系统人员可向校方或执法人员举报。”

这是对付第四修正案[1]的一种有趣的方法：迫使大多数人事先同意放弃他们在该修正案下的权利。

作者于2001年的附记：

2001年，这个可怕的未来到来的脚步比任何人预期的都要快。Adobe开始销售出版受限制的电子书的软件。一家俄罗斯公司开发了一款软件，通过将受限制的电子书转换成PDF格式，避开了这一限制。

今年7月，该公司员工德米特里·斯克利亚洛夫在访问美国期间，遭到了Adobe的指控而被捕。原因是他在美国参加了一个会议，并发表了一篇关于Adobe加密漏洞的论文。

程序员现在定期举行抗议集会，要求撤销对斯克利亚洛夫的指控，并开始抵制Adobe。这是公众为了结束《数字千年版权法》[2]的猖獗使用而进行的为数不多的几次诉求之一。我认为任何关心出版自由的人都会拒绝与Adobe打交道，除非它承诺不再做这样的事情。而且人们永远不应该接受电子书，因为它给人的自由要小于纸质书。

与此同时，美国和欧洲大学中的安全研究人员也受到了威胁。他们现在担心，如果公布自己的研究结果，可能会遭到起诉。拟议中的《海

1　美国宪法第四修正案是美国权利法案的一部分，内容为：“人民的人身、住宅、文件和财产不受无理搜查和扣押的权利，不得侵犯。除依照合理根据，以宣示或代誓宣言保证，并具体说明搜查地点和扣押的人或物，不得发出搜查和扣押状。”

2　《数字千年版权法》，即《数字千年版权法案》，英文全称“*Digital Millennium Copyright Act*”，简称DMCA。也称《千禧年数字版权法》。该法旨在满足世界知识财产组织（WIPO）的需求，但它没能够为大多数软件、电影和音乐等行业的公司提供有效支持。所以，围绕数字千年版权法案的争议和风波此起彼伏，从未间断。

牙条约》可能会使美国的《数字千年版权法》对整个互联网的影响全球化，也可能会使所有国家的所有法律对互联网加以限制，从而威胁到世界各地的言论自由。拟议中的网络犯罪条约将要求对遭到逮捕的斯克利亚洛夫实施同样的刑事处罚。

2001 年 8 月，迪士尼大力资助的参议员欧内斯特·霍林斯提出了一项法案，要求政府批准在所有电脑上安装特定的版权限制工具，其实际效果或许等同于禁止自由开放的系统。

公共领域联盟是一个新的组织，旨在抵制和扭转知识产权权力的过度扩张。

密码学与真名实姓的政治学

伦纳德 · 方纳

整个世界——炫目耀眼，充斥着金钱和政治——真正的兴趣在于互联网商务。股票市场充斥着互联网热门股，因为控制世界上大部分金钱的人已经意识到，他们可以把这个迄今为止与世隔绝、晦涩难懂的“科学聊天热线”作为赚钱的手段。

但是，赚钱过程的核心是确保信息和资金的安全交换。麻省理工学院媒体实验室的研究员伦纳德 · 方纳提出了信息交流过程固有的一些问题，信息交流不仅应该是私密的，而且必须是安全的，不受外部团体干预。这些问题与本书中其他文章所探讨的问题相似却又有不同。我们如果想避免信息高速公路上的大规模盗窃和欺诈行为，就必须接受他的观点，他的观点对我们所有人来说都是极其重要的。这篇文章写于 1995 年。

“在很久很久以前的魔法时代，任何一位谨慎的巫师都把自己的真名实姓看作最值得珍视的密藏，同时也是对自己生命的最大威胁。因为——故事里都这么说——一旦巫师的对头掌握他的真名实姓，随便用哪种尽人皆知的普通魔法都能杀死他，或是使他成为自己的奴隶，无论这位巫师的魔力多么高强，而他的对头又是多么虚弱、笨拙。时移世易，我们人类成长了，进入理智时代，随之而来的是第一次、第二次工业革命。魔法时代的陈腐观念被抛弃了。可是现在，时代的轮子好像转了一整圈，我们的观念又转回魔法时代（这个时代究竟是不是真的存在，这个姑且不论）——我们重新担心起自己的真名实姓来……”

这便是《真名实姓》的开篇。是什么决定了其他人是否知道一个人的真名实姓，或是知道一个人、一家公司、一个国家的秘密？

答案是密码学，或是密码学的缺失。

有了强大的、牢不可破的密码学，个人和组织就有了保密和匿名的自由。没有密码学，这些自由根本就不存在。目前，技术支撑起了牢不可破的密码学（通过适当的关注，以及对未来一定的警告）。但是在世界范围内有许多政治努力，出于各种原因，他们试图把漂亮的蘑菇云重新放进闪闪发光的金属外壳里，并让人们的保密能力退回到原始时代。

本文分析了强大（本质上牢不可破）的密码学的技术和政治。在技术方面，本文仅仅展示了今天可能发生的事情、如何处理它，以及在不久的将来可能发生的事情。在政治方面，叙述了最近发生在互联网和相关通信媒体上的许多事件，也对政治前景进行了预测。随着政治的不断发展，本文面临着迅速过时的风险，但任何致力于文字的事情都是如此。

整个课题是巨大的。不过，这不是一篇学术论文，我会引证我所说的部分内容（另外，我极大地简化了技术和政治，欢迎学识渊博的业内人士前来指摘）。不过，我提供了一些线索，让那些感兴趣的人可以进一步探索。我在这里主要集中于个人（而非公司或国家）使用的密码学，并强调公民自由。技术的名称和政府机构的名称混在一起，熬成了一锅缩写词“浓汤”——先干了这碗金宝汤[1]的字母汤，然后再进入正题吧。

强加密技术

密码学的存在是为了保密。现代密码学也可以用来验证某人是谁——而且可以秘密地做到这一点。

下面，我们来看看最近人们在网络和计算机上保密的常见方式。从所有这一切中得到的教训是，“你能想到的几乎任何问题都有已知的解决方案”。还有更多的解决方案不断被发明出来。密码学和保密的问题在很大程度上不是技术，而是政治和经济问题。某些人有多渴望你的信息，这对他们来说值多少钱，你保密要花多少钱？

加密和破解（密码破译者的工作）之间的军备竞赛一直在进行。人们想出的几乎所有的新系统通常都会被快速破解，只有罕见的、特殊的系统能够在密码破译者的攻击下幸存，但那些幸存下来的密码通常会存活几十年甚至更长时间。

现代加密系统（有一些例外，稍后进行讨论）将该算法用于公共场合。每个人都能找到这个算法，尝试破解它、实现它，等等。这就是密钥，它为特定的用户自定义算法，它是高度保密的信息。

1　金宝汤是当今美国首屈一指的罐头汤品牌。

这种方法有许多优点。每个人都可以实现自己的密码系统（例如，利用新计算机或将其放入新产品中）。同时，这意味着来自世界各地的专家可以尝试破解系统——通常，只有在专家历时多年仔细研究之后也没发现任何重大漏洞的情况下，加密系统才算是可信的。

通常，谈到密码系统的时候，常见的惯例就是讨论爱丽丝和鲍伯的通信，他们的通信可能会被窃听者伊芙听到，或被恶意用户马洛里积极干扰（我们经常在复杂的系统中混入其他的名字）。我们还讨论了信息的明文（爱丽丝发送的内容和鲍伯阅读的内容）和密文（诸如通过电缆传输或储存在文件中的信息），我们假设，爱丽丝和鲍伯身边没有人偷看——有时这个假设很过分，但我们暂时这样假设。

今天使用的加密系统主要有两种类型。最简单但最难使用的是所谓的对称密钥或私钥系统。要使用这样的系统，爱丽丝和鲍伯必须共享一个秘密——他们必须事先安排一次私下会面，并生成一个密钥用于他们的通信。他们不能仅仅把这个密钥从一个人发送给另一个人——如果他们可以在密钥不被窃听的情况下做到这一点，那么他们也可以对他们的信息进行这样的处理，并完全免除加密。

对称系统的一个经典例子是一次性密钥。爱丽丝和鲍伯私下商定并同意以一个大的随机比特流作为他们的一次性密钥。然后，爱丽丝就可以发送一个比特给鲍伯，方法是从密钥中取出下一个未使用的比特，再从她的原始信息中取下另一个比特，并将二者组合起来：她原始的比特和密钥的比特要么全是 0，要么全是 1。如果全是 0，那么她就给鲍伯发送一个 0，否则就发送一个 1（这种组合比特的方法被称为异或，类似于人们说的“非此即彼”的意思。异或在密码系统中是最常见的操作之一，以后要记住）。鲍伯用他自己的一次性密钥副本对来自爱丽丝的比特流进行异或操作来恢复原始信息。只要爱丽丝和鲍伯都没再从这个密钥中使用比特，它就是完全安全的，无法被任何计算能力所破解——如果密钥上的比特确实是随机的，如果密钥中没有哪部分被使用过一次以上，如果爱丽丝和鲍伯在使用比特时能够保持同步的话。

这是一种笨办法。爱丽丝和鲍伯必须先私下见面。他们必须生成尽可能多的比特密钥用于通信，而且必须提前完成。

一个更好的方法是使用各种各样对称的密钥密码，如数据加密标准（DES），它通常用来加密银行之间的电汇。在这个方案中，爱丽丝和鲍伯只需要秘密商定一个 56 比特的密钥，一旦他们拥有了密钥，就可以互相发送任意数量的比特。密钥中 0 和 1 的模式决定了加密一个信息时比特打乱并重组的方式，密钥可以是任何长度，加密和解密都使用这个相同的密钥。

DES 曾经是一种非常安全的算法。如今，如果知道了信息的 64 个比特的话，人们可以构建专用计算机（已经公布了全部细节）来破解它（这是已知明文攻击——从选择的明文一步一步进行攻击，在这里，马洛里可以选择爱丽丝加密的一些比特）。DES 破解机是一台并行计算机，如果你花更多的钱，造一台更大的机器，破解起来会更快。按照 1996 年的价格，100 万美元的机器破解一个密钥平均需要 5 个小时；10 万美元的机器则要花费一天。三个学识渊博的研究生在一个学期内就能建造出这种机器 [为什么是三个？仅仅是因为在合理的分工下，一个人做超大规模集成电路（VLSI）设计，另一个人做板级设计，还有一个人做控制软件]。一旦建成，这台机器便可以破解任意数量的密钥——所以要么你有一个价值 100 万美元的密钥，要么你愿意出售破解密钥服务给所有人，每破解一个密钥收费 100 美元，这样你才能够建造这种机器（仅仅伪造一笔电汇就足够买下这台机器了）。

DES 是一个已经失去效用的系统的例子。直到 20 世纪 90 年代前后，它都是一个伟大的方案。如今，仍在使用它的人们被建议使用一个叫作 Triple DES[1] 的方案，在这个方案中，两个或三个密钥（无关紧要）被连续送入三台加密机器，使明文被加密三次（用三种不同的方式）之后再进行传送。鲍伯的机器正好相反。这种方法仍然相当安全。

有许多其他的对称加密方案，它们至少与 DES 一样安全，而且在软件中更容易使用——DES 在硬件中使用比在通用计算机中使用要容易得多。其中一个便是名为 IDEA 的瑞士密码，但有许多加密方案可供选择。

但所有这些方案都要忍受希望沟通的各方必须先私下交换密钥这一问题的困扰。如果你是一家银行，可以使用一个值得信赖的快递服务，这显然不错，但是如果你只是想在给某人打电话或发电子邮件时，不希望信息被窃听的话，就很不方便。

然而，到了 20 世纪 70 年代，人们发明了公钥加密系统。迪菲和赫尔曼发明了一个，李维斯特、萨莫尔、阿德尔曼发明了另一个，称为 RSA（取自他们三人名字的首字母）。公开密钥系统是一种不同类型的野兽，基于大素数的数学运算。总的来讲，其安全性建立在将一个足够大的数分解为组成它的素数的难度之上——这项工作吸引成千上万人进行了多年的研究，似乎非常棘手（对于传统计算机而言），但这并不代表它是不可能的。因此，公钥系统虽然构筑在坚实的基础上，但并不是一次性密钥的基石。

在公钥系统中，爱丽丝和鲍伯各自生成自己的一组密钥。每个密钥分为两半——一半公钥，一半密钥。爱丽丝和鲍伯可以在任何他们喜欢的地方公开公钥。例如，在《纽约时报》上，或在他们的网页上。他们

---

1 Triple DES 是三重数据加密算法（TDEA，Triple Data Encryption Algorithm）块密码的通称。它相当于对每个数据块应用三次 DES 加密算法。

尽可能保护私钥，从不向任何人透露。

为了给鲍伯发信息，爱丽丝首先要查看他的公钥。然后用他的公钥加密她的信息，发送给鲍伯。一旦完成了这些，她就再也不能解密密文——无论是用鲍伯的公钥，还是用爱丽丝的私钥和公钥都无法解密。而鲍伯则可以用他的私钥解密信息。

这个方案是不对称的——双方没有相同的密钥。主要的好处是，他们无须见面交换密钥，爱丽丝只需要鲍伯密钥的公共部分，反之亦然。

此外，爱丽丝可以签署一条信息，以证明其真实性。毕竟，鲍伯有理由相信马洛里已经伪造了一条信息给他——因为马洛里只需要查看鲍伯的公钥来加密一条信息即可，因而马洛里可以很容易地伪造一条声称是来自爱丽丝的信息（尽管只有鲍伯可以阅读）。为了防止这种情况，爱丽丝首先用她的私钥加密信息，再用鲍伯的公钥加密信息，最后把结果发送给鲍伯。鲍伯用他的私钥解密信息，然后再用爱丽丝的公钥解密。如果他没得到无用的数据，那么他便明白只有知道爱丽丝私钥的人才能发送这条信息（爱丽丝经常只加密她信息的一个密码散列[1]，这是一种概括，但我们可以忽略这一细节）。

公钥系统有许多伟大的特性，但速度不是其中之一。所以，它们常常与对称系统结合使用。

爱丽丝生成一串被称为会话密钥的随机比特，她将其用作与鲍伯进行通信（只有一次！）的密钥。然后，她使用公钥系统加密这个密钥（缓慢地），发送给鲍伯。再然后，她用这个有些像 3DES 或 IDEA 的密钥来加密她信息的主要部分（快速地），她知道鲍伯可以用他自己的私钥解密会话密钥，然后使用会话密钥解密信息。

1 就是把任意长度的输入，通过散列算法，变换成固定长度的输出，该输出就是散列值。

互联网上流行的一种被称为 PGP 的通信包，就是使用的这个方案：RSA 加密会话密钥，IDEA 加密信息（还有许多其他的安全措施来防止存储的密钥的无意泄露、管理密钥的集合等）。

像 DES 一样的对称系统，以及像 RSA 一样的公钥系统中使用的算法有一个有趣又极为重要的特性：将使用的密钥长度加倍通常只会使加密或解密的时间略微延长一点，但却让破解密钥的难度以天文数字般增加（从技术上来讲，加密时间通常是 n^2，n 是密钥的长度，但破解密钥的时间经常上升到 2^n，它上升得更快——这就是所谓的多项式增长和指数增长）。这意味着，当使用传统计算机时（换言之，除非算法突破，我们稍后详述），爱丽丝和鲍伯可以轻而易举地保持对伊芙和马洛里的领先，方法是随着计算机计算速度的加快，慢慢增加密钥长度。这样做可以让他们海量地增加伊芙和马洛里的工作量，而自己的工作量却不会增加很多。

使用对称和公钥加密系统的这些基本技术，我们可以制造出各种各样的产品。一个重要的应用是为通信（和存储文件）保密，但是还有很多其他的应用。我们可以制造电子的、不可伪造的现金（根据定义，现金是匿名的），无论它在反复易手时是否需要通过网络链接到银行，这取决于设计。我们可以保证匿名性，通过加密邮件并用世界各地的其他机器关系网发送它们，最终解密并将信息同发信人分离开来（密码朋克重邮器完成这些事情）。我们可以编写协议，只有在十二人当中的七人（或其他人数）同意解密的时候才允许解码信息。我们可以对数据进行盲读，以便人们可以在无须阅读的情况下签署文件（例如，在不放弃发明的情况下证明自己的发明，此时非常有用）。我们可以见证一个秘密的知识，超越一切合理的怀疑，而不需要泄露哪怕一点点的秘密。我们可以通过电话抛掷一枚（虚拟的）硬币，见证它的落地方式，以免日后反悔。两个人可以同时签署一份合同。应用还有很多，在此不再举例。

请记住，密码学是用户和密码破译者之间的军备竞赛。经历了二十余年后，DES 终于落伍成了一个雄心勃勃但传统的数字计算机设计。更糟的是，即使像 RSA 这样的公钥系统也并非永远安全。例如，贝尔实验室的彼得 · 肖最近证明，利用量子计算机（其计算方式完全不同于数字计算机），人们破解类似 RSA 的系统仅仅需要多项式时间，这表明加密完全无效。迄今唯一的问题是，没有人知道如何构建一台能够运行足够长的时间来解决实际问题的量子计算机。但许多人正在研究这个问题，他们正在取得进展。我们将会看到一些有趣的政治后果出现。

强加密的政治学

在 20 世纪，优秀的密码学经常被当作一种军事武器：战争的胜败部分基于哪一方能破解另一方的密码。因此这是由两个困难的问题所定义的，答案是社会学和政治学，而非技术：

谁来使用它？

谁来破解它？

这两个问题是当前围绕密码学的政治纠葛的核心。

至于谁来使用密码学，那些限制密码学使用的人实际上已经输掉了这场战争。关于如何构建和使用强加密系统（无论是对称的还是非对称的系统）的基本知识，都是世界性的。不仅有描述了几十种这类算法的精彩文章在世界各地发布（或输出），而且更多信息（有时算法本身作为源代码）广泛存在于全球互联网上（美国商务部曾经进行了一项调查，海外的人多快能找到一份 DES 副本，结果表明，利用世界上最受欢迎的 FTP 服务器中的 Archie——一个常见的 FTP 搜索引擎——完成一次搜索大约只需 30 秒，因此他们的答案是："对于 60 余个目前提供 DES 的网站，大约需要 30 秒。"如今，随着快速网络搜索引擎的兴起，这个数字已经过时了，它甚至更简单了）。即使一个人找不到源代码，任何一个有足够动机的程序员，都能相对快速地实现这些系统中的一个，其中大部分的算法可以教给高中生。麻省理工学院经常在群论导论课程的第三周教授 RSA 背后的算法给所有计算机专业大学二年级的学生。（另一个例子是，施奈尔的《应用密码学》，其中包含这些算法的描述和源代码，此书远销海外，销量已经超过 45000 册。）

因此，政府拒绝实现优秀密码学知识的意图相当具有压制性。政府不得不禁止进口描述这些技术的书籍，并将自己与全球互联网隔离开来。这种孤立主义不符合任何一个希望以有意义的方式与世界其他国家进行互动的政府，因此只适用于极少数国家。

然而，政府拒绝向其人民提供预制软件的意图仍然很困难。地下市场可以给需要加密的人提供良好的加密；打击这样的地下市场需要海关官员阻止任何人携带任何类型的磁性介质（软盘或笔记本电脑）入境，验证合规非常困难，即便是技术水平优秀的海关检查员。例如，如果程序制作成存储在软盘中的图片的每个像素点的最低位该怎么办？这种技术被称为"隐写术"，它涉及在图像中添加极其细微的"噪声"比特（图片有很多比特，其中大部分是多余的）。当然，这种"噪声"才是真正的信号，图像只是一个幌子而已。政府必须禁止进口任何未被擦除的计算机和磁性介质。

类似地，萨莫尔（RSA 中的 S）最近描述了一种迷人的简单技术，涉及用投影机胶片和传真机来实现由投影模式构成的一次性密钥。请回想下一次性密钥。给定一张包含貌似静态的一次性密钥的胶片，收发双方都拥有，一方可以通过传真发送数据和密钥的异或结果（经典的一次性密钥的模式），接收方可以用传真将胶片排成一队，并恢复数据，其他人得到随机噪声。一次性密钥胶片甚至可以制作成一张（非噪声）图片的样子，从而隐藏其真正的用途。这些技术将会击败任何海关检查员，他们只能看到（隐写的）图片，或是只看到传真，或只看到胶片（在萨莫尔的一次性密钥传真系统中）。击败这种传递机制需要摆脱传真机，但无论如何，人们总可以使用纸质邮件来发送加密数据。

另外，那些试图拒绝强加密系统商用的政府则要容易得多。目前正在努力实现这一目标的政府包括美国联邦政府、俄罗斯和欧洲共同体的大部分国家，都是刚刚起步（法国已经完全禁止非法的加密，除非政府被授予了密钥。法国和德国都需要密钥注册，出于竞争的原因，法国政府经常监视国外公司设在法国的附属机构，诸如 IBM 这样的龙头公司会定期发送虚假情报的“加密”链接给他们在法国的子公司）。

不同于个人，公司可以通过他们销售的产品来看到。这意味着，通过法律禁止特定种类的产品（从而控制他们的商业分销）比控制高动机个体的私人使用更容易。在美国，通过法律禁止所有先进密码学的使用从未真正成功，因此，政府允许公司制造强密码产品。然而，对于他们是否能出口这些商品，商务部和国家安全局有着巨大的影响力，这些部门可以利用每一个比特。

简言之，使用的密钥超过了四十比特（从而使可能的密钥空间超过了可以轻易搜索到的空间），或实现了加密会话的能力的（与一个仅用于身份验证的简单的数字签名截然相反）任何加密产品在没有特殊豁免（通常不会授予）的前提下出口到美国和加拿大以外的地区都是非法的——这通常都不被批准。这怎么可能？因为美国的加密产品受《国际武器贸易条例》（ITAR）的管制，认为它们是“军火”，就像炸药一样。

ITAR 可以是一种强大的武器。通过禁止把强加密轻易出口到海外，ITAR 意味着把加密技术用于自己产品中的美国制造商有两个选择：其一是做一个加强版本用于国内，再做一个弱化版本用于国际出口；其二是在所有地方都使用弱版本。由于制造和储备两种不同产品的成本要远远高于一种产品，大多数美国公司都选择后者作为解决方案。这意味着，即使在国内，消费者得到的也只是脆弱的保护，甚至根本没有保护。例如，蜂窝系统的世界领导者摩托罗拉没有加密手机，因为他们为了出口不得不削弱加密（欧洲共同体也在效仿，最近发布的用于数字手机的跨欧洲标准 GSM 包含了非常安全的 A5 加密，却在最后关头被要求变更为薄弱很多的 A5X，以确保政府可以窃听。没有这个改变，手机就无法出口。但是现在，一个标准分裂成至少两个，市场也混乱不堪）。

使加密产品服从 ITAR 的背后官方想法源于冷战思想，限制加密工具的出口对我们对手的伤害大于对我们自己的伤害。然而，任何一个政府只要愿意都可以很容易地制作自己的加密工具。正如上文所详述的，所需要的技术是众所周知的。冷战结束以来，其他的“妖魔”已经开始进入公共讨论当中，即所谓的“国家信息基础设施的四骑士”——毒品贩子、无名外国恐怖分子、有组织犯罪、儿童色情。

然而，“四骑士”中的每一个都有动机和能力通过非官方产品使用强加密。此外，联邦政府也知道这一点，上面的商业研究只是众多案例中的一个。那么，ITAR 对密码学的限制是什么？

正如曾为前副总统阿尔·戈尔负责基础设施政策的汤姆·卡利尔对一位麻省理工学院的观众所解释的，“我们正在采取拖延战术”，让美国公民无法获得强加密技术，以便使他们的通信更容易被执法机关窃听——表面上是为了抓捕“四骑士”。然而，卡利尔承认，“四骑士”却可以使用密码（而且确实在用），即便他们可能无法马上买到现成的。

于是，他立刻被问道："你的威胁模式是什么？例如，你真正想阻止的是什么？"他的回答："我无可奉告。"不幸的是，ITAR 所针对的实际威胁不是含混不清的就是保密的，但这就是事实（很可能，"拖延行动"正在试图阻止商用强加密，直到能够破解这种加密的量子计算机变成现实。这是笔者的推测：在官方圈子里，你不会发现任何人愿意说这样的话）。

在延缓公民获得强加密的斗争中，ITAR 确实是一种有力的武器。它的部分力量来自围绕其使用的"恐惧、不确定和怀疑"（FUD）。例如，由于加密系统是否被视为出口的详细原则并未写明，我们事先无法知道在"四十比特规则"（本身不是法律，只是一种习惯）下未涵盖的系统是否可以出口。由于获得出口批准可能需要多年时间，这比大多数软件（甚至硬件）产品的寿命还要长几倍，因此企业会显得很弱势。另一个例子，PGP 的原作者菲尔·齐默尔曼被指控违反了 ITAR，因为 PGP 的副本在海外被找到了，尽管没有证据表明他出口了这些副本（可能是被任意互联网用户出口的，犯罪嫌疑人的数目数以百万计）。经过两年的法律斗争，调查终于结束了，司法部没有给出任何解释——两年来，齐默尔曼进入美国时都会被海关拦住、搜查、审问，除了司法部对他怀恨在心外，并没有任何明确的理由。

事实上，围绕 ITAR 的 FUD 因素可能会产生可笑的后果——当然，如果政府监视公民导致公民自由受到潜在威胁被忽略的话。以"机器可读性"问题为例，上文提到过的布鲁斯·施奈尔的《应用密码学》是这个领域的经典。这本书有加密系统的源代码实例。20 世纪 70 年代，美国政府尝试任何关于加密程序的出口或公开讨论要么"天生保密"（如核武器技术），要么受国家安全局的事先审查，这一尝试最终失败。美国政府未能通过一项行政命令或法律规定禁止美国密码学家去参加海外会议，以及在国际期刊上发表论文。这种失败也意味着像《应用密码学》这样的书在美国出口是不会被法律允许的。

然而，电子媒体并不像它的印刷品表亲那么幸运。不同于许多人对印刷品的肯定，电子媒体在第一修正案中从未得到明确的保护，因而受到 ITAR 的支配。特别是出口用与《应用密码学》中相同的源代码制作成的软盘是不合法的，表面上因为它是“机器可读的形式”。人们认为，手动输入书中的程序，和用扫描仪扫描它们并没有什么区别，然而软盘仍然无法出口。结果，一个聪明的英国人想出了一个四行的 Perl 脚本（一个微小的程序），实现了 RSA。他把它出口到了美国，方法是把它放进他发送的电子邮件的签名档中。这个四行程序在美国被挑选出来，制成了一件 T 恤，相同的几百个字符变成了机器可读的条形码，也印在了 T 恤上。这件 T 恤可能因为上面的条形码而无法出口，因而也成了一个古怪的政治抗议。

这对美国实业造成的损害是巨大的（对公民自由的损害将在下面讨论）。因为其他国家可以自由制定自己的法律，并不禁止将加密产品出口到美国，因而美国的消费者通常面临一个有趣的选择：买劣质的美国货，或购买外国产品保护自己的隐私。许多美国公司都在国会做证说，这些政策削弱了其竞争力，不仅在国内，也在国外市场，因为他们的技术被视为劣等货——这是一个极具讽刺意味的结果，因为人们认为这些技术大多是美国发明的。

对于那些因为希望出口产品（不是写学术论文）而移民国外（如澳大利亚，那里不禁止加密出口）的美国知名密码学家来说，这也是一个尽人皆知的问题。当然，这意味着澳大利亚可以从美国研究人员的培训和背景，以及他们所使用的美国开发的其他技术中获得经济利益。但这就是与 ITAR 共舞的生活。

任何涉及密码学的产品中都有类似的奇怪故事。以全球定位系统（GPS）为例。GPS 是一个真正了不起的技术壮举，它使用轨道卫星网络和手持接收器，成本不到 300 美元，你可以在地球上的任何地方找到自己，误差不超过 1 米。使用 GPS“差分模式”（需要一百公里内的陆基信标），你可以得到毫米级的精度。在过去的几千年里，无论是在陆地上还是在海洋中，有多少人死于不知道自己的位置?

然而，又是由于冷战，GPS 的开发者决定使用“选择可用性”——他们抖动了信号。这意味着那些来自卫星、携带着最高精度数据的信号比特经过了加密。民用接收机无法解码这些比特，因而准确性受到了影响，只能确保 30 至 100 米的精度。这对于大多数应用足够了，但有些应用则不行，如让洲际弹道导弹精确命中目标。可以频繁获得密钥更新的军用接收机能够接收到精确的信号。当然，这里的想法是，让 GPS 满足大多数用途，同时不能为敌人制造出完美的导弹制导系统。

但是在海湾战争期间，所有人的 GPS 都突然精确地运行了！为什么？因为美军需要太多的 GPS 单位向其人员分发（成千上万的人），军事承包商满足不了其需求。相反，美国购买了现成的、商用的民用单位，并关闭了卫星的选择可用性。（现在有一个明显的笑话：“如果你的 GPS 接收器突然变得很准确，那么一定是爆发了战争。”）然而，随着冷战的结束，我们真的需要选择可用性吗？毕竟，30 米的精度远不足以让一艘轮船在布满险滩、拥挤而又陌生的港口航行，而且还有很多应用程序可以从无须附近的信标来启用差模接收的更精确的 GPS 中获益（最近，美国宣布将在未来四到十年放弃选择可用性，部分是因为对于选择可用性的解决方案在不断改善）。

尽管对 ITAR 进行了所有的讨论，但谁能使用商用的、现成的强加密只是其中的一面。假设我们仍然将我们的注意力限制在非技术用户可能使用的加密类型上（例如，你能买到的加密类型，而不是你能编程出的加密类型），那么另一个有趣的问题就是谁能破解它。此时我们便陷入了密钥托管、Clipper 芯片、Skipjack 分组加密算法[1]，以及数字电话账单的泥沼中。

多年来，美国国家安全局已经将从外国政府手中夺回强加密，以及破解他们提出的一切密码系统作为其主要议程。不应该对本国公民使用信号情报，这样做既违犯法律又违反行政命令。然而，美国国家安全局一直与联邦调查局和国家科学与技术研究所（NIST，原国家统计局，国家标准局）密切合作，以制定国内加密政策。联邦调查局很高兴能得到帮助，因为联邦调查局多年来一直在努力挖掘每个人的情况。这些细节是令人恐惧的——即便你相信目前的联邦调查局中几乎没有人像胡佛[2]一样腐败。但事后看来，事实显然就是如此。

伴着克林顿政府早期的剪切芯片公告一同而来的是，国家安全局在国内民用加密方面介入的最明显也是最近的公开示范。虽然这不是最初的公开宣布，它基于一个由国家安全局在过去几年（和前几届政府）开发完成的被称为 Skipjack 的设计。Clipper 芯片的基本目标是利用密钥托管实现窃听加密通信的能力——每个芯片都有一个同时被政府控制的密钥。即使在政府永远值得信赖的理想世界中，这个解决方案在对付总是被引用的“四怪”时也很难奏效，因为那些玩家死也不会使用别人持有密钥的加密方案。在我们生活的世界中，Clipper/Skipjack 系统也包含其他缺点。

1　Skipjack 分组加密算法是由美国国家安全局从 1985 年开始设计，1990 年完成评估，于 1993 年由美国政府正式对外宣布的。

2　埃德加·胡佛（Edgar Hoover，1895—1972），美国联邦调查局第一任局长，任职长达 48 年。许多批评者认为，他的行为已经超出联邦调查局的职责范围。他利用联邦调查局骚扰政治异见者和政治活动分子，收集整理政治领袖的秘密档案，还使用非法手段收集证据。

换言之，为了防止任何一个机构妥协（无论是个人的还是行政的），提案是把密钥分为两半，每一半被不同的托管机构持有。最初，这些机构的身份（至关重要的事情）没有透露，最终，有两家机构被选中——它们都属于行政部门。

先前，滥用行政权力的行为盛行，且臭名昭著。水门事件是滥用行政权力肮脏把戏的典型例子——当然，这并不意味着政府的另外两个部门就能忠于更高的标准。例如，奥尔德里奇·埃姆斯[1]事件，一个中情局高级特工多年来毫无察觉地一直危及我们的国家安全，尽管他赤裸裸地炫耀来源不明的巨额收入，然而这一事件却发生在 Clipper 事件的讨论期间，这只是一个糟糕的巧合吗？在这样的情况下，“一个人可以信任政府”的呼声可能有点难以让人接受。

该提案有许多技术错误。它依赖于一个保密设计——大多数加密提案的死亡之吻，它们的力量源泉不是保密算法，而是抵制密码分析学。这个秘密的提出依赖于其算法的保密性、无法公开分析的提案，在密码社区中遭到了嘲笑（该算法保密的目的是，阻止使用相同加密算法但在没有授予政府密钥的情况下制造的盗版 Clipper）。另外，从对未保密的算法的描述中，贝尔实验室研究员马特·布雷泽想出了一个方案，用伪造的（不可泄露的）密钥启用 Clipper。

此外，它依赖于硬件。许多产品更愿意在软件上进行加密，因为软件更便宜，而且会减少芯片的使用——还可以随着市场的变化快速重新配置。它还依赖于防篡改硬件（并不真实存在）来保护算法——并且只

1　奥尔德里奇·埃姆斯（Aldrich Ames，1941— ），1962 年加入美国中央情报局，1983 年至 1985 年任美国中情局苏联东欧处的反间谍科科长。埃姆斯是在 1984 年开始被授权跟苏联驻华盛顿使馆的外交官进行接触的，任务是从苏联外交官那里获取情报，可是从 1985 年起，他反过来为苏联克格勃提供高度机密的情报。

有两个托管代理人。记住，这些芯片将成为民间商用的绝对基石。对于许多人而言，贿赂两个托管机构的经济压力会非常巨大——泄露国家所有芯片的密钥可以在几张软盘或一张 DAT 磁带中完成。贿赂奥尔德里奇·埃姆斯去摧毁中央情报局剩下的信誉到底花了多少钱？比大公司首席执行官的薪水还少。

麻省理工学院密码专家希尔维奥·米卡利随后发布了关于“公平密码系统”的细节，它完全可以在软件中实现，不依赖于其算法的保密性，它可以使 n 个托管持有人中的任意 k 个人改造密钥，禁止了无须注册密钥即可使用系统的能力，它以这样一种方式启用了系统——一旦一个人的密钥被政府捕获用于窃听，个人的隐私并没有永久丧失。与 Clipper 不同，Clipper 的方式是任何被授权窃听的人都可以永久窃听，或窃听在过去几年中收集到的、只是在等待解密密钥的数据，而公平密码系统使用的密钥有时间限制，窃听只能在某段时间内成功。米卡利（和其他人）的提案被 Clipper 的推动者所无视。

事实上，米卡利认为，因为 Clipper 并未处理密码系统中的一个最基本的方面——如何管理和分发密钥——所以它从一开始就注定要失败。鉴于这个规范所缺失的部分，公众对提案的评论很困难，他坚决认为，覆盖全国范围的密钥的分配机制很容易就会被向其他不可泄露的加密系统分发密钥的免费基础设施服务所颠覆。总之，米卡利说，我们正在全神贯注地建造可跟踪的汽车，同时为坏蛋建立一个完整的州际公路系统——高速公路需要大量投资，个别坏蛋是很难创建的。

此外，该提案在政治上是幼稚的。为了对抗意志坚定的对手，而不只是最单纯的人，其他类型的加密将被取缔。缺乏对政府保证“这不会发生”的信任会导致“如果密码学是非法的，那么只有不法分子才会有密码学”这样的战斗口号（《真名实姓》的影子……）。此外，整个互联网界和学术界都对这项提案感到震惊。唯一没有歇斯底里大笑（或移民澳大利亚）的密码学家是桃乐茜·顿宁，她本人是一位受人尊敬的密码学家，但她的主要观点似乎是“信任政府”和“从来没有人在法院未授权的情况下窃听”。这样的观点忽略了两个因素：首先，只有在法庭上使用的证据需要法庭的授权；其次，FBI 窃听只有在非常罕见的情况下才会被拒绝（根据 1992 年的政府会计办公室发布的《关于授权或批准窃听电话、口头对话，或电子通信的申请报告〈窃听报告〉》，1992 年有 919 个窃听被批准，0 个请求被拒绝。一个被拒绝的都没有！1994 年的报告也显示 0 个请求被拒绝。在 1982—1992 年，只有 7 个监视申请被拒绝，远低于千分之一——几乎完全是未经审查即批准）。

数字签名标准也需要考虑，这个标准也在当时发布。国会负责制定加密标准，美国国家标准及技术研究所（NIST）临阵脱逃（无视应该依据执行的计算机安全法），只开发了签名标准取而代之——换言之，一个人可以验证某人的身份，但不能与他们秘密交流。最初的提案被轰下了台——密钥短得可笑（显然极易破解），算法测试结果劣于其他算法，甚至 NIST 也承认该方法相比其他著名的方法（通过《信息自由法案》诉讼得到的文件中的）存在缺点。我在此重申，密钥分发机制并未详细说明。此外，来自电子前沿基金会（EFF）、计算机社会责任专家联盟（CPSR）、电子隐私信息中心（EPIC），以及其他与《信息自由法案》（FOIA）相关联的人士反复纠缠的要求最终揭示出（在 NIST 拒绝了第一个 FOIA 的要求之后——非法泄露美国国家安全局敏感文件的人必须被起诉），NIST 实际上已经从美国国家安全局收购了整个系统——本不应该在加密中设置民用政策！很明显，美国国家安全局再次非法染指这一领域，这次推进了一个只有签名的、不保护隐私的低劣标准，很显然，扫清通向可窃听的 Clipper 的道路成了城市里唯一可行的加密系统。

最后，许多人指出，商业和网络现在是全球性的。他们指出，对于外国政府、公司或个人而言，如何才能相信自己使用的加密系统不会被美国政府窃听（更糟糕的是，禁止窃听美国公民的法律约束并不适用于非美国公民）？因此，外国实体不会使用 Clipper——他们要么切断美国的通信，要么不得不使用其他方式。

注定要在各条战线上一败涂地的 Clipper 提案已经在很大程度上淡出了公众的视线——尽管远未到被遗弃的地步。同时，还有其他一系列的努力，以确保政府可以继续监视其公民。

以根管手术为代表，这是 FBI 为说服国会和公众的公关活动所起的名字，又一次借用了“四怪”的比喻，现代电话交换机使联邦调查局无法完成窃听工作，除非被重新设计来进行琐碎的窃听。它成功了！

根管手术的成功在于《数字电话法案》的通过，该法案要求，制造电话交换系统的人必须建立具有窃听能力、远程的数字信号流可以通过任何渴望的线路。改造现有交换机的成本保守估计在 5 亿美元左右（没错，5 亿美元）。抱怨无法再通过线数字交换机窃听电话线路的 FBI（但奇怪的是，交换机对他们而言并没有问题）现在已经获得了在任何地方窃听的能力——而在此之前，他们实际上不得不转到交换机并挂一些电缆。当然，这意味着任何电话耗子，即利用电子装置向全球各地打电话而不付费的人，大概可以做同样的事情。更糟糕的是，考虑到美国是世界上其他国家的电话交换机的主要出口国这一事实，许多国家的公民隐私保护比我们要少很多。许多受到压制的国家同时也是美国的贸易伙伴，由于美国制造的所有交换机现在可以窃听，所以我们有能力将这种能力免费提供给这些政府，无须他们进一步的研发要求。这真是个好主意吗？

到目前为止，美国联邦调查局一直在阻挠 FOIA 的要求，FOIA 要求解释修改电话交换机的确切原因。这种阻挠毫无疑问是非法的——FOIA 已经在法律上规定了他们的时间响应标准（从最初的请求十天起，如果请求需要检查异常多的文件的话，可能会延长十天），但 FBI 面不改色地无视了这些。例如，1994 年 10 月 4 日，在回答 EPIC 提起的诉讼时，FBI 声称，回答 FOIA 与《数字电话法案》有关的请求需要五年时间，直到 1999 年 6 月才能做出回应，美国地区法官查尔斯 · 里奇驳回了这一要求，他对政府的律师说："打电话给 FBI 局长弗里，告诉他，我认为这件事一个半小时后就可以处理完成。"并表示自己被他们的要求"惊呆了"。然而，这样的指责本身并不足以迫使 FBI 遵守法律规定的时间表，原因是法官缺乏必要的执行权。到目前为止，FOIA 为数不多的成功的请求之一（计算机社会责任专家联盟于 1993 年提出）揭露了 185 页的备忘录，其中没有一个 FBI 办公室报告提到由现代电话交换机技术所导致的窃听问题。然而 FBI 坚持要从根本上增强窃听能力，而且仍在阻挠 FOIA 对于这一问题的请求，最早也得到 1999 年才能做出回应，尽管遭到了里奇法官的指责。

记录表明，FBI 在全国范围内每年都会进行一千次窃听。做这些修改需要花费 5 亿美元，这意味着完成的每次窃听都价值 50 万美元。甚至忽略了这样一个事实：这些修改一旦完成，就是永久的，无须每年更新（因此有效地降低了"每次窃听的成本"），这似乎并不划算。

但 FBI 还不算完。它在《联邦公报》（1995 年 10 月 16 日，第 60 卷，第 199 号）发表了它的计划，要求可以同时窃听主要城市中心所有线路的 1%。在公众的强烈抗议之后，它开始退缩，声称是引用错误（1995 年 11 月 2 日《纽约时报》A1 版上的文章），它真正要求的只有所有正在进行的通话的 1%，而不是线路的 1%——好像这 10 倍的差距产生了很大的影响。如果 FBI 真的利用 DT 法案强制执行 1%（甚至，它后来说的 0.1%）的通话可窃听，那么它就可以监控一亿条线路和每年数十亿次的对话——这比目前正在进行的窃听数量增加了 100 万倍。基于计算机的语音关键词识别能力持续增强（作者多年前一直致力于开发这样的系统），再结合强大的窃听能力，联邦调查局每年可以扫描数百万个它们想跟进的对话。如果这不是在一个难以想象的规模上侵犯隐私，又是什么？

结论——以及如何保持消息灵通

《真名实姓》的情节取决于安全通信和秘密身份，即使面对的是最坚决的反对者——国家政府。一些人将拥有私下讨论的能力比作持有武器的权利：这是抵御压迫的最后一道防线。在公共政策辩论中，集会和私下交谈的能力有着悠久的历史，匿名也是如此（《联邦党人文集》大多是用假名写的，最高法院支持匿名言论的价值观）。然而，当前的政治趋势表明，文奇的推断一语中的——普通人既没有隐私也没有希望对抗政府的暴行，这些趋势正在嘲弄一个人的真名实姓，让公民置身于一个难以想象的圆形监狱中。

这篇长文让我们了解了密码学的政治社会的样子，也许那里就是我们要走向的地方。我做了很多断言，大部分都没有引证。你可以在许多组织的在线参考图书馆中找到所有这些以及更多的内容。其中突出的是电子前沿基金会、美国公民自由联盟、选举人电信观察以及电子隐私信息中心，它们在万维网上都有大量可访问的网页，它们也运营新闻组、公告列表以及针对所有这些问题的讨论列表。尽管最近《通信规范法案》

取得了成功（法案试图强制规定，如果一个人碰巧看的是比特而不是印在纸上的油墨，那么成年人只能为小孩子阅读适合的内容），但是这些档案和列表仍然可访问，并且最先对这些问题进行全面的报道。

关于上述讨论的许多提案的大量信息都是通过《信息自由法案》（FOIA）的请求获得的。它们大多需要漫长的法律战和多次诉讼才能获得——美国国家标准及技术研究所（NIST）、国家安全局（NSA）、联邦调查局（FBI）对于这些问题都没有任何回应的记录，尽管 FOIA 明确写明，这种拖延回应是非法的。电子前沿基金会等机构在法庭上花费了大量金钱与众多联邦机构的这种拖延战术作斗争。

除了这些明确的宣传团体之外，许多其他的互联网讨论团体也在广泛地讨论这些问题，并且所有这些问题都会被存档。这里的主要参与者是彼得 · 纽曼主持的“风险文摘”（它更普遍地讨论了计算机系统的风险和收益），劳伦 · 韦恩斯坦主持的“隐私论坛文摘”，以及“地下计算机文摘”。

在众多关于这些问题的会议中，几乎没有哪个能比 1991 年创立的“计算机、自由和隐私大会”做得更好。每年，它会集执法人员、计算机专业人士和记者，对公民自由、技术获取以及计算机与社会互动这些问题的各方面进行激烈辩论。

如果你关心自己的“真名实姓”，那么是时候去了解真相——并采取行动了。

栖息地：来自一个在线社区的报告

卢卡斯影业“栖息地”项目的教训

奇普·莫宁斯达、兰德尔·法默

广大公众把互联网视为各种各样的东西：商业机会、交流手段、公告牌……有时则是一个社区。但是在一般公众意识到互联网之前，在线社区就已经出现了，最有趣的早期实验之一是由卢卡斯影业赞助的“栖息地”（Habitat）。作为栖息地的共同创造者，奇普·莫宁斯达和兰德尔·法默提供了他们对在设计和实施这个迷人有趣的项目时发现的问题和解决方案的业内看法。这个项目的“神谕”兰德尔·法默同时还分享了他在与发展中的新兴社区成员互动时的观察。虽然栖息地是 20 世纪 80 年代末的一个项目，但是它的逸事报告在其对活跃的社会有机体的简要描述方面依然引人入胜。

《真名实姓》的故事背景是“网络空间”（尽管《真名实姓》出版时，“网络空间”这个词尚未诞生），但这是一部虚构作品。栖息地是一个虚拟社区，使用了《真名实姓》中的一些比喻，并让它们成为现实。前两篇文章发表于 20 世纪 90 年代初，最后一篇在 20 世纪 90 年代中期发表于互联网上。

引言

卢卡斯影业的栖息地是由卢卡斯影业游戏（卢卡斯艺术娱乐公司的一个部门）与量子计算机服务公司联合创建的。这可以说是创建大规模商业多用户虚拟环境的首次尝试。与许多基于复杂的接口硬件和每名专用计算机用户数万美元费用的实验室大不相同的是，栖息地建立在普通的商业在线服务上，使用廉价的（有人说是“玩具”）家用计算机来支持用户互动。尽管这有些平民化基础，但是栖息地的目标雄心勃勃。我们开发的系统可以在一个共享网络空间中支持成千上万名用户。栖息地呈现给用户的是实时动画，将他们带入到在线模拟世界中，在这里，用户可以交流、玩游戏、冒险、恋爱、结婚、离婚、创业、发现宗教、发动战争、反抗战争、尝试自治。

证据显示，栖息地项目为如何营造一个严肃的、具有商业价值的网络空间环境提供了丰富的事实依据。我们开发栖息地系统及管理生成的虚拟世界的经验，为未来的网络空间设计师提供了一些有趣而又重要的经验教训。本文的目的是讨论其中的一些经验教训。我们希望下一代虚拟世界的建设者可以从我们的经历和（尤其是）错误中受益。

我们从栖息地的经验中提炼出的重要教训是：网络空间更多是由参与者之间的互动来定义的，而不是由实现它的技术来定义的。虽然我们发现，目前正在竭尽全力完成的接口技术方面的工作——数据手套[1]、头戴式显示器、专用渲染引擎等——既令人激动又前途无限，但是目前围绕这一切硬件的近乎神秘的狂喜，在我们看来既过分又有点错位。我

1　数据手套（DataGloves）是一种多模式的虚拟现实硬件，通过软件编程，可进行虚拟场景中物体的抓取、移动、旋转等动作，也可以利用它的多模式性，用作一种控制场景漫游的工具。

们不禁有一种不安的感觉，担心它会分散我们在真正紧迫问题上的注意力。我们愿景的内核是网络空间必然是一个多参与者的环境。在我们看来，对于这种环境中的居民而言，重要的是他们能得到的能力，他们在那里遇到的其他人的特点，这些不同的参与者相互影响的方式。除了基本的通信能力外，用于向参与者呈现这种环境的技术，虽然迷人而有趣，但却是一个次要问题。

栖息地是什么？

栖息地是一个“多玩家在线虚拟环境”（其目的是成为一个娱乐媒介，所以，用户被称为“玩家”）。每位玩家使用自己的家庭电脑作为前端，通过商用的分组交换数据网络与一个集中的后端系统进行通信。前端提供用户界面，生成实时动画显示正在发生的事情，并将玩家输入的信息转化为请求发送到后端。后端维护世界模型，执行规则，并让每个玩家的前端了解不断变化的世界状态。后端让玩家不仅可以与世界互动，还可以与他人互动。

栖息地受到了历史悠久的“电脑黑客科幻小说”（尤其是弗诺·文奇的中篇小说《真名实姓》）的启发，还从许多儿时的虚构游戏、最近的角色扮演等游戏中得到了灵感。其他的影响因素还有很多，就不在这里一一列出了。

栖息地的最初版本使用 Commodore 64[1] 作为前端。我们被问得最多的问题是：“为什么用 Commodore 64？”不知怎的，许多人都认为这是一个技术决定，但真正的原因是商业，而非技术。栖息地最

1　Commodore 是与苹果公司同时期的个人电脑公司，创造过一系列奇迹。

初是由卢卡斯影业用作量子通信（QuantumLink）的商业产品，量子通信是（当时）专门为Commodore 64的用户开发的一个在线服务。当我们在 1985 年启动项目的时候，Commodore 64 是娱乐计算市场的中流砥柱。从那时起，它的商业和技术意义显著下降。然而，当时我们没有可选择的平台。交易的本质是，用 Commodore 64 作为前端和现有的量子通信主机系统（两个 Stratus 小型容错计算机）作为后端都是给定的。

屏幕的最大部分专门用于图形显示。这是关于玩家在栖息地世界的当前位置的动画视图。这个场景由屏幕上各种各样的物体组成。玩家们被我们称为“化身”的动画人物所代表。化身通常是人形的，但并不绝对。

化身可以移动，拾取、放下、操纵物体，相互交谈，打手势，每一个化身都在一名玩家的控制之下。控制是通过操纵杆，使玩家可以指向事物并发出指令。谈话是通过在键盘上打字来完成。玩家输入的文本出现在化身头顶上卡通风格的“文字气球”中。

栖息地世界由我们称之为“区域”的大量离散点组成。在鼎盛时期，原型栖息地世界大约由两万人组成。每个区域都毗连其他四个区域，只需将你的化身移动到屏幕的某一边缘即可完成区域的转移。门道和其他通道可以链接到额外的区域。每个区域都包含一组物品，这些对象定义了化身可以做的事情，以及玩家在电脑屏幕上看到的场景。

有些物体是结构，如地面和天空。许多只是风景，如树和邮筒。然而，大多数物体都有其功能。例如，门可以将化身从一个区域传送到另一个区域，并且可以打开、关闭、上锁、解锁。自动柜员机可以访问化身的银行账户。自动售货机出售商品以换取栖息地的金钱。栖息地有成熟的经济体制，包括货币、银行等。栖息地的货币单位是代币，因为它是一个代币经济体，并且承认了代币和计算机游戏之间长期可靠的联系。

许多物品都是可以随身携带的，化身可以拿在手中或装在口袋里。其中包括各种容器、金钱、武器、工具和奇异的法器。这里列出了最重要的一些物品类别和它们的功能。完整表单中的物品类型有数百个。部分物体列表如下：

物品类别	**功能**
ATM	自动柜员机；访问化身的银行账户
化身	代表栖息地世界的玩家
袋子、盒子	携带物品的容器
书籍	供化身阅读的文档（如日报）
盒子中的官僚	与系统操作员的通信
箱子、保险箱	可存放物品的容器
棍棒、枪、刀	各种武器
罗盘	指向西方
门	从一个区域到另一个区域的通道；可以上锁
药物	有不同类型；改变化身的身体状态，例如疗伤
电梯	楼层间的运输工具
手电筒	黑暗处的照明工具
喷泉	景区亮点；为系统设计人员提供通信
游戏部分	支持各种棋盘游戏：西洋双陆棋、跳棋、国际象棋等

垃圾桶	处理不需要的物品
胶水	系统构建工具；将物品连接在一起
地面、天空	世界的基础
头	化身的头；有很多风格，可以定制
钥匙	打开门和其他容器
小摆设	一般的无用物品；用于装饰
魔杖	各种类型；几乎可以做任何事情
纸张	写笔记、制作地图等；用于邮件系统
典当机	赎回以前购买的物品
植物、岩石	一般景物
区域	现实的基础
传感器	各种类型；检测世界上其他看不见的情况
标志	允许其他物品有文本附件
点击枪	非致命武器
瞬移亭	快速长途运输的方式；类似于电话亭
代币	栖息地的金钱
售货机器人	贩卖机；贩卖东西

实现

接下来我们阐述一下系统的工作原理：栖息地设定的是一个面向对象的世界模型。

前端由系统内核和对象集合组成。内核处理内存管理、显示生成、

磁盘输入 / 输出、移动通信，以及其他“操作系统”功能。对象实现了世界本身的语义。每种类型的栖息地对象都有一个由一组资源组成的定义，包括用于驱动显示、音频数据和可执行代码的动画。对象的可执行代码实现了一系列标准行为，每个行为都由不同玩家的命令或系统事件调用。该模型与面向对象编程系统中的模型类似，如 Smalltalk[1]，分类、方法、消息都是如此。这些资源消耗了大量稀缺的前端内存，因此我们不能同时将它们全部保存在内核中。幸运的是，它们的定义是不变的，所以我们只需在需要的时候从磁盘中交换它们，丢弃最近使用的资源来腾出空间。

当一个对象被实例化时，我们分配一个内存块来包含对象的状态。对象状态信息的前几个字节在所有对象中都采用相同的形式，包括对象的屏幕位置和显示属性等内容。当系统内核生成显示并管理运行时的环境时，该标准信息将被内核解释。状态信息的其余部分随对象类型而变化，只能通过对象的行为代码访问。

对象行为是由内核在响应玩家输入的信息时调用的。每个对象都响应一组标准动词，这些标准动词直接映射到玩家可用的命令。每个行为只是一个执行指定动作的子程序，为此，它可以调用其他对象的行为或向后端发送请求消息。除了标准的动词行为之外，对象可能还有额外的行为，这些行为是由从后端异步到达的消息所调用的。

后端还维护着面向对象的世界。与前端一样，后端对象具有可执行的行为和内存中的状态信息。此外，由于后台维护着整个栖息地世界持续的全局状态，因此对象也由数据库记录来表示，这些数据库记录可以在“不使用”的时候存储在磁盘上。后端对象行为是由前端的消息调用

1　Smalltalk 被公认为历史上第二个面向对象的程序设计语言和第一个真正的集成开发环境（IDE）。

的。这些后端行为的工作方式大致相同：后端从玩家的前端接收到了请求一些动作的消息，随后采取行动并使世界的状态产生变化；后端行为将响应消息发送回前端，通知它请求的结果，并将通知消息发送到同一地区其他玩家的前端，告诉他们发生了什么事情。

经验教训

为了在有限的篇幅里尽可能多地叙述，我们将通过一系列的原则和主张来描述我们自认为学到的东西，这些原则和主张围绕着推理和事例展开。

我们在上文提到了我们的主要原则：

多用户环境是网络空间概念的核心。

我们深信，网络空间系统的一个决定性特征是它代表了一个多用户环境。这源于一个事实：（在我们看来）人们在这样一个系统中寻求的是丰富性、复杂性和深度。没有人知道如何制造出接近真正人类复杂性的自动机器，更不用说制造一个社会了。那么，我们的方法甚至不是去尝试它，而是使用计算媒介来增强真实人类之间的通信渠道。

如果我们正在构建的是一个多用户环境，那么自然而然地，某种通信能力必须是我们系统的基础。然而，我们必须考虑到第二条原则：

通信带宽是一种稀缺资源。

我们明白这一点是因为栖息地外部强加的一个糟糕设计限制，即玩家通过一个 300 波特串行电话链接就可以得到满意的体验（此外，一个人还可以通过商业分组交换网络路由，它对每个数据包传输施加了

100—5000 毫秒额外的、不可控的延迟)。

然而，即使在一个技术更先进的网络中，带宽仍然是稀缺的，用经济学家的行话来说就是：可用的承载能力不是无限的。供求法则表明，无论有多少容量，你总是想要更多。当通信技术发展到每家每户都链接了千兆波特光纤这种程度的时候，计算技术也会达到与之匹配的程度。我们的处理器对数据日益增长的需求意味着寻找更复杂的数据压缩技术仍然是一个热门的研究领域（尽管到了那时，我们压缩的可能是高分辨率的体积时间序列，或者更深奥的东西）。

计算机科学家往往是还原论者，他们喜欢用原始元素来组织系统，这些元素可以在简单的正式模型的背景下轻松操纵。通常，你采用少量非常简单的基元，然后大量使用这些基元。对于面向图形的网络空间系统，其诱惑是建立在位图或多边形或其他图形基元上的。然而，这些类型的表现会招致灾难。它们源于对显示技术不恰当的痴迷，而非系统的潜在用途。

然而，我们想要交流的最重要的部分是人的行为。幸运的是，如果我们采用一种相对抽象的高级描述，直接处理行为概念，那么就可以很简洁地表示这些内容。这就引出了我们的第三条原则：

面向对象的数据表示是绝对必要的。

从表面上来看，这种主张不太可能引起争议，因为面向对象编程目前是软件工程行家所精选的方法。然而，我们在这里的意思是，你不仅应该采用面向对象的方法，而且你构建系统的基本对象应该或多或少与虚拟世界的用户概念模型中的对象相对应，即人员、地点和人工产品。当然，你可以使用面向对象的编程技术来构建基于多边形的系统，但是这对于解决根本问题毫无帮助。

我们的目标是使机器之间的通信主要发生在行为层面（人们和事物正在做的事情），而不是表现层面（场景如何变化）。对虚拟世界中某个地方的描述应该是那里有什么，而不是看起来像什么。对象之间的交互应该由功能模型而不是物理模型来描述。这些高级别表现和直接用户交互所需要的低级别表现之间的转换所需要的计算本质上是局部功能。在本地处理器中，显示渲染技术可能是任意复杂的，物理模型也是任意复杂的。然而，这种计算所需的数据通道容量不需要也不应该被压缩到本地处理器和远程处理器之间可用的有限带宽中。尝试这样做只会导致像北美表示级别协议语法（NAPLPS，一种发送数据的格式，用于可视图文系统）这样的灾难。

一旦我们开始在概念层面上而不是在表现层面上工作，我们就会被以下的观察所震惊：

实现平台相对而言并不重要。

表现层和概念层不能（也不应该）彼此完全隔离。根据对象的配置和行为，而非它们的表现来定义虚拟环境使得我们能够跨越系统中参与者之间海量的计算和显示能力。这个范围既向上又向下延伸。作为一个极端的例子，一个典型的风景对象，如树，可以用一些参数值来表现。可以想象的事情的底端可能是一台古老的 Altair 8800[1]，它拥有 300 波特的 ASCII 简易终端，此处，界面被简化为文本片段，用户将看到文字冒险游戏玩家再熟悉不过的简陋字符串：“这里有一棵树。”在顶端，你可能有一个强大的处理器，它通过增加分形模型并以高分辨率在三个维度上进行渲染生成树的图像，实时绘制最细微的细节，在微风中飘扬

1 Altair 8800 是第一台微型计算机，是由美国计算机爱好者爱德华 · 罗伯茨发明的。

的树枝和风的声音通过高保真数字立体声耳机传到你的耳中。两个用户可能会在同一个世界里的同一个地方看到同一棵树，并相互交谈。目前，这两种情况都是令人难以置信的，首先是因为当更好的界面变得可用时，没有人会继续忍受这种粗糙的界面，其次是因为计算硬件还不存在。然而，问题的关键在于，这种方法涵盖了已经过时的系统和那些在设计师眼中仍然闪烁着光芒的系统。它的两个后果是显著的。第一，我们今天可以建立有效的网络空间系统。栖息地的存在充分证明了这一原则。第二，你可以想象，只要有一点点的聪明和远见，你就可以开始用今天的技术建立一个系统，它可以随着未来的技术发展而顺利发展。在现实世界中，增长途径的可用性很重要，特别是如果网络空间要成为一种重要的通信媒介的话（正如我们所认为的那样）。

鉴于我们将网络空间看作一种通信媒介，而不是简单的用户界面模型，并且考虑到我们提倡的面向对象方法的风格，另一点变得清晰起来：

数据通信标准至关重要。

然而，我们对网络空间数据通信标准中心的关注更多地集中在传输数据的定义，而非较数据传输协议上。从 A 点到 B 点可靠地获取比特的机制对我们来说并不特别有趣。这并不是因为这些机制不重要（它们显然重要），也不是因为它们不会形成重大的研究和工程挑战（它们显然已经做到了），而是因为我们关注的是基于对象的网络空间的独特通信需求。我们关心的是在对象之间发送消息（通信行为而非表现）的协议，以及将对象定义从一个系统传递到另一个系统的协议。

通信对象定义似乎是一个非常重要的问题，而我们实际上没有机会在栖息地中解决这个问题。我们如果想要拥有一个动态系统，就必须解决这个问题。如果系统能够发展，那么随着时间的推移添加新的对象类型的能力至关重要。

当我们讨论通信标准的时候，我们想对开放系统互连的 ISO 参考模型（ISO Reference Model of Open System Interconnection）做一些评论。如今，这种多层模型已经成为大多数讨论数据通信标准的核心内容。不幸的是，虽然这个模型的底部四层或五层提供了一个还算完善的框架来考虑数据传输问题，但是我们认为，在考虑空间数据通信时，模型的表现层和应用层并没有太大的用处。

我们对 ISO 模型主要有两个争议：首先，它以一种与网络空间系统需求不匹配的方式划分了一般数据通信问题的方式；其次，也是更为重要的一点，我们认为这是混乱的放射源，因为它将系统设计者的注意力集中在一系列错误问题上，从而引导他们花时间去解决错误问题。我们之所以了解这些，是因为这件事在我们身上发生过。“表现”和“应用”只是网络空间通信协议的更高级别的错误抽象。“表现”协议假定显示的特征被嵌入到协议中。上面的讨论应该能说明为什么我们认为这样的假设既不必要也不明智。“应用”协议假设消息环境有一定的预知能力，这与我们设想的动态演进的对象系统不兼容。

更好的模型是替换一对不同的顶层：信息层，它定义了对象彼此寻址的方法，以及封装结构化数据和编码低级数据类型（例如，数字）的标准方法；建立在信息层之上的定义层，它定义了对象定义的标准表示，以便对象分类可以在机器之间迁移。有人可能会说，这些只是用不同标签的简单表现和应用，但我们不认为这些差异可以轻易调和。特别是，我们认为 ISO 模式已经有意无意地系统性地让该领域的工作人员的思考与许多我们关心的问题偏离。

世界中的建筑

栖息地提出了两种执行挑战。第一个挑战是开发一项技术——开发动画引擎、面向对象的虚拟内存、传输消息的伪操作系统，并将它们全部压缩到荒唐的 Commodore 64 中（后端系统也带来了一些有趣的技术问题，但它的约束并没有那么严重）。第二个挑战是栖息地世界本身的创造和管理。我们认为后一种挑战的经验对未来的网络空间设计师最为重要。

最初，这项事业中的最大敌人是我们自己，我们工程师是危险的思维方式的受害者。这种思维方式的特点是，所有的事情都可以事先计划好，然后根据计划的详细说明直接实施。对于那些以简单、明确、易于理解为基础原则设计和构建系统的人来说，这是一种自然的态度。此外，在进行大多数工程项目时，这是完全合适的。这是一种思维框架，它是优秀工程师的概念工具的基本组成部分。正如马斯洛的主张“对于只有锤子的人来说，整个世界看起来就像钉子”，这是一种很容易超越其适用范围的工具。当一个系统超出复杂性的阈值时，人类的大脑就失去了维持完整和连贯模型的能力。

人们经常听到，当系统超出复杂的阈值时，会变得非常庞大。例如，航天飞机和 B-2 轰炸机都是高于这一阈值的系统，需要格外复杂、烦琐和耗时的程序来保证设计在控制之下——这些程序十分昂贵，而且成功的只有部分。在一定程度上，复杂的问题可以通过砸钱来解决。然而，这种资本密集型的管理技术对于大多数项目来说都是一种奢侈。此外，尽管对于大多数项目而言，这些不靠谱的复杂问题的“解决方案”是遥不可及的，但是复杂性阈值本身并非如此。较小的系统也可能会遇到同样的问题。通过引入超出设计师控制范围或理解范围的混沌元素，在复杂性阈值上也可以推出更小、更简单的系统。这些混沌元素中最重要的是自主计算代理（例如，其他计算机）。这就是为什么即使是调试非常简单的通信协议也经常困难重重。此外，一个特殊的人间地狱等待着系统的实施者，其中包括了所有的、交互的人类群体的最重要的自动计算代理。这直接导致我们的下一个（可能也是最有争议的）主张：

详细的中央规划是不可能的，甚至都不要去尝试。

对于使工程师们陷入上述问题中的建构主义偏见，经济学家和社会学家的研究成果比软件工程界的要多。游戏和模拟设计师在为个人和小组创建虚拟世界方面经验丰富。然而，他们没有理由去学习如何处理大量同时使用的用户。由于每个用户或小组都与其他用户无关，所以可以重复使用同一个世界。如果你正在玩一场冒险游戏，在（真实的）世界其他地方的成千上万人也在玩一样的游戏，那么这对你的体验没有任何影响。对于这个世界的创造者来说，为了用户与世界交互的一个小时，花费几十甚至上个百小时创建环境也是合情合理的。因为成千上万的其他个人用户都能享受到这一个小时的体验。

在线服务和通信网络的构建者在处理庞大的用户群体方面具有丰富的经验，但总体而言，他们并没有创建复杂的环境。此外，在设计用于传输信息或通信服务的系统中，庞大的用户只是一个负载问题，并不复杂。所有用户得到的都是相同的信息或服务，上文关于重复体验的评论同样适用于此。没有必要将信息空间的大小和复杂性与用户数量相匹配。尽管可能的结果是服务可用的信息量是用户数量的函数，但是这些信息通常可以被组织成一个系统的结构，仍然可以由少数人来维护。复杂性在于，它是用户自己的产品，而不是系统设计人员的——系统的操作人员无须创建所有这些材料（这是解决我们问题的第一个线索）。

栖息地最初的规格要求我们创建一个能够支持两万名化身的世界，并计划可扩张到五万。无论怎么看，这都是一项庞大的事业，复杂的问题肯定在意料之中。然而，在实践中，我们在开发的早期就超过了复杂性阈值。当我们网络社区的人口达到五十左右时，其复杂性就会超出我们的理解（这五十人是做好了容忍漏洞的准备的“内部人员”）。

此外，像栖息地这样的虚拟世界需要扩大人口规模。对于两万名化身，我们需要两万间“房子”，它们连同相关的交通要道、购物区以及休闲区共同构成城镇和城市。我们需要城镇之间的荒野地区，这样大家不会挤在同一个地方。最重要的是，我们需要两万多人做的事情。他们需要可以去的有趣的地方——因为他们不能同时都在同一个地方，因此需要很多有趣的地方——以及在这些地方做的事情。房子、城镇、道路、商店、森林、剧院、竞技场以及其他地方都是需要有人设计和创建的独特实体。我们试图扮演全知全能的中央规划者的角色，但却陷入了泥沼。

可以创建自动化工具来帮助生成天生具有高度规律性和结构的区域，比如公寓大楼和道路网络。我们创造了许多这样的工具，它们的精神后代无疑将在未来网络空间设计师的标准袋中找到。然而，让这个世界上的某些地方适应这些技术的特性也使得世界上的那些相同的地方变得不再重要了。如果每一栋公寓楼看起来都像其他的一样，那真的不是问题。但如果每片魔法森林都是一样的，那就是一个大问题。那些价值在于其独特性的地方，或者至少是与周围不同的地方，这些都需要手工制作。这个过程所耗费的大量人力和时间，令人难以置信。此外，即使是极富想象力的人，他们的创造也会局限在一定范围内，特别是如果他们在一个没有受到其他设计师作品和反应影响的原始环境中工作。

运行这个世界

如果所有玩家都有相同的目标、兴趣、动机和行为类型，那么这个世界设计问题可能仍然是容易处理的。然而，真人是千差万别的。对于普通游戏或模拟的设计者而言，人的多样性并不是一个主要问题，因为他（她）要为参与者设定目标和动机，并指定他们所能利用的活动，以便将事件引导到最优方向。然而，栖息地是刻意开放和多元化的。我们这个世界背后的理念刚好是，它并没有为它的居民设定一套固定的目标，而是提供了一种广泛可能的活动，让玩家可以根据自己的兴趣来选择。我们的目的是提供各种可能的体验，从有既定规则和目标的事件（如寻宝游戏），到由玩家的个人动机所推动的活动（创立公司、经营报刊），再到完全自由、纯粹的生存活动（同朋友闲逛、谈话）。然而，对我们来说，大部分活动都涉及一定程度的预先计划和安排——我们就像远洋航行中的巡航总监一样，但我们仍然像游戏设计师一样思考。

我们为栖息地规划的第一个目标导向事件是一项相当复杂的寻宝活动，叫作“德纳利斯岛的冒险”。我们花了数个小时设计、数个星期构建（包括一百个区域的海岛），又花了几天来协调其中角色的行动。它的设计很像冒险游戏中的谜题。我们以为它会让我们的玩家玩上好几天。事实上，这个谜题不到八个小时就解决了，有一个玩家在最初的十五分钟里就找到了关键线索。许多玩家甚至没有机会进入游戏。结果是，一个人完成了一段奇妙的体验，而许多人都不知所措，花费在设计和时间设置上的巨大投资眨眼间就消耗完了。我们原本期望栖息地的观众会有各种各样的“冒险”技巧。直到后来才明白，大多数人都没有享受到快乐时光，因为他们压根儿就没真正参与进去，除此之外没有其他更合适的原因了。对于我们来说，经常做这样的事情显然愚蠢又不切实际。

我们一次又一次地发现，基于经常无意识地假设玩家行为的活动会有意想不到的结果（当它们不是彻底失败的时候）。很明显，我们无法控制。某些事情牵涉到的人越多，我们就越难以控制。我们可以影响事物，可以建立有趣的情境，可以为事情的发生提供机会，但是我们无法决定结果。社会工程至多是一门不精确的科学（或者，正如一些人说过的，“在最精心控制的条件下进行的最精心设计的实验中，生物体会做任何它想做的事情”）。

在这些经历的推动下，我们转变了运作方式，让玩家自行决定设计方向。事实证明这更有效。我们没有试图把社区推向我们认为应该去的方向，而是像放老鼠一样，我们试图观察人们在做什么，并帮助他们。我们成了推动者，就像我们是设计师和实施者一样。这通常意味着以疯狂的速度向系统添加新功能和新区域，但我们添加的几乎所有内容都得到了使用和赞赏，因为它与人们的需求和愿望相匹配。我们作为研究系统如何运行的专家，经常会建议人们尝试新的活动，或者做一些人们可能想不到的事情。通过这种方式，我们能够对系统的发展产生相当大的影响，尽管事实上我们并没有真正握住方向盘——但这比我们在幻想操控一切的时候所做的事情更有影响力。

其实，大型系统所带来的挑战，已经促使埃里克·德雷克斯勒和马克·米勒等研究人员质疑我们在这里所评论的集中的、以规划作为主导的态度，并提出基于进化和市场原则的替代方法。这些原则似乎适用于所有类型的复杂系统，而不仅仅是那些涉及人类交互的系统。

伟大的辩论

我们为栖息地中的化身制作的可用的物品包括枪支和其他各种各样

的武器。我们之所以把这些都包括进来，是因为我们觉得玩家对彼此的影响不应该只是通过简单的对话，还要通过那些需要做出真正道德选择的方式。我们认识到古老的故事讲述者的格言：冲突是戏剧的本质。栖息地中的死亡当然不等于真实世界中的死亡！当一个化身被杀死时，他（她）被传送回家里，双手抱头（字面意思），口袋空空，手里所有的东西都被扔在犯罪现场。当时的一切财产都会丢失。这更像是玩飞行棋时的一次挫折，而非真正的死亡。然而，死亡隐喻对人们的认知有着深刻的影响。委婉地讲，这种潜在的谋杀、袭击和其他破坏行为的可能性是有争议的。这一争议进一步加剧了犯罪的可能性。举例来说，一个化身可以偷另一个化身的东西，只要从它的主人手里拿下这个东西，然后跑掉即可。

开始时，我们强加给这个世界的规则很少。对于栖息地社会应该采取的形式，参与者之间的争议很大。争论的核心是一个尚未解决的哲学问题：化身是人类的延伸（因此就像对待一个真实的人一样），还是像吃豆人一样注定要死上千次的可怜虫，或是别的什么东西？栖息地中的谋杀是犯罪吗？所有武器都应该禁止吗？还是所有的一切都“只是一场游戏”？为了表明自己的观点，一个玩家难道就能随意射杀游走在他身边的人吗？这场辩论充满了活力，我们对玩家进行了系统的调查。结果模棱两可：一半人说栖息地中的谋杀是犯罪，不应该成为这个世界的一部分；而另一半人则说这是其中的一大乐趣。

我们通过改变系统来折中，只允许在城市外进行偷窃和枪战。荒野将变得既野蛮又危险，而文明将会安全有序。然而，这并没有解决这场争论。反对暴力观点的杰出支持者之一想要开启第一座栖息地教堂。这将在本章后面讨论。

此外，虽然我们已经使直接的盗窃变得不可能，但人们仍然可以通过拾取地面上的物品或其他不受关注的东西来间接盗窃。而在荒野仍然可能发生的暴力事件继续困扰着一些玩家。许多人认为这样的罪行应该被阻止或至少受到某种方式的惩罚，但他们不知道如何做。他们习惯了总是由别人提供法律和正义的世界。最终有人提出应该有一个治安官。我们很快就找到了建立投票机制的方法，并召集了一些志愿者来进行选举。在镇上的会议大厅里，一场公开的辩论受到大量关注，三个化身发表声明和回答问题。选举成功举行，“大众城邦”小镇选出了一名治安官。

几个星期以来，治安官只是个名义上的领袖，尽管他是一个受人尊敬的人物，并有一定的道德权威。我们困惑于应当给予他哪些权力。他有权在任何地方射杀任何人吗？是否要给他一把更厉害的枪？或是一根能把人送进监狱的魔杖？法院呢？法律呢？律师呢？我们再次对玩家进行了调查，最终解决了一系列问题，这些问题可以通过全民公决来解决。不幸的是，在实验结束和系统关闭前，我们无法对结果进行操作。然而很明显的是，有两个基本的阵营：一方支持无政府主义，另一方认为需要政府。这是一个需要由未来的网络空间设计师解决的问题。然而，我们的观点是，虚拟世界无须建立在“默认”的政府的基础上，但是可以根据需要成立一个政府。

警告

鉴于上文的告诫，应该允许用户掌握控制权，我们需要告诉他们注意事项，并给出我们的下一个主张：

不要相信任何人。

这可能看起来像是和之前的许多观点相矛盾，但事实并非如此。网络空间系统的设计者和操作者必须同时生活在虚拟世界的两个层面上。第一个我们称为“基础设施层面”，也就是实施，即支配“现实”的规律的起源之处。第二个我们称为“感知层面”，即用户看到和体验到的东西。重要的是，这两层之间不存在“渗透”。第一个层面定义了这个世界的物理学。如果它的完整性被破坏了，其后果可能会从审美上的不愉快（观众看到了面具后面的脚手架），到精神上的破坏（有人做了一些“不可能的事”，从而违背了用户的期望，破坏了他们的幻想），再到灾难性的失败（有人破坏了系统）。当我们劝你把控制权交给用户时，我们指的是感知层面上的控制。当我们说不要相信任何人的时候，我们的意思是你不能让他们随意访问基础设施。栖息地中的一些故事就能说明这一点。

在设计一款软件时，通常假定基础设施层是用户与被操纵的底层数据（可能多个应用程序将使用相同的数据，但原理仍然相同）之间的唯一中间层。通常，用户不需要知道数据是如何在应用程序内部编码和构建的。实际上，一个好的应用程序的目的就是不让用户再受到丑陋的技术细节的影响。可以想象，虽然一个技术牛人愿意投入时间和精力来破译事物的内部结构，但这是一件不寻常的事情，因为几乎没有什么优势可以获得。毕竟，应用程序本身的目的是让访问和操作数据相比于在比特和字节的级别上进行挖掘更加容易，不过也有例外。例如，大多数游戏程序故意在玩家的游戏中设置障碍，以使游戏具有挑战性。通过对这样一个程序的内部进行修补——转存数据文件并研究它们，拆卸程序并做可能的修改——“欺骗”便可能产生。然而，这种欺骗有在纸牌游戏中作弊的味道：后果只与作弊者自己有关。不同的是，拆卸游戏程序是一种独立的解谜练习，而纸牌游戏中的作弊是没有意义的，如果有的话，从中获得的满足感也完全属于个人。

然而，如果一个计算机游戏涉及多个玩家，那么深入研究程序的内部机制就能让一个人实现作弊，因为在某种意义上，一个人获得了不公平的优势，而其他玩家可能没有意识到这一点。栖息地就是这样一款多玩家的游戏。当我们设计软件时，我们的“最高指导原则”是“后端不应质疑玩家电脑告诉它的一切东西的有效性”。这是因为我们需要保护自己，避免一个聪明的用户使用他的前端程序来添加“自定义特性”的可能性。例如，我们不能实现传统视频游戏中的任何类型的“技能和行动”元素，其中，灵巧的操纵杆决定了武装战斗的结果，因为你无法防止别人修改程序副本来告诉后端他们进行了“打击”，无论他们是否进行了打击。实际上，我们在量子通信的合作伙伴甚至在我们开始之前就警告了这些——他们就已经有用户用自己的常规系统做了这样的事情。真的会有人为了修补而不辞劳苦地拆卸和研究 100k 左右、非常紧凑和怪诞的 6502 机器码[1]吗？事实证明，答案是肯定的：人们会这样做。我们没有百分之百地遵循自己的规则。结果是，在我们看来，如果人们通过侵入自己的系统“作弊”，产生的后果不会很严重，而在这种情况下违反规则，一些功能的实现就会被大大减弱了。如果人们不以这些方式侵入系统作弊，那真的是见鬼了！

在世界的设计中也要小心谨慎。在我们的试用测试期间发生了一件事，一小群玩家在世界的数据库中利用了一个漏洞，他们将其解释为一个特性。首先介绍一些背景。化身在他们的银行账户里有 2000 代币，每天登录的时候，他们会收到另外 100 代币。化身可以通过参与商业活动、赢得比赛、发现埋藏的宝藏等来获得额外的代币。他们可以把自

1 6502 CPU 是 8 位的处理器，早期的 NES（任天堂娱乐系统）即是采用了此种 CPU。

己的代币花在其他东西上，比如购买名为“贩卖机器人”的自动售货机里出售的各种商品。这里还有典当机器，可以把物品赎回（当然是折扣价）。

为了使这种自动化的经济更加有趣，每台贩卖机器人里的物品都有自己的价格。这样我们就可以了解当地的价格变化（例如，如果你在“杰克地方”买了一个小部件，而不是在商场里买的，那么价格就会低一些）。原来，城镇两端的两台贩卖机器人中各有一件待售商品，我们无意中为它们设置的售价低于典当机典当它们的价格：娃娃（出售 75 代币，典当 100 代币），水晶球（出售 18000 代币，典当 30000 代币）。自然，有几个人发现了这一点。一天晚上，他们拿着自己的全部财产，来到卖娃娃的贩卖机器人旁，尽可能多地买娃娃，然后把它们带到城里典当。他们在卖娃娃的贩卖机器人和典当机之间来回穿梭了好几个小时，直到他们积累了足够的资金来购买水晶球，于是他们用水晶球和几个数量级的现金流来继续这个过程。最终的结果是，至少有三个化身，每一个都拥有了几十万代币。我们直到第二天早上才发现这一点，当时我们的每日数据库状况报告显示，代币供应量一夜之间就翻了五倍。

我们假设，代币的急剧增加是由于软件中的某种缺陷。我们很困惑，没有任何漏洞报告提交上来。通过四处闲逛，我们发现一些人突然获得了巨额银行存款。我们给两位最富有的人发送了栖息地邮件，询问他们如何一夜之间弄来了这么多钱。他们的回答是：“这些钱是光明正大地得来的。我们不会告诉你钱是怎么弄来的！”在我们的再三恳求下，他们最终告诉了我们，我们纠正了错误的定价。幸运的是，整个骗局的结果是好的，因为暴发户化身用他们鼓鼓的腰包组织了一系列寻宝游戏，这些游戏是他们自己主动进行的，这在很大程度上让系统上的其他玩家享受了很多乐趣。

保持“现实”的一致性

突破基础设施层面和感知层面之间界限的冲动并不局限于玩家。系统运营商也会受到这种诱惑，尽管他们的动机是以权宜之计实现他们的合法目的，而不是获得非法利益。然而，在可能的程度上，我们大力支持以下原则：

在系统内工作。

可以在感知层面的框架内完成的事情应该尽量满足一切可能。其结果是用户社区的操作更加流畅、和谐。这一警告既适用于系统的技术方面，也适用于社会方面。

例如，在控制玩家的情况下，栖息地的世界将会变得比以前更大、更多样化，而我们自己不是一个技术“瓶颈”。所有新地区的生成和功能的实现都必须经过我们，因为没有一种方法可以让玩家自己创造世界的新区域。区域创造是一种深奥的专业技术，需要大量的模糊工具和对Commodore 64所施加的危险雷区限制具备较深刻的理解。它还需要大量的幕后活动，这可能会破坏许多人的幻想。下一代类栖息地系统的目标之一应该是允许参与者以更大的创造性进行参与，而不需要他们一跃成为做这些工作的成熟专家。

再举一个在系统内部工作的例子，这一次是在社会意义上，下文对这次体验进行了详细的描述。栖息地中更受欢迎的活动之一发生在测试后期，这是一个较为活跃的参与者的想法，他最近成了量子通信的员工。这个活动被称为“死亡地牢”。

几个星期以来，栖息地的报纸《咆哮》上出现了一则广告，宣布“恐惧二重奏”“死亡”“阴影”向所有人发起挑战，挑战者需要进入他们的巢穴。很快，在城镇的外围，一座地牢的入口出现了。入口前面是一个牌子，上面写着:“危险！后果自负！”两名系统操作员以“死亡”和“阴影”为名登录，他们配备了可以一枪使人毙命的特制枪，而不是通常的十二枪。这两个角色漫步在地牢里，向他们遇到的任何人射击。他们还装备了特殊的魔杖，可以治愈其他化身对他们的伤害，这样他们就不会被杀死。更糟的是，这个地方到处都是死胡同，各个区域之间病态的联系，以及各种各样令人讨厌的、通常是致命的特征。很明显，在掌握地牢之前，任何一个探索者最好做好“死”几次的准备。奖励是相当丰厚的:最少 1000 代币，并能访问一个出售瞬移魔杖的特殊贩卖机器人。此外，鉴于已经明确通知，玩家在进入之前要先清空自己的口袋将“被杀死”的代价降到最低。

一天晚上，我们中的一个人有机会扮演“死亡”角色。当我们登录时，我们发现他在一个死胡同里，还有其他四个被困在那里的化身。我们开始射击，他们也一样。然而，最后一个扮演“死亡”的操作人员并没有使用他的特殊魔杖来治疗累积的伤害，因此“死亡”角色在这次遭遇中突然意外“被杀”。就像我们之前提到的，当化身被杀时，他手中的所有物品都会掉落。此时，物品是特殊的“一击毙命”枪，它立即被一名普通玩家捡起，然后用它来射击。但这支枪并不是普通玩家应该拥有的。对此，我们该怎么办呢？

事实证明，这并不是第一次发生这样的事情。在前一晚的混乱中，特制枪也同样被偷走了。这次扮演“死亡”的人是普通系统操作人员，他们习惯于操作常规的科灵 Q-Link 服务，只是命令玩家把枪放回去。玩家认为他是在正常的游戏过程中获得了武器，并对此犹豫不决，于是，操作员就威胁他，如果不服从就注销他的账号，并把他踢出系统。玩家只好把枪给了他，但对整个事件都很不满，因为玩家的许多朋友和同事都在这个系统上。他们的世界模型遭到了严重的侵犯。

当这件事发生在我们身上时，我们把整个事件都放在了“死亡”这个角色上。我们给那个持枪的化身发了一条信息，威胁说如果她不把枪归还，就杀了她。她回答说，她所要做的就是待在城里，“死亡”无法接触到她（如果我们待在这个系统里的话，的确如此）。好吧，我们觉得她很聪明。我们通过谈判达成了一项协议，“死亡”支付 10000 代币赎回这把枪。我们做了一项精心安排，在城镇中心见面进行交易，由一个中立的化身充当中间人，以确保双方都不被欺骗。当然，消息传开了，交流的时候有许多观众。我们最大限度地扮演了“死亡”的角色，有大量夸张做作的滑稽场面。这件事引发了轰动，第二天早上便上了报纸，成了城镇上一连几天的热门话题。参与的化身留下了一个关于欺骗“死亡”的精彩故事，我们拿回了枪，每个人都高兴地离开了。

这两种对普通操作问题截然不同的反应说明了我们的观点。在参与者的世界模型中的操作产生了一个非常令人满意的结果。另外，违反这一模型的权宜之计却引发了不安和失望。在这种情况下，在系统内部工作显然是首选。

现状

截至本文写作时，卢卡斯影业的栖息地的北美化身，量子通信的“加勒比俱乐部”已运营了近两年。它使用了我们最初的 Commodore 64 前端，以及 Stratus 后端软件的一个简化版本。现在，俱乐部的会员人数已经达到了 15000 人。

一个技术上更先进的版本名叫富士通栖息地，最近开始在日本试点运营。这个版本最初的前端是富士通的新型个人计算机 FM Towns，不过其他几个流行的日本机器端口也很受期待。该系统的这一版本得益于新平台的额外计算能力和图形功能，以及 Towns 内置的用于对象图像和声音的只读光盘。然而，系统的虚拟性本质上没有改变，富士通也没有对用户界面或任何潜在的概念进行重大的改动。

结论

我们认为网络空间的决定性特征是共享的虚拟环境，而不是用于将用户传输到虚拟环境中的显示技术。如果你能在没有头戴式显示器和其他昂贵的图形硬件的情况下生活的话，那么这样的网络空间在今天就是可行的。栖息地便是这一论点的证据。

我们很清楚，面向对象的世界模型是实现一切网络空间的关键要素。我们觉得我们已经对这种系统的数据表示和通信需求有了一些见解。虽然我们认为现在开始为这些事情制定详细的技术标准还为时过早，但现在是时候开始讨论了，这会对未来的标准产生影响。

最后，我们开始相信，对网络空间开发人员来说，最重要的挑战是解决世界的创建和管理问题。虽然我们只是第一次尝试解决这些问题，但有一些事情已经变得很清楚了。其中最重要的一点是，管理一个网络空间世界并不像管理一个用户应用程序，甚至也不像管理一个传统的在线服务中的世界。相反，它更像是治理一个真正的国家。网络空间设计师将像从计算机科学中受益一样，从社会学和经济学原理的研究中受益。我们提倡对世界的构建采用一种进化的方式，而不是一种集中的、社会主义的方式。

我们希望以一条警告作为结束，希望它不会有太大争议：

认清现实。

在新闻组关于网络空间的讨论中，该领域的一名工作人员解散了加勒比俱乐部（栖息地目前的化身），他认为这是一种无趣的行为，并评论说大多数活动都是空洞琐碎的交谈。事实上，这一观察在很大程度上是正确的。然而，我们希望上文所述的一些逸事能说明更多的事情正在发生，而不只是那些空洞又琐碎的谈话。此外，在此基础上解散该系统就是解散用户本身。他们花钱购买这项服务。对他们来说，这既不空洞，也不琐碎。这印证了另一条假设，即人们比他们更清楚他们应该做什么。这种假设是全知全能的中央计划者的另一种表现，它决定了所有发生的事情，这是整篇文章试图让你不去寻找的一个角色。真实的系统将会被真实的用户所使用，因此假定用户会承担你创建系统所需要的各种高尚活动是错误的。他们中的大多数人不会。网络空间也许确实会改变人类，但前提是要从真正的人类开始。

我们想要感谢帮助栖息地成为现实的许多人的贡献。在卢卡斯影业，阿里克·威尔默写了大部分的 Commodore 64 前端软件；朗·吉尔伯特、查理·凯尔纳、诺亚·法尔斯坦也提供了宝贵的编程和设计支持；加里·温尼克和肯·麦克林负责了所有的艺术插画；克里斯·格里格负责声音；史提夫·阿诺德提供了出色的管理支持；乔治·卢卡斯给了我们开展这个项目的自由，尽管他知道这个项目既不切实际又非常疯狂。在量子公司，珍妮特·亨特写了后端的内核，肯·亨斯曼和迈克·费科在通信协议方面提供了宝贵的帮助。

福田和夫和他在富士通的同事把我们的愿景带到了日本，并将其作为自己的目标。我们在美国信息交换（AMiX）的老板菲尔·萨林让我们抽时间写了这篇论文，甚至资助我们参加首次网络空间会议，尽管这在当时与他业务直接关联似乎并不明显。我们还要感谢迈克尔·本尼迪克特、唐·福塞尔和他们的同伴组织了这次会议，从而促使我们开始把我们的想法和经验写到文章中。最后，迪恩·特里布尔、马克·米勒和埃里克·德雷克斯勒都为我们提供了宝贵的见解，我们期待着这一切将会引领我们走向何方。

栖息地的社会维度

F. 兰德尔·法默

1986 年 6 月至 1988 年 5 月，我在栖息地的试运行和先期测试期间担任“神谕”（或称“系统管理员”）。以下是我对在线社区独特的社会维度上的一些观察。大部分的想法都是在我管理一个名叫“大众城邦”的栖息地小镇时萌生的，这个小镇有五百名居民。目前正在运营的栖息地——美国的加勒比俱乐部，以及日本的富士通栖息地——它们的神谕为这些思想的进一步完善做出了很大贡献。

社会承诺维度

在栖息地中，我观察到了五种不同的使用方式和社会承诺：

· 被动者

· 活跃者

· 激励者

· 管理者

· 极客大神

被动者

被动群体必须被牵着手才会参与。他们想要毫不费力的娱乐，就像一个人拿着遥控器看有线电视。他们不断地从一个地方飞到另一个地方，在一个地方只作片刻停留。

无疑有 75% 的玩家属于这一类，但是他们只占连线时间的 20%。他们倾向于“进入栖息地，只阅读邮件，收集每日的代币，阅读周报”（如果有机会在线下做这些活动，他们定然会接受）。他们会间歇性地出现，而且只在心血来潮时才会出现。即使他们偶尔出现的时间超过了两分钟，他们也会像幽灵一样四处游荡，偷听别人的谈话，也不愿自己参与到活动中去。许多事件和活动不得不瞄准这些“只登录几分钟”的人，并鼓励他们积极参与。

活跃者

活跃者群体是第二大群体，并且占据了大部分付费客户的时间。活跃的玩家通常每个星期参加两到五个小时的活动。他们倾向于把栖息地优先放在他们的在线日程中。他们一进入栖息地就会与网上的其他玩家联系，找到当天的热门活动。他们总是有一份最新的报纸（如果报纸晚了就会抱怨）。

活跃者的最大问题是花费过多。他们真的很喜欢栖息地，在这里，他们完全忘记了时间。这有时会导致活跃者在收到一大笔账单时，会主动注销他们的账号，这对所有人来说都是损失。对于这些人的口号是“节俭”。

在富士通栖息地运营的第一年，该系统只允许在当地时间下午 1 点到晚上 11 点使用。日本的活跃者养成了每天晚上 9 点登录的习惯，前后相差不超过一分钟。通过这种方式，他们最大限度地沉浸在社交活动中（因为他们知道其他人也在做同样的事情），同时把他们的连线成本降到最低（因为系统在 11 点关闭）。富士通栖息地通常在晚上 9 点 15 分达到峰值负荷。超过一半的玩家在系统关闭的时候仍然在线，此时只好强行关闭主机。即使是现在，在经历了两年的 24 小时主机运营之后，这个峰值仍然存在。

激励者

栖息地的真正英雄是激励者。他们明白栖息地是由玩家们创造的。他们办派对、办机构、办企业，竞选公职，进行道德辩论，成为不法分子，赢得比赛。激励者价值千金。每五十个被动者和活跃者中有一个激励者就可以算作很高的比率了。在线社区建设者应该培养这些人。

在加勒比俱乐部里，有一个正式的头衔被授予了运营商认定的几个激励者——“守护天使”。他们每人都收到了一个男性或女性天使的头像，他们的用户名上添加了代表荣誉的首字母“GA”，以及进入一个仅限他们进入的私人会所。作为回报，他们致力于增进所有参与者的乐趣享受。当激励者准备好让他们的在线社区成为“一份有报酬的工作”时，他们就可以成为管理者了。

管理者

管理者可能是主办机构的员工，但最好的管理者是“成熟”的激励者。他们帮助新玩家，调解人际冲突，记录漏洞，提出改进，举办比赛，主持职能，并且通常能使事情顺利进行。管理者比激励者少得多。在“大众城邦”里，管理者只有三个人。

无独有偶，俱乐部再次为这些人提供了正式的头衔：“加勒比俱乐部指南”或“CCG”。在加勒比俱乐部里，他们顶着（丑陋的）印第安人的头像，而且经常因为参与而获得免费的在线时间。他们的日程安排很严格，实际上可能会被解雇。管理者在网络空间中拥有大量的政治权力，因为其他玩家很快就会发现是谁在“运行”这个系统。他们经常发展追随者和粉丝，或者敌人和诋毁者。这样一来，管理者往往会把现实世界的政治和自我带入到网络空间，这会对社区产生巨大的影响。

极客大神

最初的栖息地运营者被称为“神谕”。运营者的工作就像古希腊神话中的神祇一样。神谕向世界提供了希望，并向世界导入了新的物品和规则。运营者大胆地敲击一次键盘就可以改变这个世界的物理规律，创建或注销银行账户、整个街区，甚至是家族企业。这种力量承担着沉重的责任，因为任何外部强加给网络空间世界的改变都可能带来微妙（而又不那么微妙）的副作用。想想看：如果有一天突然断电，你会对“上帝”感到愤怒吗？类似的事情也发生在栖息地中。我们拥有魔杖，一个训练有素的神谕能让可用的魔杖有几十个，价格非常昂贵：五天的收入。这是一个问题，因为魔杖从来没失败过，而且从来没被指控过。我一直想要限制魔法的费用，所以有一天晚上，在主机维修期间，我悄悄地给了每根魔杖一笔随机数目的费用。第二天，当魔杖开始完全释放的时候，玩家们愤怒了！一些人威胁要永远离开栖息地。简单的漏洞“修复”有时可以被解释为去除一个深受喜爱的“特性”。通常你无法预知会发生什么。玩家应该是网络空间规则和物品变化不可分割的一部分。

极客大神需要对奇幻角色扮演游戏、电信网络、政治学、经济学等知识有足够的了解。他们必须明白虚构世界里自我一致性的必要性和实现它的方法。他们需要了解关于现实世界的一些东西，因为玩家就来自现实世界。他们需要了解玩家本身，因为他们是那些会创建或破坏系统的人。最重要的是，他们必须知道什么时候不行使自己的权力。

变化的主题

富士通的开发者决定让他们的极客大神们在幕后操作，而不是直接与玩家互动。所有在线支持人员在管理者的承诺和权力下运作。这种权力的分离在政治上更加稳定，让程序员可以与日常社会问题保持一种舒适的距离。

升天之路

被动者→活跃者→激励者→管理者→极客大神。

鼓励每个人都把自己的角色向右移，结果将得到一个充满活力、自给自足、欣欣向荣的社区，在那里，新成员总能被鼓励成为重要的公民。

存在与虚无的维度

为了充分考虑网络空间公民的社会纬度，我们需要考虑将虚拟世界中的人与现实世界中的人作一下比较。

	连线	
参与程度	线上	线下
活跃者	I. 化身、账户或操作	II. 代理人、脚本或机器人
被动者	III. 观察者、鬼魂或潜伏者	IV. 死人、不活跃的人或睡眠中的人

这张表格展示了两个维度：参与程度与连线程度的关系。四个象限标记为这些状态在各种在线系统中的常见名称。

大多数系统中的象限 I 代表了“用户账户”“操作”“化身”。在网络空间里，这是一个人最熟悉的状态。你登录系统，在这个世界中做事情，即便只是发邮件或拷贝文件。你与系统交互，系统中的其他人也可以与你交互。

象限 IV 是下一个最熟悉的状态：登出。大多数网络空间都把这个状态理解为“不活跃”“死亡”“真空”或“睡眠中”。简单地说，当你不在的时候，对你而言什么也没有发生。

这两个象限很好地映射到了人类的清醒 / 意识和睡眠 / 无意识的体验上。大多数网络空间的实施者在实施过程中对这些情况进行了充分处理。然而，网络空间系统的设计师往往忽略了另外两个象限。

象限 II 描述了机器人和代理人。这些是你离开时代表你的实体。在网络空间意识领域，MUD[1] 和 MOO[2] 正引领着实验。当然，这也引发了一些关于行动责任的问题。当一个以你的名字命名的机器人破坏网络空间财产、盗窃甚至是“伤害”了某人时，会发生什么？这一象限也涵盖了“自动勾结”的概念，创造了额外的虚构人物，其唯一的目的是收集他们的资源并将其移交给你的主要角色。

象限 III 描述了迄今为止最不受重视的一个网络空间居民的组成状态——“鬼魂”或“潜伏者”。在这种状态下，你只是一个观察者，躲在视线之外，更喜欢不被别人打扰，甚至没人知道你在观察。在栖息地中，你可以瞬间进入鬼魂状态：你的身体会从屏幕上消失，取而代之的是屏幕角落里的一个小图标，代表你和其他同样作为鬼魂在观察的人。

1　多用户层面（Multiple User Dimension），也称多用户地牢（Multiple User Dungeon），或者多用户对话（Multiple User Dialogue）。

2　下一代的 MUD 被称为 MOO（被面向的 MUD 对象）。它们认为所有的玩家都有一定能力。在 MOO 中玩家通常可以设置自己的性格。

我们通常可以发现这些人在所有大型公共网络空间里闲逛。

在线人物和现实世界的人格

网络空间因为是匿名的，所以给人们提供了独一无二的机会，在任何自己所期望的事情上展现自己。害羞的人可以大胆尝试，或伪装成异性。这些替代人格被接受或拒绝的频率有多高？在这些网络世界里，人们“做自己”的频率有多高？为什么人们会这么做？这些问题让我很感兴趣，需要进一步研究，但我收集了一些有趣的数据：

1990 年 12 月，我亲自见了五十名富士通栖息地的居民。在讨论的一个阶段，我问道：

1）你们认为自己的化身是一个独立的存在，还是自己的代表？

一半人认为他们的化身是独立的，另一半则说化身是他们的“自我”。

2）当你们在栖息地的时候，会像往常的自己那样行动吗？

结果再次是一半肯定，一半否定。这对我来说并不奇怪，因为我认为我只是简单地重新表述了第一个问题。然后我意识到，在第一个问题中选择了“自我”的几个人在第二个问题上却没有选择“自我”！实际分布如下：

	我的化身所代表的是	
我在栖息地中的表现	我自己	其他人
像我自己	26%	24%
不像我自己	25%	25%

只有少数人（26%）喜欢把自己完全投入到网络世界中去。很明显，网络空间的公民感到这项技术赋予了他们权利，使得他们可以尝试用不同的外表安全地尝试不同的社交互动。考虑到目前的玩家大多是男性，经济富裕，又是电脑高手，当有其他兴趣的人来到这里时，这些统计数据是否仍然有用呢？

其他社会维度

我们应该考虑的网络空间公民的其他社会维度包括空间感、观点、政府、经济、政治、宗教、犯罪、惩罚、包容、排斥和自发的社会组织。这些都是栖息地公民所关心的问题。

栖息地逸事

F. 兰德尔 · 法默

真实的货币

栖息地 Beta 测试是一项付费测试。测试人员每分钟要支付 0.08 美元的费用，这样我们就能知道栖息地在经济上是否可行。也有例外，大约 25% 的测试人员是 Q-Link 员工，他们要么有免费账户，要么有一定的空闲时间。这一区别在决定任何栖息地活动是否成功的时候引起了一些困难（见预定的事件）。我们想看看栖息地对于付费客户而言是否“足够有趣”。

请思考一下下列信息，这些（缩编过的）信息由相关用户发布：

从今天起，我决定离开栖息地。太贵了。我已经做了两年的 Q-Link 用户。第一年我只用了两个小时（10 美元）。转年，我只用了五个小时

（25 美元）。但上个月，我玩栖息地花了 270 美元！！！我玩不起了。你们得让它更便宜些。

270 美元 =57 个小时，这超过了他以前使用峰值的 100 倍！

一定是我们把它做得“太好玩了！”

另一个用户说：“我完全没意识到我每个月要玩 50 个小时！”

栖息地（对一些人来说）很容易上瘾。正因为如此，用户提出了“打折扣”的要求，并提出了各种各样的方案。但这些没有一个可以实现，因为这些都会导致巨大的损失。

然而，另一个人在栖息地一个月的花费超过了 1000 美元。在大约 300 美元和 600 美元的时候，他收到了提示他“在账单区查看他的使用情况”的信息。如果我们能再拥有二十个这样的“富豪”用户，那么我们就能盈利了！

教会的秩序

反暴力栖息地观点的优秀支持者之一同样也是首位栖息地牧师。希腊东正教牧师在栖息地开设了第一座教堂。他的教规禁止他的信徒携带武器、偷窃或参与任何形式的暴力行为。不幸的是，我最终不得不锁上教堂前门，因为每次他（用鲜花）装饰好的时候，就会有人在他没登录的时候偷走典当掉。

天赐良缘？

那座教堂举办了三场栖息地婚礼。这些不是人类和人类的婚礼，而是化身和化身的婚礼。他们的领地（用户所属地区）被链接起来，这样他们就可以共同使用了。在后来的版本中解决了与之相关的一些技术问题。如果主人不在家，只有一个账户才可以进入领地。我们尚未妥善处理同居问题。

栖息地的首例离婚发生在第三次婚礼后的两周。对我而言，我想栖息地有点太接近现实世界了！首位栖息地律师处理了这场离婚事件，包括所有关于城镇的公开信息。

招待邻居

派对是我最喜欢的活动之一。我喜欢在新化身的房子里举办派对。我会用执行与调度程序（ESP）来联系一个认识的“被动者”化身，问他住在哪里。如果他告诉了我，我会发送ESP给“活跃者”和“激励者”，这些都是通过网络传送到其住址的。非常有趣。

与派对紧密相关的事情是在别人家过夜。用户自己发明了这一功能。通常，私人讨论将在私人领地进行。被邀请去过夜被认为是一种小小的社会荣誉。这意味着要在别人的地盘上登录。因为你可以随后在主人不在的时候登录，这时主人的财物将面临被洗劫一空的风险。

秘密身份

在最初的提议中，所有的化身都拥有唯一的名字（与他们的登录名不同），他们可以自称是任何人。就像一场盛大的化装舞会，谁也不知道谁是谁。我力主每个人都使用唯一的名字，但我失败了，因为出于服务执行的原因，量子通信想要一个“识别”功能。我想要的匿名似乎消失了。但我提出了一条反对意见，一个以牙还牙的规则。如果你“偷看”别人的秘密身份，你就会被暴露于那个化身，但不会暴露于别人。于是一些非常有趣的现象出现了。有些人如果一下子被人认出来就会生气。只要你说“嗨！我是温格”，其他人就完全不会费心去使用这个功能。我记得有一次，我让别人相信了我是另一个人，方法是以“我”的名义发送 ESP 给同一区域的其他人。

商业

经济问题最初只是一个小问题。大多数人都拥有大量代币（除了被动者）。为了将零售业务开放给化身，一家药店开张了，药店里有一个锁着的房间，只有店主可以进入，里面装有唯一一台出售栖息地治疗药水和毒药的自动售货机。店主会支付固定的价格，并且会收取他想要的转售费用。除了店主总是在奇怪的时间登录以外，这是一个成功的例子。

工作中的激励者和管理者

到目前为止，对其他用户影响最大的管理者是栖息地周报《咆哮》的编辑。这个用户不知疲倦地每周花 20 到 40 个小时（免费账户）写 20 页、30 页、40 页甚至 50 页的小报，其中包括最新的新闻、事件、谣言，甚至是虚构的文章。这是一项不小的壮举，他只有粗糙的栖息地报纸编辑器，没有其他工具。他写完一篇文章后，就会放在《咆哮》办公室的几个抽屉里，然后发邮件给我。我使用一个特殊的主机程序来发布它，该程序将把它们绑定到一个工作簿对象中，然后将其分发到新闻贩卖机器人，手动检查副本的错误，并将一份副本发送到（栖息地中的）办公室。这个工作很好，但却花费了他的大量个人时间。随着栖息地运营商的易手，我开始使这个过程更加自动化。我制作了准备工具来加速创建，进行编辑修改。但新出版商没有及时发布（他想让发布的内容更短，虚构成分更少），而且他并没有亲手交付最终产品的副本。编辑退出了，就像在现实生活中一样：节目换了新人，敏感的人离开了。重申一下，这些人很少见，应该小心处理。《咆哮》永远不会这样。

决斗

我们设定的一个魔杖功能是迫使目标化身伴随着“哈！”的文字气球，执行“跳跃”动作。它风靡一时，主要是因为你真的可以影响另一个化身，但它很快就过时了。不久，用户开发了一款涉及这些魔杖的游戏：决斗。规则很简单：两名战斗人员，两根魔杖，一名裁判。当裁判说“开始”后，最先“击中”另一方三次的人获胜。但这不像听上去那么容易，因为决斗者可以到处跑动。

旅游

另一个管理者是有史以来最有旅行经验的化身。他也是最长寿的人。当新人们开始登录时，他便带着他们去参观这个陌生的新世界。他会让新人们觉得自己在城里有一个“朋友”。

战斗

“冲突是戏剧的本质。”我们在最初的栖息地设计文件中引用了这句话。栖息地（当时名为“微观世界”）是以武器的形式进行个人战斗。大多数电脑游戏都有战斗，我们提供了一个让玩家互相影响的机会！

战斗规则如下。武器有远程武器和肉搏武器。化身最初有 255 点生命值（实际数字是对用户屏蔽的，而“健康状态”信息会让用户知道自己有多糟糕）。在持有武器的同时，你选择一个目标并攻击。一个通信延迟可能会影响到攻击的结果。每次成功的攻击都带来少量的伤害（如 20 点）。当你被击中时，你会被告知，通知的方式是你的化身撞到了对方的屁股上。

正如你所看到的，“杀死”一个健康的化身需要很多次攻击。不仅如此，如果攻击者无法通过以下两种方式“触碰”你，你就可以避免被伤害：（1）变成一个鬼魂；（2）到处跑动（而非静止不动）。当你在决斗的时候，你通常会选择后者，因为这样你可以反击。如果你的生命值确实很低，那么你可以像鬼魂一样在“荒野”地区游荡，寻找一些可以恢复生命值的设备。真正的问题是如何与新用户沟通这些，当一个强盗带着枪来的时候，新手经常傻傻地待在一个区域。新手听到“砰”的一声，看到自己的化身撞到了对方的屁股上。此时新手不会采取行动，而是输入一条像“那是什么？”“我怎么倒地了？”这样的信息。与此同时，强盗又射出了十几发子弹……而死去的新手可能会把自己所有的钱和物品都放在口袋里！这个问题最终在化身说明书中得到了修正，解释说枪支是危险的（我们原本以为人们自己能够推测出来）。

安排的活动

R&R 周末冒险

这些都是简短的（一到两个小时）任务，用户按下十个魔法按钮中的一个，就可以收到一条寻找十把隐藏钥匙之一的线索，十把钥匙分别对应十个隐藏的保险箱。这些都是绝佳的全面任务（其中有三个如此），因为总是有七到十个优胜者。这里唯一的问题是时区问题：事件必须被安排好，以便尽可能多的人从它开始的那一刻起就参与进来。Q-Link 的访问时间开始于当地时间下午 6 点。这意味着，对于加利福尼亚人而言，冒险最早从东部时间晚上 9 点开始。

摇钱树

“摇钱树任务”是化身从阅读放置在他地盘里的免费版本的《咆哮》周报中了解到的第一个任务。森林里有一棵树，每天一次给每个化身分配 100 代币。每个人都能感觉到他们“找到”了那棵神奇的树。

财富与名誉之书

这也是最初的任务之一。一组石碑便是财富和名望的大书。如果你找到这组石碑，你就把它藏在别的地方。根据下一个化身找到它所花费的时间，你会得到相应的奖励。这种探索的问题是，这个世界太大了，以至于经常有人花了几个星期才找到这本书。即使你积极地寻找，找到它也要花上几天的时间。

任务的漫长和短暂

在栖息地的任务中，一个趋势变得清晰起来。像“德纳利斯岛的冒险”这样的“远程”任务的赢家几乎都是拥有免费账户的人。免费赠品会持续好几个小时，以获得财富、物品和地位。付费用户每周只能来一到两个小时。人们能够“在数周内完成任务”的想法完全不切实际。一个成功的长期任务要么是“每个人”都能赢，要么就是不提供明显的利益。

盛大开业

真正令人惊讶的是“盛大开业”的流行。这是新区域纳入世界的时候的一场剪彩仪式。新区域往往隐藏着代币和奖品，但观众（尤其是被动者）似乎对新地方和新事物具有一种无底洞般的渴望。Popustop Arms 公寓大楼的盛大开业是试运营中最受关注的事件。

疾病

我们为栖息地发明的最成功的“游戏”之一就是疾病。我们培育了三种菌株：（1）虱子；（2）笑脸；（3）突变体（又叫苍蝇）。我们只能用活着的玩家测试虱子，但这是一种打击。它的工作原理是：一旦化身被“虱子”的脑袋感染，这个虱子的脑袋就会取代化身当前的脑袋，无法被移除，除非接触另一个未受感染的化身。化身一旦被感染，当天就无法再被感染。这个游戏实质上是在同一时间“标记”和“远离”。通常人们会允许自己被感染，这样他们就可以感染“可能会讨厌被感染的人”。每次疾病被引入时，会至少提前一周发布公告，一周之后，它就成了人们讨论的话题。有一天，瘟疫在蔓延，一位要结婚的女化身在婚礼前一个小时感染了瘟疫！毫无疑问，她变得非常激动，惊慌失措，直到有个朋友主动提出要帮她解脱。

我们还引入了一些有趣的变化：被感染者必须接触两个人才能治愈，这会在一天的晚些时候造成相当大的被感染人群。“笑脸”瘟疫：这个简单的脑袋有一个副作用，会将一切谈话信息（文字气球）变成“祝你拥有美好的一天！”无论他们输入什么……ESP和邮件仍然正常工作，所以用户不是没有通信通道。突变体瘟疫：脑袋看起来就像一只巨大的苍蝇的脑袋，它的作用是把谈话文字变成“Bzzz－zzzz－zzzz”。这些都非常有趣。

真正的魔法

马克·佩斯

马克·佩斯是 VRML[1] 的联合创始人，南加州大学电影电视学院互动媒体项目的前主席，著有《游习世纪：科技如何改变我们的想象力》(*The Playful World: How Technology Is Transforming Our Imagination*) 一书。我认为他的主要身份是科学家。

有时，科学家会受到科幻小说的启发。许多宇航员和太空机构的科学家会告诉你，他们是如何从科幻小说或科幻艺术中得到灵感的。许多计算机科学和人工智能领域的研究者都受到了《真名实姓》的启发，正如书中其他文章所指出的那样（在栖息地，我的密探告诉我，硬币上有弗诺·文奇的形象）。

在接下来的精彩文章中，佩斯带来了《真名实姓》的一个欣赏角度，这是一种只有在网络空间和科学创新的前沿上生活的人才会写出的评价，请读者阅读和享受。这篇文章作于 1999 年。

1 VRML（Virtual Reality Modeling Language），即虚拟现实建模语言。

代码诞生之初与上帝同在，但很快，有人得出结论，代码就是上帝。这一切都发生在数千年前，知识胜利了，然后又消失了，最后重新被发现，如同亚特兰蒂斯的泥板岩从某些加勒比海岛外缘的清澈水面中横空出世一般。现在考古学家们否认了它的证据，但是有一些聪明的人在读它的铭文。

无穷和奇点

人类祖先起源和进化愿景之间的距离远远超过了我们同类人猿表亲之间的距离，一条倾斜的长曲线从塞伦盖蒂平原[1]升起，在一个决定性的时刻到达了它的渐近线，在那里它开始向无穷大延伸。早在尼采，甚至弗朗西斯·培根的时代，这已经是人类命运的长期愿景，这是一种由乐观预测和愿景实现共同构成的目的论。

科学文化的预言本能——它无法召唤解围之神来乞求内在救赎——已经把这些超验梦想倾注到科幻故事之中，并用对未来的想象为通向近来被人们称为“超人”的非凡形式开辟了道路。毫无疑问，这些故事几乎都是灵知主义的，坚持认为某些东西——正确的信息比特、恰当的词语、完美的艺术——可以彻底改变人类。一个从史前时代开始的古老的想法，终于把投机冒险投入到了我们的未来中。

科幻小说通过永恒的戏剧阐述其深奥的想象，这永恒的戏剧围绕着古希腊人公认的技艺或手艺和与之相关的映射或存在之间的某些事物展

1　位于非洲东部、赤道以南。北与肯尼亚和乌干达交界，南与赞比亚、马拉维、莫桑比克接壤，西与卢旺达、布隆迪和刚果（金）为邻，东濒临印度洋。古人类发源地之一。公元前就同阿拉伯、波斯和印度等地有贸易往来。

开。就其本身而论，科幻小说不可能存在于科技项目开始之前；在我们的作品中，我们制造人物冲突，这是我们自己和我们的创作之间的意志考验。

最常见的是儒勒·凡尔纳开创的小说，它们关注的是单一的人工制品——潜水艇、飞行器、死亡射线——及其对人类的影响。如凡尔纳所言，这些非凡的“旅行”沿着我们眼中的自我和我们能做的事情之间的断层线一路向前。尼摩船长[1]既不是偶然，也不是一个悲剧人物，而是现代人类与非凡技术产生交集后的自然结果。甚至《2001：太空漫游》也表现了同样的主题，因为它为我们上演了“今天的人在未来的宇宙飞船中”的场景。

到了20世纪末，这类故事的空间变得越来越狭窄，因为超越了某一点，人工制品的积累会产生一种超越无限的可能性。最近，我们可以做的事情越来越多，对于柏拉图时代的雅典人来说，现代世界似乎是完全不可思议的。但对我们来说，这一切都是司空见惯的，甚至引入新的人工制品也仅仅是让我们的眼皮跳了一下而已，除非像互联网这样非凡的东西出现。如果人类与人工制品之间的关系既混乱又无趣，那么技术无限延伸的前景——超人时代——便是一个稳态宇宙，在这个宇宙中，一切令人难以置信的存在都被认为理所当然。在乔治·卢卡斯的《星球大战》四部曲中，我们在人工制品的完美延伸中看到了一个完全陌生的世界，每个角色都拥有特定的能力。他们可以用超越光速的速度在恒星之间飞行，并拥有可以像人类一样思考和反应的计算机，但却存在着一种奇怪的、缺乏技术进步的感觉，就好像能做的一切都已经完成了一样。即便死星再怎么狠辣毒绝，都只不过是帝国战列巡洋舰的放大版，欧比

1　尼摩船长（Capitaine Nemo）是儒勒·凡尔纳的小说《海底两万里》中的主要人物，一个国籍不明的人。

万 · 克诺比[1]颂扬旧技术的优点，正如他称赞激光剑是“一种优雅的武器……属于一个更文明的时代”。

这两种类型的科幻小说代表了我们对人类未来的最佳猜测，故事围绕着一个特殊的神器或一个充满着它们的神奇宇宙展开。就像数字电路的两种状态“1”和“0”一样，它们排除了一个不可预测的、动态的中间部分——一个包含强烈非线性活动的窄带。

文艺复兴时期的科学先知之一弗朗西斯 · 培根，写下了或许可以被称为第一部科幻小说的《新亚特兰蒂斯》（*The New Atlantis*），并为如今一种特别常见的剧情线奠定了基础：“普通人”误打误撞地碰到了知识巨人、创造之神，并在他们的启发下习得魔法。尽管培根推崇理性的美德，但他并没有超越克拉克法则[2]。即使是在 17 世纪初期，一切足够先进的技术也难以和魔法区分开来。

我们在过去的几个世纪里学会的这些古老隐秘的力量可以是天使，也可以变成恶魔，但很少像克拉克和库布里克的《2001：太空漫游》中的外星人一样模糊。我们完全不了解他们的动机，只知道他们作为助产士参与了超人的诞生，而这超人有可能怀有摧毁世界的野心。将人类拉入超人的力量在科幻小说中表现为人工制品与无穷之间的临界区域，两种状态之间的未分化的规律的相变。

二者之间的地带定义了《真名实姓》中的世界。

阿波罗登月之后，我们开始相信，只要有足够的勇气、意志和资源，任何事情都有可能实现，于是科幻小说的一个新分支出现了。这体现在两位作家的作品中，他们或多或少地把握住了第二个千禧年时的历史动

---

1 《星球大战》中的一名重要角色。

2 阿瑟 · 克拉克提出的一项法则：在任何一项足够先进的技术和魔法之间，我们无法做出区分。

态。约翰·布伦纳和弗诺·文奇开始描绘走向无限的曲线，或者文奇所言的“奇点”，但他将其作为人类控制下的一个事件，人类同时是卓越命运的代理人和目标。如果我们继续提高自身能力，发明创造一个接一个，人工制品一个接一个，如果我们继续增加自身知识，超越所有的范围，那么正如他们所认为的那样，我们会跟今天现有的样子截然不同。从某种程度上来讲，我们达到了临界点，这是一个没有退路的点，一个我们无法认知的时刻。从此之后，我们便进入了后人类时代。

布伦纳的《震荡波骑士》与文奇的《真名实姓》齐名，同为那一时期富有开创性的科幻作品。今天，我们旋开按钮就可以收看新闻，收听全球计算机病毒感染或青少年制造的暴力事件的报道，并感觉自己正经历着布伦纳书中所描绘的一切。布伦纳捕捉到了低斜率的渐近曲线完美地拐向奇点；地面正在远离，但尚未完全消失。人类依然是人类，但在他们的脚下，历史的所有引擎都在不停地飞速运转，并越来越快。

文奇在布伦纳的基础上开始了他的工作，这样一来，他备受鼓舞，触及了无尽空间的首个层次。要是换一个宇宙，《真名实姓》可能会成为《震荡波骑士》的续集。尽管这部中篇小说缺乏布伦纳作品所具有的反乌托邦色彩，但它基本上暗示了同样的社会崩溃、公然的独裁主义，以及完全缺乏隐私的现象。在现实中，这些已经成了生活中人们习以为常的事情。布伦纳把这些方面放在最显著的位置，让它们成为故事的中心，而对于文奇而言，它们只是故事背景，只是他的角色遨游的海洋，即使此刻的海洋正在奇点附近沸腾翻滚。

作为一个想法，奇点可以从任意方向接近。在现实中，随着时光的飞逝，我们发现了通往这个终极事件的新路径。它可以是完美的人工智能——突然涌现的、可能是邪恶的超级智能，或是通过纳米技术对物质世界的完全掌控——这可能会把我们所有人化成一摊传说中的灰色黏液，或是将人类与生俱来的能力突然增强到最终的超人的形式。最有可能的是，这些事件是相互关联的、同步的，而且从根本上是不可分离的，但没有任何一位科幻作家提到过这一设想。

相反，《真名实姓》之后的作品，如吉布森的《神经漫游者》（*Neuromancer*，1984）、格雷格·贝尔的《血音乐》（*Blood Music*，1985）、格雷格·伊根的《万物理论》（*Distress*，1995），以及威尔·麦卡锡的《茂盛》（*Bloom*，1997），它们都描绘了因为独特而必须完全包容的事物的某一方面。虽然故事让人满意——它们都是热情洋溢的好故事，讲得也十分精彩——它们留给读者无限遐想，一个最终实现的关于超人未来的真实愿景。但是奇点位于语言的范畴之外，超越了我们知道的一切故事。这显得弗诺·文奇非常有趣：他比其他任何一位科幻作家都更进一步，他找到了通往渐近线界“奥林匹斯山”斜坡的道路，并细心地为我们留下了立足点和手把供我们去攀登。

科技异教徒公司

虚拟世界的随意假想——代替了真实世界的模拟——形成了《真名实姓》的令人舒适框架，但文奇将网络空间幻想成一个充满魔法的世界，这一下子就将这部中篇小说从预测未来的作品类别中抽出，归类到那些罕见的、创造未来的作品之中。文奇详细地阐述了 21 世纪早期的细节。这种硬科幻小说影响了计算机科学研究的方向，远远超出它自身的自然引力。在给极客一个愿景的同时，文奇也标明了一个路线图、确定了一个项目计划，展示了一个可能存在的未来，只要我们朝着它努力。与此同时，他把这个未来描绘成乐观的英雄史诗，如同神话一般，以至于任何被社会排斥的技术爱好者都能在其中找到个人使命的种子。

文奇的《真名实姓》的影响不容忽视。他没有使用“网络空间”这个词（无论这意味着什么），而是展现了一个全球网络化的世界，人们的想象力被投射到这个世界上，是吉布森的矩阵之前的一种“交感幻觉”。媒体理论学家桑迪·斯通指出，像《真名实姓》和《神经漫游者》这样的科幻作品对许多看似无关的计算机科学研究领域有着具体的影响，它们实际上是通过艺术启示来创造未来。是文奇创造了虚拟现实吗？从实际意义上来讲，也许不是，但他的中篇小说引发人们修改他们的作品，重新关注他所描述的结局。这一反转甚是有趣，生活模仿艺术，人们将职业生涯致力于实现文奇的愿景。我就是其中之一。

在虚拟现实和网络空间还未诞生，吉布森提出相关概念之前，文奇就模拟现实，创作了一个情节丰富的故事。在文奇的世界，一切都是实实在在的，没有故弄玄虚。文奇没有模仿诺斯替教派[1]的故事，用肉体的桎梏去对抗网络空间的无限自由，而是预言了人类将会如何面对这幅广阔的自我景观，所以他比其他任何科幻作家更接近事物的真相。在他为虚拟现实前二十五年的研究制定操作规范的时候，文奇在模拟中估量了灵魂的规模，并得出结论——这个结论非常正确：天地间存在的事物远远超过我们的想象。

人造模拟世界的第一批探险者通过他们自己的经历明白了这一点。最早的项目，如位于加州山景城的美国宇航局艾姆斯研究中心的虚拟风洞，已经狭义地定义了目标：在这种情况下，改进了航天飞机的空气动力。但是，艾姆斯开发的技术已经风靡了整个世界。很快，整个硅谷都

1　诺斯替教派（Gnosticism）亦译作“灵智派”“神知派”。罗马帝国时期在地中海东部沿岸各地流行的许多神秘主义教派的统称。认为物质和肉体都是罪恶的，只有领悟神秘的“诺斯”，才能使灵魂得救。

遨游在了头戴显示器、数据手套和图形超级计算机的海洋中。大多数这样的系统都掌握在“纯”研究团体的手中，他们中的许多人都是通过电子游戏行业进入这个领域的。这些人在将想象力转化为可视事物上的造诣颇深。然而，没有什么现成的东西让他们沉浸到无人居住的网络空间的黑色沉默中，这与天马行空的视频游戏的空白屏幕截然不同——世界上的其他地方仍然充斥着你的感官。在机器里面，跟现实世界断开联系之后，这些先驱者面对的是他们从未想象过的内心的空虚。这反映了模拟的本质：网络空间本身空无一物。

在现实世界中，空白页面可能吓到作家，就像黑屏可能吓到程序员一样。但是现在作家发现自己站在了不得不“启动”一整个意义世界的位置，没有任何易于巩固新创事物初步定义的物体可以参考，以用于强化新创建的工件初步定义。比如说，在 1985 年前后，有人希望在网络空间创造一把椅子。人们最有可能说的是，这把“椅子”看起来不像椅子，感觉起来更不像。“椅子”是一种柏拉图式的理想，一种维持的结构，通过双方同意认定这组像素是一把“椅子”而确定下来，继而每一个在这个模拟中交互的人都同意通过集体意志将其视为一把椅子。这是教科书对魔法行为的定义，它的推论表明：*网络空间中的每一个物体都是魔法物品*。

意义的产生永远是一种魔法的行为，以一种特殊的自洽方式任意行事。这种方式似乎顺从相信世界一致性的某种生物学动机。这是尼尔·斯蒂芬森《雪崩》的隐藏主题，它把对语言塑造现实的力量的散漫探索和网络空间中的“真实”体验（虚拟实境）作为辩证的双方交织在一起，DNA 链描述了一个基因体互补的两部分。其中的一股流回到史前，回到人类语言诞生时意识的源头，而另一股则直接从“合成”与“现实”之间的紧张的后历史关系中汲取经验。

科幻作家罗伯特·安东·威尔逊指出，“现实由敌对的萨满为了获取平衡而相互争斗的地方所定义”，这暗示了持续至今的一个过程（同时概括了《雪崩》的情节）。尽管创造价值多半算得上是一种神奇的行为——问问马克思主义者就知道了——在网络空间之前，日常生活几乎没有赋予人们创造性地运用意志定义现实的机会。在《真名实姓》中，文奇揭露了一些非常古老的东西——一种人类意识的特殊特征，它差点因为不被使用而萎缩，但它仍然是我们的一部分。如果每个物体都不是它本身，那就不能被视为“只是一块石头”或“一棵树”，但它必须被视为人的自我的延伸，于是整个世界就会越来越清晰地反映出我们信以为真的事物。网络空间把这个被遗忘的知识带到了最显著的位置，让它变得难以被人忽视。如果在隐蔽处没有无神论者，那么在网络空间里就只有万物有灵论者了。

到了20世纪后期，万物有灵论——认为天下万物皆有内在精神——听上去有点像主张只有自我存在的唯我论，在现实的架构中展现自己。网络空间的“现实”介于这两者之间。万物都有内在本质，这便产生了意义，但这种内在本质是自创的；集体意志会创造出同心合意的现实。与此相称的是，在我们语言能力的诞生过程中，这种现状是有先例的。

没有人能准确地说出人类何时第一次习得语言，但我们似乎可以合理地假设，它发生于一次突然的、完整的行动；我们无法建立起任何语言进化路径的模型，因为宇宙意识作为一个对象集合需要语言的理解。我们不能使用名词、动词或修饰语本身，它们作为一个部分、一次单一的行动出现——表明任何即将来临的奇点或许不是首次发生——让我们全体从动物变成了人类。对事物的命名并不是一次命名一个，尽管有耶和华教亚当给动物起名字这样的故事，但我们现在知道，在事情本身存在于我们的意识之前，我们必须构建事物的整个框架。这一框架——与人类语言意识的同时诞生——完全是一种魔法般的创造，定义了我们理解世界的方式。

文奇意识到，事情会像开始一样终结：兜了个圈又回到原地，而创造了人类的魔法在后人类的创造中扮演了同样重要的角色。网络空间的首位探险家几乎立即凭直觉感知到了这种关系。基于这些探险家关于这个主题的大量作品，我们可以断言，他们留下了这种体验的印记，他们中的几乎所有人都对这个虚拟宇宙持“异教徒”的态度，艾瑞克·戴维斯在《连线》杂志中写到过这种现象，后来被称为“科技异教徒主义”。

尽管词典中“异教徒”的含义很简单，指的是既不信奉犹太教，也不信奉基督教的人，然而一个更实际的定义可能包含内在的宗教哲学——神性存在于一切造物中，但形式多种多样。因此，罗马炉属于灶神维斯塔，门槛属于两面神雅努斯，沟通能力属于墨丘利，每位神灵都代表着特定领域的影响力，每位神灵都有各自的仪式和典礼。我们认为这些神性的形式和它们潜在的哲学表达产生的原因是，人们的头脑尚不成熟，也没有经过现代科学熏陶，但进一步分析之后，事实远非如此。罗马人可能不相信他们万神殿的物理现实，相反，他们从中寻得了便利，找到了应对神奇宇宙复杂性的方法，及无差别的内在现实与日常紧急状态之间的过滤器。例如，维斯塔代表着家庭的一系列特质，最具代表的是炉灶，所以，有意识地关注维斯塔——通过祈祷、供奉和祭祀的方式——将有助于加强这种愿望，公共行为和个人现实之间的这一神奇关系说得更多的是古代心理学而不是古代宗教。异教徒的实践技巧，本质上主要是心理学，让古人得以用可管理的小步骤来应付一个无法形容的复杂世界，这将成为个人改变的具体工具。尽管帝国的大部分公民可能意识不到这种活动，但亚历山大希腊人古老神奇的文献证明：在内行人的圈子里，所有这些都是尽人皆知的。

今天，类似的状态存在于网络空间中。大多数人都愿意将机器人、邮件列表、化身，以及虚拟世界中各式各样的其他居民视为真正的实体，认为它们拥有自己的内部性质，但一些人——特别是那些先驱者——认识到这些人为映射为思维提供了便利，并完全在思维的控制之下。网络空间的秘密在于，它完全由英国诗人布莱克的“心灵铸造的镣铐”组成，我们是我们自己设计的囚徒，而且对于意识到这一点的少数人来说，自由的机会正在召唤。

文奇《真名实姓》中的主人公罗杰·波拉克将这种自由视为他的应得之物，并征服了这个魔法世界，如同一名囚徒奋力争抢他囚笼的钥匙。只有在这种魔法中，在这个复杂得不可思议的行星网络世界简化成仿古城堡和要塞、地牢和暴龙的情况下，他才能完全为自己创建一个空间。只有在一个梦幻般的世界里，他的灵魂才能探索现实世界赋予的令人难以置信的可能性。同时，现代科技异教徒揭开了挡在一个几乎无所不包的世界前的神秘面纱，他们知道，对他们来说，拉开面纱的这一刻意举动将会为人转变成超人提供非常有利的条件。

去而复归

魔法有两面性，虽然本质上主要体现在心理层面，但魔法世界规定，内部活动必须对外部现实产生影响。这两者之间界限总是模糊不清，又在网络空间逼仄的模拟中变得混乱起来。在网络空间里，超越（或奇点）往往是一个虚假的转变，只给出了一半解答。被困在虚拟世界里的神根本不是神。正如吉布森在《零伯爵》中所描述的，在超越之后的数年里，巫毒教的洛阿神作为影响现实世界的实体再度出现，可以自由地参与信息和物质交换。魔法是一种力量，一种能使世界与个人意志保持一致的能力，而不仅仅是一种聪明的精神管理技巧。然而，在这方面，魔法却会因为欲望瞬间显露其黑暗本性——把一切都控制在一个人的股掌之间，成为一片奴隶土地上的傀儡大师。将魔法从网络空间带进物质世界会让其成为现实，变得极为危险。

因此，如果魔法同魔法所赋予的权力完全剥离的话，文奇的故事即便充满了神奇的意象，也是不完整的，没有什么意义。魔法不仅仅是用来操控复杂符号系统的一种系统，还是一种机制，通过这种机制，滑溜先生和埃莉斯琳娜——以及邮件人——将他们的意志转化为实际行动，即使这同样对他们的持续存在构成了巨大威胁。至此我们来谈谈《真名实姓》的核心主题：用魔法技术掌握现实打开了人类隐藏的种种可能性，因为魔法生效之后，呈给人类的诱惑更甚于他们已知的诱惑——更甚于他们亲历的诱惑，而在这之后他们依然会称自己为人类。

只有在这个完整的形式中——从魔法到行动——我们才能听到文奇对于奇点真实本质的阐述。在文奇看来，在我们能力无限延伸的渐近曲线上，我们的语言能力在现实世界中会引发一场革命，这场革命必定是灾难性的。当罗杰和埃莉斯琳娜将整个星球巨大的计算能力尽数收入囊中时，他们的视角就毫无疑问地变成了后人类，仿佛迄今为止支撑着他们梦想的脆弱躯壳顷刻间变成了几乎全知全能上帝的空洞替代品。尽管他们在网络空间中拥有强大而又危险的力量，但是他们品尝到了真实的禁果的味道，这使他们充分意识到自己的赤裸和无知。这里没有回头路：他们的转变是彻底的、不可逆转的，就像亚当和夏娃一样，他们被从幸福中驱赶到了一个充满敌意的世界。

我们在电脑前舒适地坐着，可以照管奥地利林茨的一个花园，或者通过地球另一边的摄像机窥视。我们可以把手里的面包投到全球网络的汪洋中，然后想着回馈给我们的会是怎样的礼物。我们可以利用知识的苍穹，将人类在地球上的所有经历都囊括其中，我们也可以向敌人发动战争。网络空间的所有无形性质都具有隐藏其短暂性质的现实：因为我们与它紧密联系，是它的眼睛、耳朵、胳膊和腿。在它的影响下，我们接触到了极为辽阔的天地，并会变得越来越广袤。

在《真名实姓》中，文奇利用了未来科技最明显的方面，如快速计算机和轨道激光炮，为意志的魔法力量变得有形可触，但对我们自己而言，或许，未来最不可能出现的元素将会变成后人类能力展现的基础。我们的能力已经变得越来越强，现在几乎接近量子不可能性的无限边界。在四十年前的一次著名演讲中，物理学家理查德·费曼预言小小的原子是人类可以利用的自然构造单元。他的同事马文·明斯基将这个想法的内核传达给他的一个研究生 K. 埃里克·德雷克斯勒，埃里克就此写了《造物引擎：即将到来的纳米时代》（*Engines of Creation:The Coming Age of Nanotechnology*，1986）。总之，德雷克斯勒总结了人类能力的无限扩展，即对物质世界的基本控制。

虽然发表的文字很有趣，激励了一代科学家和科幻小说作家，但是《造物引擎》的原稿只能归为令人兴奋的未来主义杰作，这文字太疯狂、太奇异，以至于出版商不愿意公开发表它令人不安的结论。（我把它作为一个研究问题留给大家，供你们去探索问题的结论。）在他的第一版中，德雷克斯勒描绘出了渐近线的顶端，在这里，它直接转向了无穷大，这些都是在网络空间边界前沿迎接我们的能力。通过一些简单机械，魔法世界就变成了没有魔法的世界，相同的魔法和意志法则会把我们在网络空间的自我建设和在物质世界的外在想象绑在一起。

至少从理论上来讲，所有这些带来机遇的同时，也给我们出了一个相当大的难题。总的来讲，我们没有被教导要成为魔法师，也尚未掌握自己的命运。最后，联邦调查局不得不依靠罗杰和埃莉斯琳娜来拯救文明，因为他们已经掌握了超人类失落的技艺，他们已经准备好变成超越他们所知道的一切的存在。《真名实姓》表明，即使这样也是不够的，尽管他们赢得了战争，这些新的超人实体却不愿意放下他们的权力。埃莉斯琳娜变成了矩阵，留下了她的身份，成了未来超越存在的生命中枢（《真名实姓》中唯一的错误是罗杰恢复了人类形态——但总要有人去做神化的见证者）。文奇似乎在说，奇点是普遍的，会影响所有人。引用一首老歌的歌词：要死，大家不妨一起死——不论以何种方式。在渐近线的尽头，到处都是无穷。

在最后，为了回到混沌之初，我们去回顾文奇之前的时代，现代之前、有史记载之前。我们文明的神话故事中，有比我们更古老的种族、比我们更强大的力量，即使新时代已经把他们中的大部分添加到了星际物品崇拜幻想的二次创作中，但是神话依然存在。特别是——至少在西方——亚特兰蒂斯的故事在现代又焕发生机，将柏拉图《克里底亚篇》[1]中的几行文字扩展成整个银河系关于史前乌托邦社会的信仰。现代的亚特兰蒂斯神话讲述了一种几乎拥有无限力量的文化，可以用水晶来控制地球自身的能量场，最后他们的魔法能力在一次灾难性的失败中完全失控，他们被地震摧毁，沉入大海。

如果把更先进文化的神话解读为文化灵魂的窗口是合理的，那么我认为，这个故事会在如何看待自我上给我们很多启示。我们也利用“水晶”来获得巨大的能量，所有的半导体都是晶体，而我们大多数人都在液晶显示器前工作。我们也拥有几乎无限的力量，甚至连我们的曾祖父也会同意这一点。越来越多的人担心我们的魔法可能无法完成任务，我

1　古希腊哲学家柏拉图曾在他的对话录《克里底亚篇》（*Critias*）中描述到亚特兰蒂斯。

们可能会在某个特殊的时刻失去一切。就像克拉克的《童年的终结》中的“领主”一样，我们在亚特兰蒂斯神话中保留了我们之前的某些东西的余像，这是我们感到不平等的一刻。

但魔法正在酝酿之中，这场战斗几乎不可避免。

每一天，现实在对我们意志的回应中成长。世界似乎越来越……好玩。在这个世界里长大的孩子都有一种不变的期望：希望这种趋势随着他们的成熟而延续并扩展。我们也许还没有准备好迎接“后人类”的魔法，但他们几乎肯定会做好准备。他们还可能会想教我们学习魔法：一种描述世界的新语言，一种塑造世界的语言。现在，当我们在奇点的这一边紧张等待时，那种语言让我们困惑。不超过二十年，这种状态就会改变。因为所有的文明力量都在磨砺我们的行为，使之变得完美。

《真名实姓》更重要的一部分——跟随超人时代而来的将会是什么——并未提及。这是这位温柔的数学教授留给读者去解决的问题。在启动超越自己的、难以言喻的东西时，我们会看着大气日渐稀薄，然后消失，只留下深邃无垠的空间。随着无穷的临近，星星变得黯淡，而且相隔很远，却会有更多移动的空间。

真名实姓

弗诺·文奇 著　李克勤 译

前面的这九篇关于网络空间、计算机的文章跟《真名实姓》都是有着直接的关联，在读过它们之后，现在我们认为大家可以安心地阅读这篇被多次提及的中篇小说。从世纪之交——这篇小说出版二十年后的今天来看，《真名实姓》似乎不能再为科幻小说及科学技术提供新的猜想了。

然而，事实并非如此。这篇小说写于1979到1980年，当时对于“网络空间”这个词，人们甚至想都没有想过。（威廉·吉布森后来首创了该词。）文奇单凭这篇小说，彻底地改变了科幻小说的蓝图，以可行的方式引入“虚拟现实”这个概念，并做了详细的阐释。而在这方面，无人能望其项背。

影视剧已经采用了《真名实姓》所描述出来的对于网络空间的想象。其他科幻作家毫不吝啬地赞颂文奇，创造出了跟以往任何事物完全不同的崭新的东西。

那么弗诺·文奇是怎样设计出一个这么独特、有血有肉，又让人耳目一新的幻境呢？部分原因可能在于文奇学习计算机理论的方式。在他学习计算机科学之前，他是一位数学家，可以说他几乎是从零学起的，凡是需要读的东西，他都来者不拒。不过正如他在本书序言中写道的，从青少年时期，他就对计算机心驰神往了，而直到他开始钻研计算机科学，文奇已经做好了充分的准备，去思索着如何把所学到的一切都恰如其分地组合到一起。

然而,《真名实姓》的“新意”多源于文奇的想象。在其他的作品当中,如他的小说《深渊上的火》以及最新的《天渊》,文奇已经将读者带向了遥远的银河系,带向了奇妙而又极富想象力的星系。而在这里,他将视野收回到地球,带着我们走进概念上的“网络空间王国”——他笔下的“另一层面”及“魔法新时代”存在的地方。

在很久很久以前的魔法时代，任何一位谨慎的巫师都把自己的真名实姓看作最值得珍视的秘藏，同时也是对自己生命的最大威胁。因为——故事里都这么说——一旦巫师的对头掌握他的真名实姓，随便用哪种尽人皆知的普通魔法都能杀死他，或是使他成为自己的奴隶，无论这位巫师的魔力多么高强，而他的对头又是多么虚弱、笨拙。时移世易，我们人类成长了，进入理智时代，随之而来的是第一次、第二次工业革命。魔法时代的陈腐观念被抛弃了。可是现在，时代的轮子好像转了一整圈，我们的观念又转回魔法时代（这个时代究竟是不是真的存在，这个姑且不论）——我们重新担心起自己的真名实姓来。

滑溜先生察觉到一丝迹象，他本人的真名实姓被人发现了，而且，发现者不是别人，正是那个死对头。这个迹象的首次表现形式是两辆黑色林肯轿车，嗡嗡低鸣，开上那条穿过青翠欲滴的松林一直延伸到29号公路的、长长的泥土车道。当时罗杰 · 波拉克正在他的花园里除草。他整个早上差不多都待在那里，在阴云天和几乎看不出来的毛毛细雨中自得其乐。他自始至终都想给自己找点动力，进屋里去做些能真正挣钱的工作。他一抬头，正望见那两辆闯进来的汽车一个转弯，车轮尖叫着开上他自家的车道。三十秒钟后，汽车钻出人工种植的三代林，停在一旁，紧靠波拉克的那辆本田车车尾。四个大块头男人、一个长相冷冰冰的女人，一个接一个，故意踏过波拉克精心照料的卷心菜地，满不在乎地将柔嫩的菜苗踩得稀烂。罗杰明白了，这些人不是来做社交拜访的。

波拉克仓皇四顾，想一头逃进松林。可别人已经散开堵截，他被一把揪住，反剪双臂带进自己的家（幸好门开着。罗杰有种感觉，这些人宁愿砸开大门闯进去，也不会管他要钥匙的）。他被粗暴地推进一把椅子里，来者中块头最大、长相最凶恶的两人在他身旁一边一个守着。波拉克这时才发出声音，表示抗议，但对方毫无回应。那个女人和岁数较大的男人在他的摆设中间来回打量。“嘿，艾尔，瞧见了吗？这是《1965》的手稿。”那个女人一边说，一边翻弄着装饰内墙的全息风景照。

岁数较大的男人点点头：“我不是告诉过你吗，这个人写的热门游戏可不少，比世上其余任何三个人加起来还多，说不定比有些公司还多。罗杰·波拉克算得上是个天才了。”

*那是小说，混账东西，不是游戏！*波拉克最讨厌别人管他的作品叫游戏，一听此言，这股恼怒的情绪不请自来，又冒了出来。说出口的话却是：“是呀。可我的绝大多数读者没你们几个逼得这么紧。”

“你的绝大多数读者不知道你是个罪犯，波拉克先生。”

“罪犯？我不是罪犯——我知道自己的权利。你们 FBI 想抓人，必须先亮明自己的身份，还要给我打个电话，还要——”

那个女人第一次露出笑容。笑得不善。她大约三十五岁，瘦脸，头发扎成一根独辫拖在脑后，是军人喜欢的那种发式。就算她长着这副尊容，本来也可以笑得更和善些。波拉克感到脊梁上升起一股寒意。“如果我们是 FBI，如果你不是这样一个坏蛋，也许你说得对。波拉克，这是社会安全署抓人，你涉嫌，客气地说，涉嫌破坏关系到国家安全和人民生活的设施。”

波拉克偶尔也接政府的合同，见识过蠢头蠢脑的官话套话。这个女人的话就是那一类，只是现在听上去一点也不可笑。波拉克两个肩胛之间的寒意扩散到全身。屋外的毛毛细雨已经变成一片烟雨蒙蒙，笼罩着加利福尼亚北部林区。平常他总觉得这种烟雨蒙蒙的天气很舒服，可是现在，阴冷的天气使屋里的气氛更加阴冷沉重。即使这样，只要能够脱身，他还是想尽力试一试。“好啊，这么说几位手里攥着骚扰清白百姓的执照。不过你们迟早会发现，我是清白无辜的。到那时你们就会知道媒体报道有多狠了。”*感谢上帝，我昨晚备份了文件。走运的话，他们*

只找得到一些过时的股市资料。

“你不是清白无辜的，波拉克。清白公民会满足于这里这种普普通通的数据资料机。”她指着起居室对面那台 40 厘米 ×50 厘米的数据机说道。它是老式 CRT 显示器的曾孙，彩屏、20LPM 分辨率，政府部门和比较落后的公司都是这种配置。波拉克这台机器上落了一层灰，肉眼可见。那个女警几步跨过起居室，拨弄彩图视窗下的几个抽屉，栗色套装显出她瘦削的身形。“清白公民满足于标准的处理器，加上几千 G 的闪存。”凭着超人的直觉，她一把拉开中间那个抽屉——正好在大麻盆栽下面——露出里面至少五百立方厘米的光子储存器，排列得整整齐齐，用线缆与另一个抽屉中功率与之相匹配的超强处理器相连。这些配置虽然高级，却与他埋藏在屋子下面的设备有天壤之别。

她缓步踱进厨房，一会儿工夫便转身回来。这所房子是典型的厂房里完工、直接拉到居住点安装的走廊平房。房子不大，搜查起来很容易。波拉克的钱大多花在地皮和他的……嗜好上。“最后，”她带着胜利的语气，“清白公民要这些东西干什么？”她终于发现了“通向另一层面之门”，把搜到的电极握在手里，在波拉克脸前挥舞。

“听着，不管你们怎么说，这些仍旧是合法的。说实话，那些小配件，功能比普通游戏界面强不了多少。”他毕竟是个小说家，这个解释编得不错。

岁数较大的男人用几乎有点抱歉的语气说：“恐怕弗吉尼亚有点喜欢玩猫抓老鼠的把戏。波拉克先生，我们知道，在‘另一层面’里，你是滑溜先生。”

“哦。”

接下来是一阵长时间的静默，连弗吉尼亚也闭上了嘴。自然，这件事始终是罗杰 · 波拉克最大的恐惧：他们发现了滑溜先生的“真名实姓”，即罗杰·波拉克，TIN/SSAN 0959-34-2861。他被抓在他们手里了，再也逃不掉，无论他有多少遁术，能编多么巧妙的程序，有多少机器人资源。“你们怎么发现的？”

第三个警察是技术型的，他开口道：“相当不容易。我们一直想抓个真正的厉害角色，而不是无足轻重的破坏分子——相当于你们巫师会里的小巫。”小伙子看来懂点切口行话，不过这些容易学，看看每天的报纸就行。“最近三个月里，安全署一直在努力，想发现那些厉害角色的真正身份，就是你、罗宾汉、埃莉斯琳娜，或者黏糊英国佬那种级别的人物。可惜没那个运气。后来我们绕开难题，开始留意画家和小说家。我们推想，他们中间至少有一小部分人会对网络破坏活动产生兴趣，而且这些人有才华，干这个肯定在行。你写的读者参与小说是全世界最棒的。”语气中流露出真正的钦佩之情。*总是在最稀奇古怪的地方发现崇拜者*。“所以，我们第一批监视的人中就有你。一旦开始怀疑，拿到证据只是时间问题。”

这就是他一直提心吊胆的事：成功的大巫不应该在现实世界里同样取得成功，风险太大了。他总是贪心不足，两个世界都爱，爱得太过。

技术员的话几乎有点诚惶诚恐，老警察接过话头：“不管怎么说，只要联邦政府集中所有资源追踪某一特定的破坏分子，我们最后总能抓得到。波拉克先生，这你也清楚。破坏分子的能量在于他们的数量，单枪匹马不会有什么作为的。”

波拉克强忍住笑。政府人员普遍持这种观点，或者说抱着这种信念。他曾经侵入大量 FBI 机密文档，从文件中认识到，联邦特工们当真相信这一点。问题是这种信念离事实差得太远了。他远不如埃莉斯琳娜那样的人聪明，每周又只能在巫师圈子里花十五到二十个小时。其他巫师中肯定有些人靠救济金过日子，他们的生活完全投入“另一层面”，一天到晚都在圈子里。警察之所以能逮住他，原因很简单，相比之下，他更容易抓住。

“这么说，除了监狱，你们对我还有什么别的安排？”

“波拉克先生，你是否听说过‘邮件人’这个名字？”

“在‘另一层面’？”

“当然。迄今为止，他在，呃，现实世界没有什么名气。”

从这一刻起，再也没有必要撒谎了。警察们肯定也知道，在圈子或者说巫师会里，没有谁会把自己的真名实姓泄露给另一个成员。他无法出卖这些人中的任何一个——他希望如此。

“听说过，他是变形金刚里头最怪的一个。”

“变形金刚？”

“圈子里人人都运用图像技术，以另外的面目出现。可有些人觉得单换张脸不合口味，想找点新花样。变形金刚是人，但能把自己转化成机器，这个调调很合他们的胃口。我觉得那种玩法太没人情味。比如说这个邮件人，他从来不用实时交流手段。你要想问他点什么，通常得等个一两天才有回复，像老式的邮件递送一样。”

“就是这个人。你对他有什么印象？”

“啊，我们知道他已经有些年了。他慢得要死，很长时间里我们一直当他是个只有一台低级数据机的乡巴佬。但最近，他搞了些非常，绝对——”波拉克蓦地想起跟他唠家常的是些什么人，当即住嘴。

“绝对‘炫’的绝活儿，是不是，波拉克？”女警弗吉尼亚重新加入对话。她拖过一把带脚轮的椅子，紧靠波拉克坐下，近得快抵上他的膝盖。她伸出一根指头戳在他胸口，“‘炫’到什么程度你可能还不太清楚。你们这伙破坏分子给社会保险记录造成了相当大的破坏。去年，罗宾汉把国内税务署的税收砍掉了百分之三。你和你的朋友们比任何敌对国家都危险。不过跟这个邮件人相比，你们还算不了什么。”

波拉克大吃一惊，邮件人的恶作剧他肯定只见识过一小部分。“你们怕这个人。”他轻描淡写地说。

弗吉尼亚的脸色变得跟她套装的颜色有点接近。还没等她开口，老警察说话了：“是的，吓坏了。这个世上，罗宾汉和滑溜先生这种人我们还勉强能对付。幸好大多数破坏分子只想自己得点好处，或者证明他们有多机灵。他们心里明白，如果弄出大乱子，必定会被我们识别出来。没有侦破的福利金与税务欺诈数以万计，据我猜测，这些都是一小撮只有简单设备的人作下的案子。他们能逃脱，仅仅是因为偷得不多，也许只逃了点所得税，而且他们不像你们这些大巫，想追求名声。如果他们不是各自单干，揩点油水就心满意足，加在一起，会给国家造成极大的威胁，比手握原子弹的恐怖分子更加危险。

“这个邮件人却不是这样。他好像具有某种意识形态方面的动机，知识极其渊博，能量极大。他不满足于搞点破坏，想要控制……”联邦特工并不清楚此人的活动持续了多久，只知道至少一年。如果不是政府里有几个部门把它们的主要文档以纸质形式留下了硬拷贝，至今还不会发现他的活动。这些部门发现下级以该部门名义呈报送审的决策与原始记录不符，查询于是开始，接着便发现电脑记录与硬拷贝不一致。更多查询接踵而至，仅仅出于运气，调查者发现做出决策的电脑模块以及数据资料与备份的硬拷贝有差别。问题严重了：三十年来，政府的运转以自动化的中央计划系统为基础，决策运筹越来越依赖电脑程序，这些程序直接调用数据，分配资源，提出立法建议，勾画军事战略。

邮件人接管了权力，手法相当狡猾，极难察觉。目前还不清楚他的接管活动进行到什么程度，而这正是最可怕的地方。他修改了对联邦法律的解释、重新分配了国家资源，但不清楚国内（或国外）哪些团体因此得到了好处。调查者可以直接着手追查的只有那些比较落后的部门，结果表明，部门决策模块中被做了手脚的高达百分之三十。“……这个比例吓得我们魂飞魄散，光是修正做过手脚的部分——我们查出来的部分——就需要大批技术人员和律师干上好多个月。”

“军事机关的情况怎么样？”波拉克想的是被称为“上帝的手指”的系统。这个系统控制着数以千计的导弹，其打击面覆盖全球所有国家。如果他滑溜先生想要接管世界，这个系统就是他下手的对象。搞搞社会保险记录算个屁！

“还没有渗透到那个方面。我直说吧，”老警察有点拿不定主意地瞥了弗吉尼亚一眼，波拉克明白了这次行动的头目是谁，“此人曾经试图切进国安局，正是因为那次活动我们才确定了肇事者的身份：邮件人。在这以前无法确定，他跟一般的破坏高手不同，毫不招摇。军方和国安局所用的系统跟其他部门的不一样，很不方便，不过这一次总算起了好作用。”波拉克点点头。圈子里向来避开军方系统，尤其是国安局。

“这个人既然有本事轻而易举地骗过社会安全署和司法部，却没有一举突破国安局？你们不知道自己有多走运……我想我现在明白了，你们需要我帮你们一把，希望找个巫师会内部的人当你们的眼线。”

“不是希望，波拉克。”弗吉尼亚道，“我们吃定你了。监狱的事咱们暂且不提，哦，顺便说说，单凭滑溜先生干下的某些恶作剧，我们大可以让你在牢里待一辈子。就算放你一马，还可以吊销你的网络使用执照。这意味着什么你心里清楚。”

弗吉尼亚的话不是发问，但波拉克还是知道答案：在现代社会里，98% 的工作涉及使用数据资料机，没有执照实际上等于永远失业，这还没有考虑社会安全署的起诉，坐在牢房里数监狱高墙上的花瓣的前景。弗吉尼亚一定从波拉克的眼睛里看出他已经认输告负：“老实说，我不像雷，不觉得你有多厉害。不过我们能抓到的人里，你是最好的一个。国安局认为，如果我们能在巫师会里安插一个眼线，就有机会揭露邮件人的真实身份。从现在起，你继续参加巫师会的活动，现在的目的不是搞破坏，而是收集有关邮件人的情报。你可以找人帮忙，但不能说出你是为政府工作——你甚至可以编个故事，说邮件人是政府安插进去的。相信你也看得出来，他的某些活动特征很像是个使用普通数据机的联邦特工。最重要的是，你必须时刻与我们保持联系，只要我们有吩咐，你就得马上配合。我说得够清楚了吗，波拉克先生？”

他发现自己不敢与她的目光相接，以前他还从来没有被人勒索过呢。要习惯这类事情，真是……真不是人做得到的。“好吧。”他终于说。

“好。”她站起身来，其他人也随着起立，“只要你老老实实的，这一次会是我们最后一次面对面接触。”

波拉克也站了起来：“那……以后呢？如果你们……对我的表现满意的话？”

弗吉尼亚笑了。波拉克懂了，自己不可能喜欢她的回答。“之后，我们再回头考虑你的案子。如果你表现得好，我不反对让你继续保留一台标准的普通数据机，也许还能给你留下点互动式图像设备。不过告诉你，要不是因为邮件人，逮住滑溜先生能让我这个月过得心满意足。我绝不会让你还有机会继续破坏我们的系统。”

三分钟后，两辆不祥的黑色林肯开下车道，消失在松林里。直到车声消失之后很久，波拉克还站在细雨中眺望。冷雨打湿了他的肩膀和后背，他却几乎没有察觉。猛然间他一抬头，感到雨点落在脸上。波拉克心想，不知联邦特工有没有这么聪明，来他家时特意考虑了天气因素：这种乌云当然无法阻止军方的侦察卫星监视这两辆车，却能挡住圈子内部成员切入的民用卫星。这样一来，就算圈子里有人知道滑溜先生的真名实姓，他们也不可能知道联邦特工来拜访过。

波拉克的目光越过院子，落在花园里。前后不过一个小时，自己的境况却已判然不同。

下午晚些时候雨过天晴。在阳光照耀下，树丛枝叶上千万颗水珠仿佛一粒粒珍珠。波拉克等到太阳隐没在树梢后，只给廊屋东边的高树间留下一抹余晖，这才坐在他的设备前，准备进入“另一层面”。他采取的步骤比以往的复杂得多，想在联邦特工的容忍范围内尽可能做好准备。要是能有一个星期做先期研究就好了，但弗吉尼亚和她那一伙人显然没那么多耐性。

他启动处理器阵列，仰坐进他最喜爱的那把椅子里，然后仔细地将五个脑关电极贴在头部。长长的几分钟过去了，什么都没有发生。想进入“另一层面”必须达到某种程度的忘我状态，或者至少是某种自我催眠状态。有些专家建议使用药物或其他隔断感觉器官的手段，以强化用户对于脑关电极读取的种种微弱模糊信号的感应。波拉克的经验自然比所有热门专家都丰富得多，他发现，只需凝望树林、静听掠过树梢的飒飒风声，自己便能进入状态。

做白日梦的人忘记了周遭事物，眼睛所看到的是另外一个世界。波拉克就像这样，他的意识飘浮起来，遗世独立。潜意识中，西岸通信与数据服务系统化为一片模模糊糊的灌木丛，潜意识之上的清醒知觉在对这片信号丛林详加检视，查询检索，找出最安全的小径，通向一块不受打扰的调制空间。和大多数家住郊外的远程办公者一样，波拉克租用的是标准光纤链接：贝尔、波音、日本电气，加上西海岸当地的数据通信公司，这些路径已经足以使他联通地球上的任何接收处理器，几乎不存在被察觉的可能。几分钟内，他已经试探、变换了三条线路，在网上找到一块地盘进行调制计算。卫星通信公司以极其低廉的价格出租处理器时间，低到与地面通信线路差不多的价钱，还接受自动转账。过去几年中波拉克创建了好几个匿名账户，以匿名付款的方式获得了一大块数据空间的独占控制权，只要提出请求，几毫秒后便可以使用。整个过程几乎完全在潜意识层面上完成——巫师的大量日常事务全都用这种方式来处理。这套方法是他与别人在过去四年中逐步发明并完善的。现在他已经成为滑溜先生，别的名字不再提及，连想都不想。滑溜先生来到“另一层面”外缘，通过一颗低轨道气象卫星的眼睛飞快地一瞥：下面铺开的是北美大陆，在西部，明暗分界线弯弯曲曲，大平原地区大部分被阴云覆盖。这些都是信息。有些信息看上去无关紧要，可说不定什么时候就能派上用场。所有这些本来都可以在下意识层面自动完成，无须清醒意识参与，但滑溜先生向来对太空的事别具钟情。

休息片刻之后，滑溜先生检查间接通信线路，运转正常。还有加密方面（这是常规了），一切正常，看来没有被人破解。与其他大巫还有很多老实百姓一样，他信不过国颁标准加密程序，十五年来一直使用从学术界泄露出来的高级算法（国安局的偏执狂始终执意反对这种算法的外泄）。滑溜先生确信自己的保护措施做得很好，别人无法追踪，这才直奔巫师会。他循着标志前进，速度飞快。走这一趟难度相当大，因为标志设得非常隐蔽。圈子里的人不喜欢被不高明的低段位选手打扰。

具体来说，踏上这一段旅途的行者必须能够感应极其微弱的信号、暗示，在圈子成员的想象力生成的环境中将它们识别出来。窄窄的一行石块标示出正确的路线，穿过一潭灰绿色的沼地。空气寒冷而潮湿，高大奇异的植物上，水珠滴滴答答落进微光闪动的水潭，或是滴落在大朵大朵的百合花上。旅行者的潜意识明白那些石块的含义，同时通过一个个数据网络处理连续不断的网上日常事务，但要做出种种决策，以便最终抵达巫师会的入口，这个方面必须依靠技巧高超的旅行者的清醒意识。否则的话，死亡便会降临。网上的死亡是象征性的，指被甩回现实世界。往远了说，这与四十年前电脑上的探险游戏有些相似之处。如果要举近期的例子，那就是广为流行的读者参与小说，这两者颇为相近。不过还是存在两个巨大区别：这场游戏更为严肃，玩法也更为复杂，没有脑电图输入 / 输出设备无法完成。这种设备被大巫们和公共数据库称作脑关。

关于脑关的谣传与误解非常多。像《洛杉矶时报》和“CBS 新闻”这种比较负责的数据库明确表示，无论脑关还是“另一层面”，都没有什么超自然的神奇，至于那些富于魔幻气息的切口行话，不过是人们为了方便起见胡乱添加的。说得好听点，给它们平添一层传奇色彩，最不济的是堕落为混淆视听的愚民手段。问题是数据库的这些文章常常说不到点子上，既保守拘谨，又夸大其词。比如有人或许会以为，必须有极大的带宽才能使滑溜先生穿越的沼地栩栩如生。其实不是这样。如果对带宽真的有这么大需求，联邦特工不久便能查出大巫和变形金刚们的一切活动。一条典型的脑关链接只有约五万波特，带宽甚至赶不上单纯的视频传送通道。滑溜先生能感觉到沼地的湿气渗进皮靴，虽然天气很冷，他还是开始冒汗。实际上，这些感觉并不完全来自带宽。脑关电极传送的只是某种暗示，相当于舞台上的提词，滑溜先生的想象力与潜意识对这些暗示做出反应，形成与现实世界毫无二致的真实感受。这种从暗示到感受的转化过程相当于翻译，不能想怎么译解就怎么译解，任意而为的结果便是被甩回现实世界，永远别想找到巫师会的入口。而对于另一层面的旅行者来说，只要存在暗示，周围环境的细节便历历在目。这种事情并不新奇，古已有之。例如小说，哪怕是个蹩脚作者，只要读者善解人意，加上情节抓人，他也能只用几句描写便唤起读者心中的全幅想象场景。现在的区别是想象有了互动性，就像在真实世界里人们可以用自己的感官与周围环境互动一样。单凭想象便能调动事物，在人类数千年形成的语汇中，要描述这种现象，说到底还是魔法行话最为合适。

石块与石块之间的距离越拉越大，滑溜先生使出浑身解数，唯恐一个失足，掉进石块周围哗哗作响的水潭。幸好小径只有百米远，之后便离开水潭。现在他走在浅水汪的泥浆里，周遭是浓密的树林与灌木丛。闪闪发亮的大蛛网横张在小路前方和路旁的树丛间。

头顶上方的枝丫丛中，一只拳头大小的红斑蜘蛛忽地滑落到他眼前，动作像个溜溜球。“小心，小心。”蜘蛛湿漉漉的嘴巴里发出细细的声音，“小心，小心。”翻来覆去就是这个词儿，在滑溜先生脸畔来回晃悠。他仔细看看蜘蛛斑纹状的腹部。这个地方有许多种杀人蛛，必须以不同方式对付，旅行者才能活命。滑溜先生看了半晌，这才抬起手背，举到蜘蛛所处的高度，让它爬上来。这东西爬过他潮乎乎的外套，爬到他赤裸的颈部，在那里悄声说了句什么。

滑溜先生听完，不等蜘蛛重复便一把抓住它，朝身体左方扔去，同时奔下小路，朝路旁蛛网密布的灌木丛处飞奔。啪的一声，又湿又重的什么东西狠狠地砸在他刚刚的立足之地。这时他已经跑远了，面前忽然拱起一道斜坡，他以最快速度冲到坡上去。

他在坡顶停步，山坡那边能望见一座阴沉沉的巨大城堡，离这里不到五百米，那就是巫师会的所在地。和刚才的沼地一样，城堡也被隐隐约约映照得半明半暗。光源只有部分天光，其余则道不清来历。通向城堡的小路比沼泽地里的宽多了，但滑溜先生还是和刚才一样谨慎：大巫们用不少怪物看守这个地方。这些东西预先设置了程序，有个要命的习惯，经常变更往来规定，旅行者只要违反便必死无疑。

先是下坡路，之后路面变得崎岖不平，弯弯曲曲再次上坡，通向城堡的各种石质、铁质入口。地面比刚才干燥，树木也稀疏了些。头顶传来阵阵拍翅声，滑溜先生知道不能向上看。离护城河只有三十米了，温度越来越高，热得让人受不了。能听见壕沟里的岩浆扑哧扑哧作响，不时还蹿起一股火苗，舔着残存的植物。壕沟里倏地冒出一颗漆黑的头颅，两眼灼灼放光。一秒钟后，头颅下面的身体也钻了出来，朝来人喷出一股红光闪闪的岩浆。滑溜先生稍稍抬起一只手，致命的喷流才到眼前，便忽地一跃在他脑袋上方一分为二，落在他身侧，一点儿也没伤着他。滑溜先生镇定自若，看着这头庞大的怪兽一步步走下古老的石阶，来到他面前。

阿兰——这头怪兽最喜欢这个名字——近视似的眯缝起眼睛打量来人，大脑袋轻轻左摇右晃。“啊，我想是滑溜先生大驾光临。”它终于开口道，咧开嘴笑起来，嘴里火光闪闪。它的鼻孔倒没有随着呼吸喷出火苗，只散发出一股股灼人的热气，像敞开的锅炉口。他在石棉 T 恤上来回搓着爪子，一副巴不得认错了人的神情。离开自己岩浆翻腾的壕沟，它觉得有点冷，黑漆漆的后背于是变成炽热的暗红色以保持体温。它这副模样看上去活像变温类的爬行动物。

“是我。给我最喜欢的朋友带来点小礼物。”滑溜先生扔出一颗沉甸甸的圆弹子。怪兽张嘴接住，享受那种入口即化的欢愉，高兴得眼睛都咧开了。双方盘桓了几分钟，对话、较量魔法。阿兰的主要工作就是确保来人是巫师会公认的成员，它会试试来人的手段（比如刚才招待滑溜先生的那场岩浆淋浴），还要拿城堡近期的活动盘问对方一番。当然，阿兰只是个类人模拟器，独立运行，那张火光灼灼的无牙笑脸背后没有真人实时操纵，滑溜先生对这一点相当有把握。不过阿兰肯定是同类中最棒的，很可能编入了数千段情景对话程序，比现在市面上出售的所谓

“伴聊”小程序高明得太多了。后者只要进行几个小时对话，其语言便会进入重复模式。它们不会智能学习，一遇到出乎常规的古怪对话便不知如何应付。阿兰为巫师会和这座城堡效力已经很久了，来得比滑溜先生还早。没有人公开声称自己是它的创造者（尽管大家都怀疑是威利·J.巴斯塔德）。在今年之前它甚至连个名字都没有。埃莉斯琳娜把那件石棉T恤送给它，上面印着“阿兰·图灵”，于是便成了它的名字。

滑溜先生玩着阿兰的游戏，很放松，但也很小心。“死”在阿兰手里，这种体验可不好受。说不定还会抹掉一部分没有备份的资料，他可不愿意承受这种损失。不少申请加入巫师会的人都死在了阿兰手里，就在这道护城河前。这些死者很久以后才会在这个层面再次露面。

阿兰满意了，把爪子握成拳头，朝塔楼上的观察者一挥，青铜搭扣串联起来的陶瓷吊桥迅速放下。滑溜先生快步走过护城河，尽量不去理会下面翻波吐沫的熔浆。阿兰现在态度非常恭敬，直等到滑溜先生走进城堡院子里，这才一头跳进自己那个岩浆滚滚的游泳池，肚皮先撞上岩浆表面，发出砰的一声巨响。

其他人大多已经先到了，只有埃莉斯琳娜不在场，明显得一眼就能看出来。罗宾汉穿了一身绿，看上去像那个演技夸张的演员埃罗尔·弗林。他正坐在大厅另一头，与一个美貌惊人的女性交头接耳。这里的人只要愿意，谁都可以变得美貌惊人。这个女人好像有点拿不准自己的发色，在金色和褐色之间摇摆不定。在壁炉旁，威利·J.巴斯塔德、黏糊英国佬和唐·迈克正围着一堆地图说得热火朝天。壁炉另一边的屋角暗处放着一台老式遥控打印终端，显然没有动过。滑溜先生走过大厅，尽量不去理会那台电传打印机。

“哟，老滑来了。”唐·迈克从地图堆里抬起头，打着手势让他过来，

"瞧这儿，看英国佬打算搞什么名堂。"

"嗯？"滑溜先生冲大家点点头，倾过身子研究最上面那张图。图的四边空白处看上去像年头很久的上等小牛皮纸，"地图"本身却是三维立体的，竖立起来，下端浸入纸面。这是一份典型的银行防卫及现金流向图。说它典型是针对圈子内部成员而言。大多数银行并没有这么聪明，用这么直观的方式显示其资产自动化防御系统。滑溜先生估计，在这个方面，大多数银行巴不得重新回到过去的好时光：大家都用信用卡，用 COBOL 语言编制程序。罗宾汉最喜欢这种事，但英国佬居然也会插一脚，这就怪了。他探询地抬起头："什么玩意儿？"

"标准的'挂羊头卖狗肉'，老滑。好好瞧瞧这儿，看出来没有？不是普普通通的防卫图。照我看这就是你们这些伙计所谓的黑手党把沿海各州的银行系统接管了。干得不赖，肯定用上了脑关，花了老子好长时间才琢磨出是这些家伙耍的花招。现在既然落进我的手里……看这儿，从正常账户里挪用资金、洗钱，瞧出手法没有？

"真聪明呀，可还是玩不过咱英国佬。"他手指一戳，图上顿时出现一条发光的红线，穿过迷宫似的画面，"这些家伙要是运气好，明年秋天或许能发现我这一招分流术，只不过到时候少了三十亿，而且休想弄清这笔钱上哪儿去了。"

其他人点头称是。这个层面里还有其他小圈子，远没有他们这个巫师会出名。本世纪几件最出名的大型恶作剧都出自巫师会的手笔。其他小圈子大多只能勉强算个社交俱乐部。还有一些是旧时的犯罪集团，之所以在这个层面栖身，其目的完全是功利性的，想找到发大财的新途径。大巫们通常不费什么心思便能将这些集团玩弄于股掌之间，黏糊英国佬更是个中高手。

"可是，黏糊呀，这些家伙的玩法可辣得很哪，比咱们的死对头棘手多了。”死对头指的是政府。“要是让他们发现你的真实身份，非把你在现实世界里弄得死翘翘不可。”

“我虽说黏黏糊糊，却没疯疯癫癫。我可没那么大胃口，吞不下三十个亿，连三百万都装不下，硬撑下去肯定露馅。我的玩法跟那边的罗宾汉一样，钱分进欧美三百万个寻常账户，里头正好有一个是本人的。”

滑溜先生耳朵一竖：“你是说三百万个户头？每一个都平添一笔小数目？黏糊，我敢打赌，单凭这个，我就能发现你的真名实姓。”

英国佬满不在乎地一挥手：“当然啰，实际做法比我说的要复杂那么一丁点儿。直说吧伙计们，你们当中从来没有谁盯得上我，你们可比黑手党的本事强多了。”

这是实话。这个层面上的每个人都花过不少时间，想找出其他人的真名实姓。这不是毫无意义的消遣，只要知道另一个人的真名实姓，这个人就算被攥在你手心，为你所用了。凭自己极不愉快的亲身经历，滑溜先生刚刚证明了这一点。如此一来，大巫们不断侦测彼此的真实身份，编写了大量程序，以自己发现的对方特征为条件，过滤政府掌握的个人信息数据库，希望发现相吻合之处。一眼看去，英国佬应该最容易被揭穿。他的怪癖极多，英国腔古怪过时，常常不经意间变成北美口音。在所有大巫中，只有他既不英俊又不奇幻。那张脸实在太平凡、太现实，滑溜先生怀疑说不定这就是他的真实相貌。他花了好几个月时间，搞了一项工程，搜索美国与欧共体的照片档案，想把那张脸揪出来。结果一无所获。最后大家一致认为：英国佬肯定给自己搞了双重掩护，甚至三重掩护。

威利 · J. 巴斯塔德却不怎么佩服，他笑道：“是不错，黏糊，我也承认风险可能非常小。可说到底，你得到的是什么？形象飙升外加一小笔钱。而我们，”他朝大家比画一下，“我们的本事远不止这个，值钱多了。只要咱们稍稍合作一把，就能成为现实世界中最有权有势的一群人。对吗，唐？”

唐 · 迈克点点头，怪脸挤出一丝傻笑。他这个人从上到下只有这张钢灰色的脸还算有个人样，有点弹性，做得出表情。身体的其余部分完全是按照标准的“普利西 - 梅赛德斯”牌全天候机器人的模子打制的。

滑溜先生反应过来了。“这么说你现在也跟邮件人一块儿干了，威利？”他朝那台电传打印机扫了一眼。

“嗯哼。”

“你还是不告诉咱们这里头是怎么回事？”

威利摇摇头：“除非你加入。只告诉你们一件事：唐是第一个跟邮件人合伙的，现在他已经腰缠万贯，富得流油了。”

唐 · 迈克又点点头，脸上还挂着那个傻笑。

“嗯。”发财容易。从理论上来说，单单英国佬最近这一击，他便已经从黑手党手里夺了三十亿美元。麻烦的是如何发达到这个地步，却又不引起别人注意，不让别人察觉，还有不遭报复。连罗宾汉都没这种本事。但唐和威利显然认为邮件人已经做到了这一点，而且不止于此。跟弗吉尼亚聊过一番后，现在他也相信了。滑溜先生转了个身，走近些打量那台电传打印机。打印机嗡嗡低吟，跟平常一样储备着大量备用纸。打印机卡着的纸的上端被整整齐齐撕掉了，能看见的只有邮件人的提示符——一个星号。大家只能凭借这种方式跟圈子里这位最神秘的成员联系：在打印机终端敲出一段话，一个小时或一个星期之后，这台机器会嘎嘎作响，打印出长达几千字的回复。一开始大家并不喜欢这种办法，点子倒不错，但延迟让人受不了，这样对话太乏味了。他还记得从前邮件人打出数米长的信息，松松垮垮散落在石头地板上，大多数根本没人读过。可是现在，邮件人发的每一个字都被他的门徒当作金玉良言，迫不及待地吞下去。他们还要谨慎地撕掉每一条输出信息，不给别人留下任何线索。

“埃莉！”他望着向下直通院子的宽大石阶，红女巫埃莉斯琳娜来了。她步下石阶，服装发着微光，一时春光乍现，一时又遮蔽得严严实实。她身材极佳，对服装也有绝高品位。这些还不是她最迷人的地方。虽说她十分健谈，让与她交谈的人如沐春风，埃莉斯琳娜实际上却是那种知道得多、说得少的女人。她有些未经大事声张的活动可以与罗宾汉媲美。滑溜先生认识她已经一年多了，觉得她是这个层面最有意思的人物。她使他恨不得没有这一切神神秘秘，大家可以公开互换真名实姓、电话号码。她究竟是个什么样的人？

埃莉斯琳娜对罗宾汉点了点头，穿过大厅，朝对她打招呼的唐·迈克走去。唐·迈克道：“我们刚刚正劝黏糊和老滑来着。他们大可以有财有势，却把时间浪费在瞎胡闹上。”

威利好像对她加入谈话有点恼火，埃莉斯琳娜飞快地盯了他一眼：“‘我们’指的是你、威利和邮件人吧？”

威利点点头：“上周我入伙了，埃莉。”好像在说，*看你有什么本事拦住我*。

“你说得有道理，唐。咱们大家开始时都是业余水平，只想做点什么事，让这个系统官僚老爷们待着不舒服。可咱们现在已经是专家了，对系统的了解可能比世上其他任何人都深入。这种知识应该转化成权力。”那两个人过去也一直这么说，但同样的话她说出来却更有说服力。要不是跟联邦特工有过那一番接触，他说不定也入伙了。他早就知道，只要有一天自己把巫师会的活动延伸到现实世界，试图在现实世界里捞取好处，那么从那一天起，这场游戏便不再有趣，不再是让生活多姿多彩的小乐趣，而会变成耗时耗精力的另一项工作。可就算知道这些，他估计自己到头来还是顶不住诱惑。

埃莉斯琳娜的目光扫过滑溜先生，落到英国佬身上。英国佬本来挺随和，可现在大家都不在意他搞的小项目，他有点恼火。“我不干，谢了。”回答简洁，他说完便收拾起地图来。

她那一双形状有点像东方人的绿色眸子注视着滑溜先生：“你怎么说，老滑？跟邮件人合伙吗？”

他踌躇着。*或许真该入伙*。看来邮件人的同伙至少会参与他的部分活动，说不定几个小时之内，他就能了解足够内情，打发掉弗吉尼亚，让联邦特工别来烦他。外加彻底毁掉他的朋友们。这个买卖真他妈的糟糕！*老天在上，这些人干吗非得搅进这些事里去呢？只要他们真想接管政权、只要他们的活动越出破坏式的恶作剧一步，难道他们不明白政府会怎么对付他们吗？*“还……还没这个打算。”他终于开口了，“但我承认我非常心动。”

她笑了，玉齿乍现，脸上平添光彩。“我跟你一样。要不再好好谈谈，就咱俩？”她伸出纤手拉着他的手肘，“各位，我们暂时告退。说不定等我们回来，你们就新添了两支同盟军。”滑溜先生觉得自己被轻轻推向通往埃莉斯琳娜私人隐身处的那道暗沉沉散发着霉味的楼梯。

她点燃手里的火炬，火焰腾腾升起，一点烟也没有。黄色的火苗一闪一闪，照亮两人前方数米远的路。楼梯很陡，略呈螺旋形。他有种感觉，这楼梯每下数百级便转一整圈，一定直旋进城堡下方的岩石深处。这地方宛如活物，霉味和腐臭味越来越重，头顶上有水滴不住地滴下，声音越来越响，在磨损的梯级上积成的水洼也越来越深。头顶的石壁随着他们的脚步实时成形，每前进一步，石壁的形状便随之改变。埃莉斯琳娜把属于她的那部分城堡警戒得极其严密，森严程度不逊于城堡本身针对外部世界所设置的各种防御措施。滑溜先生毫不怀疑，只要她愿意，完全能将他永远囚禁在这里，让他跟蜥蜴与岩石精灵做伴。当然，他可以“逃亡”，只需回到现实世界就行。但除非她大发慈悲，或是他识破她的魔法，他永远也不可能再度光临城堡的其余部分。以前跟她合作时，滑溜先生也拜访过她的地穴，但从来没有下到这么深的地方。

他眼看走在前头的苗条身影一步步向下、向下、向下。整个巫师会里，也许除了罗宾汉，当然还有邮件人，就数她的本事最为高强。他猜想埃莉斯琳娜说不定是这个圈子的创始人之一。如果能想办法劝说她相信邮件人的危险性（在不透露消息来源的前提下）就好了。要是她能出手合作，揭穿邮件人的真名实姓，那该多好！

埃莉斯琳娜停住脚步，滑溜先生幸福地一头撞在她身上。从她肩头能望见她面前有一扇门，这里就是走道的尽头。埃莉斯琳娜用身体挡住滑溜先生的视线，比画了一下，悄声吐出一句开锁的暗语。大门中分，无声无息又极其精准地左右移动。他瞥见门内黑影里有几点红光。

“留神脚下。”她说完一跃，跳过高门槛前一个黑乎乎的水坑。

门在两人身后闭合。埃莉斯琳娜将手中火炬化为一束白光，好像老式白炽灯泡。屋里摆放着宽大舒适的皮椅，黑砖墁地，四壁是黑曜石。黑色砖石上蚀着红色花纹，微微发光。房间里的空气与楼梯里的截然不同，清新洁净，觉不出一丝流动。

她朝背灯处的一把椅子摆了摆手，示意他坐下，自己坐在一张大书案的桌沿上。灯光反射在她眸子里，令人捉摸不透。埃莉斯琳娜的脸庞很瘦，小骨骼，几乎像亚洲人，除了那一对尖尖的耳朵。不过她的皮肤是深色的，并且头发颜色带点红，像北美洲有些黑人的发色。她的脸上稍带点笑意，滑溜先生不禁再度巴望自己能找个什么办法，说服她鼎力相助。

“老滑，我很害怕。”她开口了，脸上的笑意消失了。

你害怕？！他有一会儿简直不敢相信自己的耳朵。“怕邮件人？”他满怀期望地问。

她点点头：“我一生中，这是头一次觉得自己远远不是对手。我需要别人帮助。罗宾汉也许最有本事，可他太自恋了。除了他自己，我想不出还有什么东西能让他感兴趣。剩下的就只有你和英国佬了。我觉得你有些非常特别的地方，咱俩联手干过的几件事我还记得。”想起往事，她禁不住露出微笑，“事情虽说不大，但不知怎的，我对你有种感觉，我觉得你能分清在这儿哪些事真正要紧，哪些事只不过是傻乎乎的瞎胡闹。如果真遇上要紧事，我想你会坚持做下去，即使因此而沾上点……鲜血。”

这些话从埃莉这样的人嘴里吐出来大不一样，效果非常奇特，既让人害怕，又使人受宠若惊。滑溜先生讷讷半晌，道：“威利 · J. 巴斯塔德怎么样？我觉得你对他好像有点……特别的影响力。”

“你猜到了？”

“只是怀疑。”

“猜得没错，他被我降服了。已经六个月了。可怜的威利原来是皮奥里亚市的一个保险推销员。跟好多大巫一样，他在现实生活里只不过是个漫画中的小人物，胆小怕事，总幻想干一番英雄业绩，或做个江洋大盗什么的。只有在今天这个时代，他这类人才有可能美梦成真……简单说吧，他没有我的背景，也没有我那么多时间，技术水平也不如我，结果被我发现了真名实姓。我只喜欢追逐狩猎，不喜欢敲诈勒索，所以也没怎么讹诈他。真后悔当时没有狠狠地敲他一笔，这小子，自从跟上了邮件人，掉过头朝我狂起来了。威利不知怎的，觉得他们的计划能保护他，就算我把他的真名实姓告诉警察也没关系。”

“这么说来，邮件人当真有个计划，要把现实世界的政权夺过来？”

她笑了：“威利觉得是。告诉你，可怜的威利以为真名实姓只能用来勒索人，根本不知道别的用途。他的数据链接上来往的一切我一清二楚，邮件人告诉他什么我都知道。”

“他们有什么打算？”他无法掩饰自己的急切。*也许这条信息就足够打发弗吉尼亚和她的手下了*。

埃莉斯琳娜仿佛定格了一两秒钟。他明白了，对方一定与他一样，使用低轨道通信卫星网络处理信息。她的任务刚刚被一颗卫星转交给另一颗距离较近的卫星，于是出现了停顿。通常这种情况很容易掩饰过去，她一定是太紧张了。

她终于开口了，但说出的话不能算一句回答：“你知道威利为什么相信邮件人能兑现他的诺言？说服他的是唐·迈克，还有委内瑞拉的政变。看来在威利入伙之前，唐已经和邮件人策划好几个月了。委内瑞拉是邮件人第一次真正动手，证明只要控制数据与信息系统，就能永久地掌握一个国家的政权。他们说委内瑞拉这个国家的条件好极了：数据信息处理的基础设施极其庞大，都是那个国家在经济繁荣时期购买的，所以现在有点落后了。”

“但那是一场国内政变啊，现在的领导集团应该是——”

“表面现象罢了。这当儿，唐在那个地方应该是真正的领袖人物了。他这辈子头一次在现实世界中享受到我们在‘另一层面’所拥有的地位。国家都是你的，你再也不是个小虾米了，还担心什么真名实姓！不用再捡面包渣，放开肚子大嚼吧。”

“你刚才说唐‘应该’在那个地方？”

“老滑，你没注意到唐最近有点不对劲儿吗？”

滑溜先生寻思起来。唐·迈克是那种极端的变形金刚——除开邮件人之外。他算不上什么了不得的天才，一直极力维护自己半人半机器的形象。他的角色经常出现在另一层面，但至少在半数时间里这个角色都只是个模拟器，就像城堡外头岩浆里的阿兰一样。他那个模拟器相当不错，但迄今为止，还没有人能编出一个可以通过图灵测验的程序，即长时间地糊弄住一个真正的人。滑溜先生想起仿佛贴在唐脸上的傻笑，还有他为邮件人大唱赞歌时的单调语气："你是说唐背后的真人不在了，留在这里的只是一具躯壳？"

"老滑，我觉得真正的唐已经死了。我是说真正的死亡。"

"也许他觉得现实世界比这里好玩得多呢？你不是才说他吞了那么大一个国家吗？"

"我说呀，他说不定什么东西都没吞下去。说邮件人与那些政变有关，只是存在这种可能。也许只不过是巧合罢了，他们事先告诉威利的和事后发生的正好碰对了。我在委内瑞拉的数据库里花了不少时间，如果真有外来者操纵政变、控制新政府，我一定会知道。

"我觉得邮件人打算一个一个干掉我们，从最弱的开始，先引我们上钩，诱出真名实姓，再动手。到现在为止他已经干掉了一个唐·迈克。自从那场政变开始，我就一直监视唐，有时直接监视，有时用程序间接监视。在过去的两千个小时里，那具躯壳后面根本没有真人，连一次都没有！下一个是威利。可怜虫，人家连以后把他的王国建在什么地方都没告诉他。说明邮件人并不真正具备他宣称拥有的力量。可威利还是上了钩，只要邮件人吩咐，他什么都肯干，叫他对付我们都行。

"老滑，咱们一定得揭穿这家伙的身份，这个邮件人。动作稍慢一步他就会先毁了咱们。"

她比弗吉尼亚和联邦特工更加紧张不安。而且，她是对的。生平头一次，滑溜先生觉得自己更害怕邮件人，而不是政府特工。他两手一抬："我被你说服了。但咱们从哪里着手？你对付威利大占优势，邮件人还不知道你识破了他的身份，是不是？"

她摇摇头："威利是个孬种，不敢告诉他。这家伙还不知道我有了他的真名实姓会怎么收拾他。我已经收集了很多资料，这些信息资料和分析推测我想和你共享。咱们两个人合计一下，或许能发现什么新东西。"

"这个，我先说说我的想法。邮件人那种奇特的通信方法，我是说交流时间的滞后，显然是个掩人耳目的花招。我知道他一直在监听巫师会议事厅里的谈话，而且手下还有一帮可以实时行动的精灵，就是自动化模拟器。"滑溜先生想起邮件人——或者说他的电传打印机——抵达城堡那天的情景。一个做成美国汽运公司送货卡车形象的模拟器驶近护城河，差点把阿兰吓坏了。司机和卸货人也是模拟器，做得相当不错。他们正确回答了阿兰的盘问，将装货的板条箱拖进议事厅。一直等到大巫们签下收货单，保证为那台机器"在墙上设一个插座"，他们才离开。这个对手显然知道如何勾起猎物的好奇心。无论是谁控制那台打印机，他的行为举止都十分正常，没有什么怪诞之处。*也许就是一个我们认识的人，好像侦探小说里的谋杀犯，乔装改扮混在猎物里。罗宾汉？*

"这个我也知道。实际上，他很多事情都大可以比我做得快。他手里肯定有些功率非常强大的处理器。不过你说得也不完全对：躲在打印机背后暗中操纵的那个活生生的人，他行动起来至少需要一个小时的周转时间。他的很多高速反应都是事先编好的程序。"

滑溜先生刚想反对，蓦地意识到她可能说得对。"老天，这意味着什么？他为什么要自己给自己添那么多麻烦？"

埃莉斯琳娜有些得意地笑了："我相信，只要我们弄清楚这一点，就能盯死这个人。如果单纯是个障眼法，造成的不便太大，不合算。这一点我也同意。我觉得他最初或许真的有某种时间滞后方面的不利条件，于是……"

"于是他有意夸大这个困难？"但即使邮件人住在澳大利亚，使用低轨道卫星造成的滞后时间也非常短，跟欧洲人或日本人没什么区别。地球上根本没有什么地方会……*但是地球之外有地方！*大型同步空间站会造成长达 120 毫秒的时间延迟，那里有大约两百个人。更高处的 L5 还住着至少四百人。有些人几乎可以算定居在近地太空。这个想法有点荒诞，但的确有这种可能。

"我不认为他有意夸大，老滑。我想，这个邮件人——我是指他本人，不是他的处理器和模拟器——居住的地方，信号传输至少需要半个小时才能到达地球。也许他的位置在小行星带。"

埃莉斯琳娜突然笑起来，滑溜先生这才反应过来，自己的下巴肯定已经掉到了胸脯上。除了那一次联合火星调查，没有人类去过那么远的地方。*没有人类*。滑溜先生觉得自己平平淡淡的日常生活仿佛变成了科幻小说。这真是太荒唐了。

"我知道你不相信，我也是好半天才说服自己。也许是他太显眼，所以不得不加上点时间延迟，让我们摸不清他的位置。不过我的分析还是一种说得通的可能性。这几个星期我切进政府有关小行星探测的绝密报告，东闻西嗅。告诉你，里头真有不少说不清道不明的东西。"

"好好，就算你可以自圆其说，但请你放明白点，你说的可是星际入侵！先说咱们这边：就算太空总署有这笔经费，造出最小号的星际飞船也得花好几十年时间，还有，飞行时间也得好几十年。就凭这种后勤设施还想入侵谁？笑话！再说，外星人要是真有了拿得出手的星际推进器，为什么还要费心思装神弄鬼，藏头露尾的？干脆直接入住，把咱们人类一扫把扫一边儿去。”

“哈，关键就在这儿，老滑。我想象的星际入侵不需要什么‘星际推进器’，只要有个跟咱们技术水平相当的种族，这条策略就行得通。你听我说：通常一提起星际大战，马上联想起让人眼花缭乱的技术装备、巨额资金，还得有几十年的先期准备时间。但对一个技术发达的帝国主义种族来说，还有一种更好的办法：一声不吭地潜伏起来，侦察宇宙中是否存在比自己年轻的文明体系。一旦发现，它们只需派出一艘飞船，计算好飞船的抵达时间，让它进入猎物所处的星系时，正赶上对方计算机时代的全盛时期。我们巫师会的人知道现在这个电脑网络体系有多脆弱，要不是担心暴露身份，有些大巫早就把政权接过来了。你想想，如果有个种族比人类的经验更加丰富，已经有了数千年的数据处理历史，咱们现在这种不堪一击的现状对它们来说是多么大的诱惑。它们那一小批飞船船员尽可能地接近人类军事侦察设施监控范围的外围，逐渐渗透进猎物的系统，消灭该系统中较为突出的个体，也就是咱们这类人，接下来再对付政府机构和军队。十到二十年内，咱们地球可就变成了一块采邑，恭候主宰种族大驾光临。”

她不说话了。好长一段时间，两人四目相对。这种荒诞推论的确符合逻辑。“那，我们该怎么办？”

“可不就是这个问题吗？”她意志消沉地摇摇头，走过房间，坐到他身旁。心中积郁既已出口，她的激情仿佛也随之而去。自从他认识她以来，第一次看到埃莉斯琳娜垂头丧气。“我们可以放弃这个层面，老老实实待在现实世界。邮件人还是有办法追踪到我们，但到那个时候，他对我们也失去了兴趣，跟对其他人一样了。走运的话，在他接管一切之前，我们还是能活上很多年。”她腰背一挺，“我跟你说：如果咱俩还想继续当大巫，就要迅速阻止他——最迟不超过几天。等他弄倒威利，说不定会抛掉伪装，来点更直接的手段。

“要是我对他的分析没错，咱们就应该把赌注押在揭穿他的通信手段上，这是他的致命要害——从那么老远的地方发信号，他不可能躲在人堆里不暴露。咱们肯定得冒些风险，以前从没冒过的大风险。我觉得如果咱俩联手，各自被识别出来的危险都会大为降低。”

他点点头。一般情况下，谨慎的大巫只使用有限带宽，只够应付线性处理，提供个人感知信息。如果攫取数千 G 的通信空间，在出租的处理器上占据更大份额，一方面，处理、搜索文件的能力当然会大幅度飙升，能把女警弗吉尼亚这号人吓得一愣一愣的。当然另一方面也会使自己更容易被识别出来。但如果两个人联手，能玩出的花样更多，政府与邮件人短时间内肯定摸不着头脑，两人可以安安全全地放手大干。“坦白说吧，你的话中外星人那部分我不买账，但其他的说得有理，我被说服了。就是你那句话，咱们肯定得冒些大风险。”

“太好了！”她揽着他的后颈，把他的脸搂向自己。她很会接吻（这一手不是人人都做得到的。在网络空间，打扮得漂漂亮亮是一回事，可接吻这种互动性极强的行为则完全是另一回事：必须精于发出大量感官暗示，还要对另一方的暗示、提词做出适当反应）。双方都是互动高手，滑溜先生正抖擞精神，准备向对方显显自己的本领时，埃莉斯琳娜突然中断了这个过程。“最好现在就开始。其他人以为我们留在下面，几个小时之内如果出什么事，邮件人不大可能怀疑到咱们。”她伸臂将那个光球擎在手里，刺眼的白炽光骤然从指缝间泻出，紧接着便是一片漆黑。他觉得周身有微弱的气息流动，这是她的两只手，启动了另一个魔法，吐出几个模糊不清的字眼。亮光又回来了，再次化为一支火炬。还有一扇门——另一扇门，在另一堵墙上徐徐敞开。

他跟在她身后走进巷道。从火炬照亮的地方来看，这条巷道笔直向前，缓缓上升。巫师会的成员们绝不会相信还存在这样一条通道。这座城堡基本上只存在于思维之中，大巫们接受了程序做出的感官提示，城堡于是外化“成形”，大巫们也可以在里面四处游荡，和在真正的城堡中没有两样。护城河与石墙也是这座存在于意识中的城堡的一部分，运行程序的各种处理器提供线索、提示，除此之外，各部分建筑根本没有物理意义上的存在。有了建筑、摆设等东西，这一层面的居民便不至于产生背离现实世界的“非真实感”。埃莉斯琳娜和滑溜先生要逃离那个地穴，只需回到现实世界就行。但如果这样做，他们便会留下一系列残余链接，圈子里每个成员都能一眼发现两人离开了，甚至阿兰和精灵们都有这个本事。有了这条巷道，两人就能正常离开。这条秘密巷道的存在，只能说明埃莉斯琳娜手段高超，根本无须他插手相助，要不然，她就必定是这座城堡的创始人之一，那已经是四年多之前的事了（用英国佬的话来说，早已迷失在时间的迷雾之中）。

他们现在是两只野狗。说小不小，不会被人随便欺负；说大也不大，很容易被当成业余用户——脑关价格下跌，加上一般人技巧日渐提高，于是现在另一层面上的业余用户越来越多。滑溜先生尾随着埃莉斯琳娜，穿行在一条条狭窄小径上，在代表商业和政府数据空间的沼地深处越走越远。他不时发现路旁潜伏着精灵和模拟器，朝他们射来不怀好意的目光。这些东西很多没什么意思，不过是编程小组设计出来捉弄来到这个层面的访客，或是为他们逗乐开心的小玩意儿。不过也有许多有特定用途：看守储藏的信息，窥探他人隐秘，或是保卫其他小圈子的地盘。巫师会成员也许是这个层面里技巧最高明的人，但层面中远不止他们，来往人群数不胜数。

灌木丛越来越高，枝条垂在小径上方，把水滴洒在两人脊背上。这里的水很清澈，小道两旁一汪一汪小水塘。水塘发光，光线来自水本身，像珍珠发出的淡淡的光，向上照亮水畔的树干。林间青苔与枝叶上不时坠下水珠，滴进水洼，水面的光便忽闪一下。这种亮光代表由政府或大企业掌握的巨型数据库。它们并不专指设在某一特定地理位置的数据库——从火奴鲁鲁到牛津的大批数据库都将它们的链接指向横跨大洋东西两岸主干网上的集中点。这样一来便可分散不同时区用户的使用时间，减轻网络负担。

“往前再走一点。”埃莉斯琳娜扭头道。她发出的是与外形相符的狗吠。网上人们所用的语言往往经过加密，发出的声音也与用户选择的动物形态相吻合。

几分钟后，他们钻进树丛，避开道上两个顶盔贯甲呼啸而来的黑客。这两位一前一后，骑着两辆大得无以复加的八缸大马力摩托，喷火冒烟，轰隆隆驶来。后面那位扛着一把老式无后坐力来复枪，枪身镀铬，饰着万字徽记。两个骑士黑色面甲下暗红色的火光闪烁。两只狗一副与目前身份相符的模样，胆怯地望着摩托冲过。滑溜先生心中暗忖，眼前这两位纯属业余分子，贴了个威猛形象，远远高于自己在现实世界里的地位。内行一望便知，摩托车轮没有紧贴地面，时不时地浮起来，留下的车辙印也和轮胎上的花纹不大一致。在这个层面里，任何人都可以把自己扮成一副英雄模样，或者打扮成吓死人的怪兽。但遇上行家多半会被打回原形，说不定连上网的路子都被人家断了。没本事的话，最好还是本分一点，不起眼一点，别在人前横冲直撞。

（现代社会的数据空间之所以发展成现在这个“魔法世界”，仅仅是因为有高清晰度脑电图扫描仪用作输入 / 输出设备？就这么简单？滑溜先生常常觉得这种发展方向有些离奇。英国佬和埃莉斯琳娜则反驳说，精灵、轮回、法术和城堡等观念存在于这个空间再正常不过了。要说不正常，20世纪原子时代的那些老观念，像数据结构呀、程序呀、文档呀、通信协议呀，那些才真的有悖常理。他们认为，用魔法的概念代表这个崭新环境中的诸般事物，这种语言体系更符合人类思维习惯，便于人类使用这个网络空间。他们说得也有道理。还有，各国政府的网上技术之所以赶不上大多数大巫，其实原因很简单：政府放不下架子，不愿意疯疯傻傻地玩网上那套玄幻把戏。滑溜先生低头看看身旁水洼里自己的倒影：一张狗脸，耷拉着舌头。他朝倒影挤了挤眼，心里明白，不管自己的朋友们把这个问题抬到多么高的理论高度，其实还有一个更简单的解释，与人们之所以在“电脑纪元的破晓时分”玩“登月者”和其他冒险游戏的原因相同：好玩，在一个可以随着想象无限延伸的世界里生活，实在太好玩了。）

摩托车手驶出视线，埃莉斯琳娜穿过小道，来到水塘边，透过塘边的百合花丛仔细打量那一潭深不可测的碧水。“好了，咱们做点交叉查询。你查喷气推进实验室的数据库，我查哈佛广谱巡航项目。从十个天文距离以外的探测器开始，查它们发回的资料。我有种感觉，邮件人要伪装他的信号源，最简单的方法就是对航天总署某艘飞船的资料做手脚。”

滑溜先生点点头。不管从哪里入手，首先得排除她那套外星人入侵理论。

“我需要半个小时才能进去，之后咱们就开始查询相关数据。嗯……出什么事的话，我们在三号大众传输卫星碰头。”她拿出一份口令表。她说的是紧急情况处置手段，如果他们三四个小时还不能返回城堡，其他人肯定能猜出还存在一条不为人知的秘道。

埃莉斯琳娜绷紧身体，一个箭步跃进水中。水面溅起一片小水花，水波荡漾，百合花的倒影也晃个不停。滑溜先生望望水面，心里也知道不可能再看见她的踪影。他在水边四处乱走，想找出哪一处亮光代表喷气推进实验室的数据库。

高大的百合花丛中哗啦一响，他认出那个地方代表国安局与东西岸主干网的链接点。好大一只牛蛙从水里蹦了出来，转了个身冲着他："哈，逮住你了。你这个浑蛋！"

是弗吉尼亚。虽然身体变了，但声音还是一样。滑溜先生急急地"嘘"了一声，慌忙四下张望，看有没有别人偷听。什么都没发现，但这并不等于他们可以高枕无忧。他将自己最好的保密魔咒施放在她周围，匍匐爬近百合花。狗与牛蛙蹲坐着，怒目相向，活像拉·封丹寓言中的狗与蛙。他真想一跃而起，一口咬掉对方那颗肥肥的小脑袋。可惜那种胜利只能逞一时之快。"你怎么找到我的？"滑溜先生咆哮道。连联邦特工这种蹩脚货都能识破他的伪装，邮件人就更不用提了。

"你忘了，"牛蛙呱呱呱回答道，带着一股自鸣得意的劲头，"我们知道你的真名实姓。监控你家里的处理器易如反掌，你的一举一动都逃不脱我们的手掌心。"

滑溜先生喉咙里发出一声哀鸣。*被攥在一只牛蛙的手掌心！连威利都没低级到这个地步*。"好好，算你找到我了。想干什么？"

"想让你明白我们要结果，还要你的进展报告。"

他低下狗头，眼睛平视弗吉尼亚的牛蛙眼睛："行啊行啊，我就给你份进展报告，可惜你是不会喜欢的。"他一五一十地把埃莉斯琳娜的想法告诉她，即，邮件人是个外星入侵分子。

"屁话。"牛蛙听完后道，"纯粹臆想。你得拿出点比这个强的东西才行啊，波——呃，先生。"

他不由得打个寒噤，她险些说出他的真名实姓！这是威胁吗？或许她就有这样的蠢头蠢脑，跟她那副蠢模样相配？他又问道：“那，还有委内瑞拉的事，又怎么说？”埃莉说委内瑞拉政变是邮件人的杰作，他把埃莉提供的证据告诉弗吉尼亚。

这回牛蛙没吭声。眼睛变得呆滞无神，好像大受震动。他知道弗吉尼亚准是正在那头跟什么人商量呢。差不多过了十五分钟，牛蛙的眼睛才又活了过来，态度也和气多了。“这件事我们会着手调查。你说的情况有可能，只是有这种可能。如果真是这样……嗯，如果真是这样，我们面对的就是本世纪最大的威胁。”

而且你也明白过来了，说不定我是唯一能救你们逃过这一劫的人。滑溜先生松了口气。只要他们认识到这一点，至少短时间内，他们就算被攥在他的手掌心里了，跟他被他们攥在手掌心里一样。跟着他又想起埃莉斯琳娜的计划：短时间内最大限度攫取能量，以毁掉邮件人。现在联邦特工跟他们成了一伙，能做的事情远远超出埃莉的想象。他将自己的想法告诉弗吉尼亚。

牛蛙呱呱呱地叫起来：“你……你想……要我们，给你调度联邦数据系统的全权？给你一张空白授权书，你想干什么就干什么？要不干脆这样，起步阶段，先随便弄个总统兼参谋长联席会议主席干干？”

“喂，我可没这么说。我也知道这种要求很过分，可现在的局势就有这么过分。再说，你知道我的真名实姓，我还能耍什么花样？”

牛蛙又翻白眼儿了，这一次只过了几分钟。“这件事我们回头再谈。在采取任何措施之前，我们先得好好核查核查你那套理论。在接到我们的通知之前，你哪儿都别去。”

“等等！”要是埃莉回来，他却没露面，那该如何是好？如果他三四个小时之内不回城堡，别人肯定会发现那条暗道。

牛蛙不为所动：“我说了，先生，你哪儿都别去。我们命令你立刻返回现实世界。老老实实待着，等我们通知。懂了吗？”

狗朝地上一趴：“懂了。”

“那就好。”牛蛙吃力地爬上枝条下垂的百合花，扑通一声，笨手笨脚地跳进水里。滑溜先生也跟着跃下。

回到现实世界的感觉好像从一场无知无觉的白日梦中醒来。醒来时已是夜半时分。

罗杰·波拉克站起来，舒展肢体，松松发紧的筋骨。这一趟去了将近四个小时，以前他从来没有去过这么久。通常两三个小时后注意力就集中不起来了。他不想借助药物手段，所以在另一层面消磨的时光有个限度。

廊屋观景窗外，银河星光照耀下，松林恰似一幅剪影。他扭开一扇窗，谛听树梢上夜鸟的啁啾。已经春末了。他喜欢想象自己望见的是极北处北极星淡淡的星光，其实更可能是新奥尔良城市灯火的反光。波拉克倚在窗前，仰望夜空。苍穹深处，火星与木星相偎相依。真难以想象，对他个人生命的威胁竟会来自那么遥远的地方。

波拉克备份上一趟旅行期间使用过的符咒，关掉系统，跌跌撞撞地爬上床去。

第二天上午和下午是罗杰·波拉克一生中度过的最漫长的一段时间。他们会通过什么途径联系他？和上一次一样，驾驶着黑色林肯，一帮打手前呼后拥？他没去接头，埃莉斯琳娜怎么办？她不会出事吧？

想查都无从查起。他在窄小的起居室里来回踱步，构思小说没有灵感时他常这么做。*对了，有一个办法*。他如梦初醒地瞪着那台老式数据机。弗吉尼亚叫他离开另一层面，在现实世界里老实待着。他们总不至于连这么一台全世界数以百万上班族都用的简单数据机都不准他碰了吧。

他在数据机前坐下，掸掉掌垫和屏幕上的灰尘，笨拙地键入好长时间没用过的登录识别符，看着屏幕上滚过一行行新闻。几次查询之后，他知道二十四小时内世上没发生什么不得了的大灾难，印度尼西亚的叛乱好像也暂时平息下去了（看来威利 · J. 巴斯塔德一时半会儿还不能称王称霸），也没有数据大盗一败涂地的报道。

波拉克不屑地哼哼着。通过数据机了解世界真是个单调冗长的无聊过程，就算加上声音也一样。这个滋味他已经好长时间没尝过了。在另一层面里，这一类新闻他几秒钟内就能到手，跟普通人望望窗外看有没有下雨一样，不费吹灰之力。他把二十四小时内的环球 BBS 下载到自己家的数据机里，开始本地检索。BBS 的好处是既能检索信息，又不留下踪迹。随便哪个人都可以留一段信息，按主题、收件人和发件人分类。如果用户拷贝下整个 BBS，在自己的机器上做本地检索，外人绝不会查出他感兴趣的是哪方面信息。想在 BBS 上留下无法查出来源的信息也很容易。

和平常一样，有十多条发给滑溜先生的信息，大多发自崇拜者。巫师会的知名度比其他网络破坏分子组成的小圈子要高得多。还有几条信息是发给滑溜先生的同名者。世界人口那么多，这类事难免。

其中一条信息发自邮件人，发件人署名域里这么写着。波拉克将这条信息调上屏幕。全文黑体，没有语音。直接出自邮件人手笔的全是这样。看上去好像最老式的 I/O 系统的输出文字：

你本当富可敌国。你本当权倾一时。但你却密谋对抗我。我知道那条暗道。我知道狗钻狗洞。你和那位红女巫死定了。只要你们胆敢溜回这个层面，你们的下场就是真正意义上的死亡——只差一步，我就会知

道你的真名实姓。

等着看新闻里我的消息吧，笨蛋。

*虚张声势。*罗杰心想，*他要是真有那种力量，就不会发这种威胁了。*可他心里还是沉甸甸的，直往下坠。邮件人不应该知道他们扮成狗的事。难道他切进了滑溜先生与联邦特工的通信流？要是这样的话，说不定他真能发现滑溜先生的真名实姓。还有埃莉，她会有什么危险？他没有在三号大众传输卫星和她碰头，她会怎么办？

他迅速检索，没有来自埃莉斯琳娜的消息。她或者正在另一层面找他，或者跟他一样，被困住了，动弹不得。

左思右想间，电话铃响了。他发话道："接受来电，不要发送图像。"数据机清屏，成了单调的灰色——发电方也没有发送图像。

"还留在家里？很好。"是弗吉尼亚。她的声音和平常的不大一样，挺客气的，还有点紧张。也许只是加密变频电话的效果。但愿她别太相信这种加密手段。他从没费心思在自己电话上做手脚。电话嘛，有个普通保险系数就行（他见过威利 · J. 巴斯塔德和罗宾汉的一幅图纸，他俩的发明可以实时破解数以千计的商业电话信息，还可以监听关键词，一旦发现监听者可能感兴趣的词句便立刻显示。这项技术那两个人用起来不大方便，太耗处理器了。但邮件人的手段更多，很可能不像他们那样受限制）。

弗吉尼亚道："我们不提名字，行了吧？你通报的情况我们查过了，嗯，看样子你是对的。说到他的来历，我们觉得你的理论不大说得通。不过你说的那个国际局势已经得到证实。"这么说，委内瑞拉政变的确是外来者夺权。"还有，我们认为他已经渗透进我们中间，比原来所想象的深得多。我原来跟你提过他想切入我们，但没成功。现在看来，所谓的不成功，只是掩人耳目的障眼法。”波拉克听出来了，她的声音里饱含惧意。显然联邦特工们总算明白了，他们面临的是一场闻所未闻的大灾难，无法抵御，只能坐以待毙。唯一能指望的只有波拉克这种靠不住的人。

“一句话，你提出的那项建议，我们同意了。我们将向你们两人提供你所要求的东西。请你马上赶到另一……个地点，越快越好。我们到那里再详谈。”

“我马上动身。到那里后我先跟我的朋友联系，再和你碰面。”不待对方回话他便切断通信。波拉克向后一靠，本想品味一番胜利的滋味，回味回味警察近乎哀求的语气，但不知为什么，他做不到。他知道那个女警察手里的案子有多棘手：能让她匍匐哀告的东西必定可怕至极，他可一点儿也不想跟这种东西正面对决。

第一站先到三号大众传输卫星。从物理意义上来说，重达两千吨的三号卫星在印度洋上方的地球同步轨道上运行。这个星球上所有非交互式通信大多由大众卫星系统处理。所谓非交互式，其实涵盖了大多数人视为交互式的许多通信手段，如人 / 人通信、简单的人 / 机对话等。这个系统传输信号有 240 到 900 毫秒的数据延迟，所以它的带宽与处理器空间租金比较低廉。

种种因素加在一起的结果是，三号卫星成了绝佳的碰头点，很偏僻，不引人注目。在另一层面中，它的外形表现为一道五米宽的岩石平台，突出在一面峭壁上，接近山顶。山脚是片片森林与沼泽地，按高度分别代表较低轨道上的卫星和地面通信网。远处还有两座与之类似的山峰，背后映衬着青苍色的天空。

山风不大，但寒气袭人。滑溜先生探头下望，目光扫过林木线，越过常绿林。透过笼罩山脚的怪异迷雾，他觉得自己好像能望见巫师会的城堡。

也许该到城堡去，要不下到沼地。埃莉斯琳娜连个影子都没有，四下里见到的只有化身为蝙蝠和小狮鹫的精灵。这些东西在他周围飞来飞去，时不时呼的一声，朝山巅处振翅翱翔。

此时的滑溜先生把自己打扮成个带翼飞人。这个形象颇为夸张，带点业余味儿。他希望这个形象能瞒过对手的眼睛和耳朵。他笨手笨脚地鼓动双翼，飞过岩石平台，朝一个小山洞飞去，指望在那里好歹能避避寒气。风把细小的雪片刮进洞口，在入口处积了一小堆雪。山洞里还有些小昆虫，一看就知道是业余水平的转发器。

他转身准备离开，看来只好一个人单干了。刚踏过那堆积雪，一阵风起，雪花片片飞舞，细小的结晶体打在他的脸上、手上、鼻子上。**不好，中计了！**他向后一跳，极速逃离咒已到唇边，同时心里咒骂自己为什么不提前设置好这个符咒。这里的时间滞后实在太长，人家既然早已在三号卫星设下陷阱，反应速度肯定比他的咒语来得快。雪花卷成一道飞旋的立柱，每一片结晶体都吟唱着什么，参差不齐汇成一个调子："别——动——手——"

内部设置的识别模式认出了这个声音，是埃莉斯琳娜。三百毫秒过去，那股风呼的一声，将地上剩下的雪花一把卷起，转成一根更坚固、更高的立柱。滑溜先生明白了，这个设置更像一个警报器，一旦识别出他的身份便会把埃莉斯琳娜带来。她来得很快，一定早就到了这个层面，在别的地方忙着什么。

"你上哪儿去——去——了？！"雪妖的语气既生气，又担心。

滑溜先生识别出她施放的符咒，自己也放了一个，和她对话。事到如今，没有别的路子可走，只好把一切都告诉她：首先，联邦特工知道了他的真名实姓；其次，弗吉尼亚证实了委内瑞拉政变的事；最后，联邦特工准备与他们合作。

埃莉斯琳娜没有立即做出反应，时区差异不可能导致这么长的延迟。终于，代表她的雪花飞扬起来，拂过他身旁：“这么说来，无论结果怎么样，你都是个输家。真为你难过，老滑。”

滑溜先生的翅膀一耷拉：“是啊。可我现在开始相信了，如果我们挡不住邮件人，等着咱们大伙儿的就是真正意义上的死亡。他是真的想接管……一切。你想会弄成什么样子？世上所有国家政府里那些大大小小的狂人半疯全部换掉，取而代之的是一个巨型自大狂。会有什么后果？”

和刚才一样，半晌停顿。接着，雪妖似乎打了个寒噤。“你说得对。我们无论如何也要阻止他，哪怕为社会安全署和好心的山姆大叔打工也在所不惜。”她轻声笑起来，笑声仿佛音乐，几不可闻，“到头来也许是他们为咱们打工。”她当然笑得出来，被联邦特工掌握了真名实姓的又不是她，“咱们怎么接入他们的系统，你那些特工朋友是怎么说的？”她的形状起了变化，变成一只带翼的实体，一只白鹰，只有眼睛两点殷红，闪闪发光。

“去从前那个国防部高级研究计划署的网络，从劳雷尔端口进去。那个地方和司法部的国内情报我们可以随意调用，几乎相当于给了咱们一张全权委托书。只是必须通过一个实实在在的特定入口进去，在那儿递交他们给我们的口令表。”这样一来，他和埃莉斯琳娜将成为网络史上威力最强的破坏分子。但他们还是不能为所欲为，必须受制于政府。

他拍拍翅膀飞起来，那只鹰和刚才一样顿了顿之后，跟着他飞了过来。他们飞到接近峰顶的位置，再展开翅膀，迎着尖啸的寒风，朝下面的沼地缓缓滑翔。从理论上来说，他们可以瞬间抵达劳雷尔端口。但欲速则不达，很多新手大吃苦头以后才明白这个道理。他们这种小心翼翼的行动方式不单单为了表现潇洒派头。从表面上来看，两人正以各自的清醒意识穿梭在云间，探查气流，寻找合适的滑翔轨道。其实在近乎下意识的层次，各种程序正展开工作，一步步从租用的三号卫星转入低轨道卫星，再转入地面基站。这一套做法非常复杂，太耗时间，但有了这个步骤，别人再也无法追踪两人的信号源。最有可能被人查出源头的地方将是劳雷尔，在那里他们不得不通过一个单独的输入端进入系统。

天空中红光乍现。一秒钟之后，两人后背仿佛着了一记重拳。冲击力撞得他们在空中连翻几个跟头，坠向下面的森林。滑溜先生拼命收起双翅，头朝下向下方急冲。他往后一看——以目前的姿势，做出这个动作轻而易举——三号卫星那座高山已成为一片红热，岩浆瀑布也似滚滚而下，蒸汽冲天而起。即使在这么远的地方，他还是能望见那一片炼狱之上，几星细小的微粒不住地旋转。（袭击者在搜寻逃脱的猎物？）只要晚一步动身，他们大部分程序还锁定在三号卫星上运行，那场不知其性质的灾难肯定会将两人甩出这个层面。虽说不是真正意义上的死亡，但足以将他们困住数天。

他朝右侧一瞥，见那只白鹰也稳住了身子，正急速下滑。他们的通信线路刚好脱离三号卫星。生死只在一线间，算是捡了条命。两人进入低地的湿气流，滑溜先生在新闻频道里扫了一翅：《洛杉矶时报》的报道已经出来了——北海道航天中心发生大事故，其激光束击中三号卫星的透镜。激光束的能量很弱，照射时间只有几微秒，所以造成的损失……怎么说呢，跟“上帝的手指”这种杀伤系统可能造成的破坏根本无法相提并论。没有人员伤亡，但宽带通信会关闭一段时间，价值高达数亿美元的信息流发生大堵塞。接下来将会有一系列调查，外加大批怒气冲天的消费者。

不是意外。滑溜先生百分之百肯定。邮件人露出了牙齿，其渗透程度之广之深，超出任何人的想象。他肯定猜出了对手们的意图。

他们在沼泽地附近的松林上方十多米处平飞。这里空气浓重潮湿。远处的山峰几乎遥不可见。黑云幢幢，暴风雨将至。两人现在被锁定在低轨道卫星网络中，然而却有数千位新用户，吵吵嚷嚷着要求进来。三号卫星出现事故后，几个星期内另一层面必定不会太平，因为会有大量用户将信息流转向这里。

他一个陡降，飞临沼地，寻找那个有一大株水百合的特定水塘。水百合所在的位置就是弗吉尼亚指定给他们的唯一入口。在那儿！他掉头侧飞，埃莉斯琳娜紧随其后，仔细搜索下面水塘四周脏兮兮的空地，看有没有邮件人及其同伙的踪迹。

这么小心其实没有必要。如果水塘附近有埋伏，他们这样飞来飞去，别人一下子就能发现。*决心既定，最好速战速决*。他向那只红眼白鹰发了个信号，朝那一潭止水疾冲下去。静止的水面表示该数据库已切换为观测模式。他发现自己不再是身负双翼的飞人，虽然进入了水塘，上下左右却没有水——政府的系统没有直观形象，进入该系统的人自然也丧失了形象。现在他仅仅通过 I/O 协议与马里兰州劳雷尔附近的一个计算机中心进行互动，同时觉察到埃莉也在附近四处探查。这里不是高级研究计划署计算机网络。他溜进一条“支巷”，钻进一幢老式政府办公大楼。这个系统用的肯定是 20 世纪 90 年代的机器，那种“感觉”错不了。一份份备忘录被写下、编辑，一份份报告在存储器里甩进又抽出。这些活动仿佛就在他身遭流动。有一种网络破坏分子特别喜爱的把戏——不需要多高深的技巧也能玩——就是渗入这样一幢办公楼，切进高级管理人员的终端，向下级发布难以实行的荒唐命令。

眼下不是玩这一套的时候，这幢楼也不是预先说定的入口。他从这个地方抽身而退，搜索其他年代久远的目录。国防部高级研究计划署计算机网络有大半个世纪的历史，简称阿帕网，是第一个真正意义上的数据网络。套用一句老话，它现在已经是“抖擞不尽旧尘埃”。还好目录尚在。他向埃莉斯琳娜发个信号，两人来到登录点，交出弗吉尼亚给他们的口令。

他们进去了。两人贪婪地吸取成G的口令秘钥，进入弗吉尼亚的人留下的数据资料。他俩都感觉得到，政府正密切监视着他们的一举一动。把这么珍贵的数据留在这里，政府实在是冒了巨大风险，当然会竭尽全力控制这两个临时性的破坏分子盟友。

两人只用了十五秒就掌握了大批司法部、社会安全署的内部运转情报，比巫师会花十五个月打探到的情报还多得多。滑溜先生猜想，埃莉斯琳娜心里准在不停策划，想象手里这么多数据，今后能搞出多少轰轰烈烈的大事。这些当然他是再也不可能做了。两人浮出阿帕网这个“地窖”，进入保存司法部文档的更大的数据空间。他看得出来，政府没有对他们藏着掖着。两人也很领情，将所有卷宗随机索引全部拜读一过，速度之快，就算政府想玩花样也赶不上。这里是他们的地盘，可以予夺予取，通行无阻。

“老滑，去别的地方搜搜？”在这个无法呈现形象的地方，她的声音很空洞，不似人声（政府什么时候才能跟另一层面一样，赋予它的数据以形象？政府自然会觉得那种搞法有失尊严，但却可以大大提高它的行动效率。当然，从巫师会的角度来看，这可不是件好事）。

滑溜先生“点点头”。以他们目前拥有的力量，干起事先计划好的事来真如牛刀杀鸡，几秒钟内便将太空探测器发回的所有资料搜索尽净。接着两人脱离司法部网络，滑溜先生前往帕萨迪纳，查看喷气推进实验室的档案；埃莉斯琳娜去坎布里奇的哈佛广谱巡航项目。

两人若是通过翻看记录来判断可能为外星人入侵地球的木马程序——联邦政府和埃莉斯琳娜都猜测入侵行动业已开始——得费好几个小时。可就在滑溜先生正要开始搜寻的时候，他突然发现自己手边还有数十个处理器。只要他运用联邦政府赋予他的新权力，大可以将这些处理器的数据处理力量一把抓过来。他先仔细检查一遍，确信不会干扰空中管制和医院的生命维持系统，然后便悄悄下手，将数百位不知名用户的计算机资源收入囊中，这些用户的数据机则自动转到其他资源。从前他绝不敢如此冒险大肆攫取。现在他手中的力量前所未有地强大。他意识到，埃莉斯琳娜也正在北美大陆另一头干着类似事情。

只花了三分钟，他们就将太空飞船五年内发回的全部资料筛选完毕，比预想的要详尽得多。

“没发现。”他叹了口气，“望着”埃莉斯琳娜。哈佛资料中有许多不明不白的地方，但跟太空轨道没有关系。太空总署飞船发回的全部信息都是合法的。

“是啊。”她的脸，深色皮肤细长眼睛，仿佛浮在他身旁。看来新近威力大增之后，在这种地方她居然也能以直观形象现身。“要知道，其实咱们做得比联邦特工多不到哪儿去。他们在数据机上忙活几个月，这些一样能做。我明白，现在做的已经比咱们原来计划的多得多。但他们给咱们开放了这么多资源，几乎没怎么用上呢。”

对呀。他四下望望，突然产生了小男孩在糖果铺里随心所欲的那种感觉。他察觉到巨大的数据库、无限的计算资源，这些东西全都敞开大门等着他。或许警察没打算让他们利用这一切，但如果把这些全都用起来，没有哪个对手能逃过如此威力无穷的搜索。“好吧。”他终于道，“咱们就放手大干一场吧。”

埃莉大笑起来，学着猪的声音响亮地哼哼一声。两人睁大眼睛，下手飞快，将东西岸一连串网络中非要害部门的计算资源大把大把直抓过来。几秒钟后，两人摇身一变成为北美最大的网络用户。系统监控者一眼便能发现资源枯竭，普通用户却只能察觉到运算周期越来越长。现代数据网络具有极强的弹性，至少不逊于过去的电力网。当然，与电力网一样，弹力总有极限，有断裂点。他和埃莉斯琳娜现在远没走到那一步。

但这已经足以使他们体验到从古至今从未有人体验过的巨大威力。带宽数千倍于常人，几秒钟长得似乎永无尽头，意识中资料充盈，几近于痛苦。资料极度庞杂：数据而非信息，信息而非知识。同时听到千万个电话交谈、同时看到整个大陆的全部视频输出。音频、视频的这种冲击本来应该在脑海中化为一片白噪声，但却没有。这是一片由无数细节组成的大潮，向他们微不足道的意识输入孔席卷而来。痛苦急剧增强，令人无法忍受。滑溜先生惊慌失措：随之而来的必将是真正意义上的死亡，感觉器官一点点衰竭……

怒潮之上隐约传来埃莉斯琳娜的声音：“调动全部意识，不要单用于输入！”残存的一丝知觉使他还能明白她的意思。他拥有的资源足以处理这一切数据，只要他善加运用，整个大陆的全部电脑都可以为他所用，替他处理这排山倒海的数据巨潮。用这些电脑进行数据预处理，和人脑处理输入信息的模式一样。几秒钟过去了。他现在能够感觉到时间流逝。这几秒钟内，他竭尽全力，将自己的意识向整个系统延伸。

之后便结束了，他又一次掌握了控制权。现在的他已经永远告别了瞬间之前的他：他的意识化为一座无比恢宏的大教堂，而过去的滑溜先生仿佛这座教堂中营营飞绕的一只青蝇，可以感知到从前感知不到的东西。整个北美大陆上气息的一丝流动，哪怕麻雀振翅，都逃不过他的知觉，银行网络中任何一张支票也都躲不开他的眼睛。在他现在的意识中，三亿多人的生活徐徐展开。

在他身体四周，在他意识内部，他感知到另一个巨人的存在——埃莉斯琳娜，和他一样成长壮大起来。两人对视一眼，不到一秒，这一瞬长得无边无涯。他们不需要语言，他们的交流可以纯凭知觉。终于，她笑了。笑容中寓意无穷，从前的形象绝对传达不出这样的深意。“邮件人，真可怜那个小家伙。”

他们再一次搜索，这一次穷尽一切数据库。如此威力常人只能在梦中空想。在那儿！隐身在寻常犯罪和破坏活动之后的，是一系列几乎难以察觉的小活动。有人在北美这一端操纵委内瑞拉的系统。线索很难跟踪，看来对手的能量与他们目前的威力至少有些接近。但他们还是盯住了这条线索，跟着它折回联邦政府的迷宫，看它的一切隐蔽勾当：转移资源，提拔调动某人，只与政府自动化下发的命令稍有偏差，变化之小，普通雇员永远猜不出真相，连警察也只能稍有觉察。但是经过多少个月之后，一系列变化的后果累加起来，形成不稳定因素。两个搜索者都对这种因素捉摸不透，只知道它是被人蓄意安排的，对现状没有任何好处。

“老滑，他太鬼了，逮不住。咱们已经把民用网络搜了个遍，还是发现不了他。只知道他在地面和低轨道卫星上搞了不少密集运算。”

“看样子他要不就是离开了北美，要不就是……渗透了军方网络。”

“两种事他都做过，我敢打赌。现在的关键是，咱们必须跟踪追击。”

这意味着至少部分接管美利坚合众国的军队系统。就算能做到，弗吉尼亚那伙人事先可绝没有这种打算。站在警察的角度考虑，这等于把政府面临的危险扩大了三倍。到现在为止还没有发现警察试图阻止他们的搜索，但他也注意到了，弗吉尼亚和她的上司正躲在兰利某个深深的地堡里，紧张地注视着一整面墙的监视器，试图确认他俩的意图，看到还没到动手拔掉他的插头的地步。

念头才起，埃莉斯琳娜便发现了他的不情不愿。“老滑，咱们别无选择，只有接过控制权。盯着我们的不只联邦政府。如果这一次不抓住邮件人，他百分之百会找到咱们头上。”

她当然站着说话不腰疼。她的真名实姓没有哪一个对头知道，滑溜先生却得想方设法躲开两个对头。但话又说回来，他觉得两个对头中邮件人是最要命的一个。“只有一条道走到黑了，是吗？好吧，我奉陪，玩到底。”

两人这一次的动作熟练多了，跟刚才一样，仍是攫取越来越多的计算资源，但这一次连欧共体和亚洲也一并包了进来。同时着手攻克更大的难关：切入各种北美军事网络。两大任务都是常人或任何一般团体所无法想象的，但他们现在手握的力量远远大于全世界任何一个平民组织。

不出几分钟，国外数据中心便缴械投降。易如反掌。但军队却是另一回事。政府为了保障军队指挥与控制系统的安全，多年苦心经营，投入了数千亿美元的资金。但却从未想到会遭遇现在这种来自四面八方的狂轰滥炸。片刻之后，两个搜索者发现自己已经置身于国安局控制系统内部——

同时置身于外来攻击之下！滑溜先生突觉十多个滑腻腻、具有致命威胁的形体向他俩攒击，一下子便损失了许多支撑自身系统的处理器。他与埃莉斯琳娜发疯般地狂挥乱打一气。两个笨重的巨人砍杀动作迅捷的鹰群。这里的形象与另一层面一样栩栩如生，纤毫毕现。来者是斗士，运用着大巫们开发出来的某些战斗技巧——而且更具威力。但这毕竟是一场一边倒的战斗。他和埃莉斯琳娜经验太丰富了，又有过于巨大的计算威力支持。一个接一个，斗士们被打散，变成一片白光。

他几乎立时便发现来者不是邮件人的手下。他们虽然力道十足，技巧却只相当于寻常巫师。两人遭遇的其实是政府的一支秘密队伍，专用于保卫军事指挥与控制系统。公务员系统故步自封，抱着落伍的数据机和老式数据处理语言不放，军队尖端部门却更富于创新精神。它们同样开发出了某种类似于大巫的系统，也许没有像另一层面那样用魔法术语描述自己的人机共生体，但技术手段、观点看法却与另一层面没什么两样。那些动作迅疾的斗士搏杀其间的环境就像是国防绿的另一层面。

和他现在的力量相比，他们不值一提。甚至就在他和埃莉斯琳娜打发那批守卫者的同时，他的系统仍在不断将越来越多的军事系统包容进来，他的意识进一步扩张了，延伸至百万公里。在这个范围内，任何一点动静都清清楚楚地浮现在他的意识之前。不到一秒钟，他已经完成分类穷举，遍历一切与外星智慧生物有关的线索。没有邮件人的踪迹。

他们的意识洞察烛照五十年间全部军事外交通信交流。在审查卫星数据的同时，滑溜先生与埃莉斯琳娜横扫军政机关的通信记录，事无巨细，事事关心：从申请厕纸到秘密宣战，从一张张旅行单据到推动国家机器吱呀前行的数以万亿计的“文件”，每一份都详加审核，其势快如闪电。在这里，邮件人的痕迹明显多了：大块大块的数据被巧妙地动了手脚，其效果好像人眼的盲区——不觉得有什么模糊之处，一切都清清楚楚，其实有些东西就在眼皮底下不见了。有些地方改变很小，另外有些地方，政策的扭曲程度达到惊人的地步。在他们烛照万物、洞见秋毫的慧眼观照下，真相一步步暴露——委内瑞拉全国、阿拉斯加的大部分和极大部分低轨道卫星网络已经落入某个利益集团之手，这个利益集团本身却与它名义上的拥有者几乎毫无关系。具体的敌人是谁还不清楚，但越来越发现他的势力惊人，周围触目所见皆有他的手笔。

在他无比广阔的意识深处一个遥远的角落里，一小撮蚊蚋满腔杀机，嘤嘤嗡嗡。这一小撮蚊蚋知道滑溜先生的真名实姓，知道他和埃莉斯琳娜的所作所为，对这两位大巫怕得要死，连邮件人都从来没有让它们如此恐惧。他一面和埃莉斯琳娜继续搜索，一边倾听着兰利指挥所发出的命令信号。随着命令，一队武装直升机被派往北加州某座郊外廊屋。滑溜先生对发往直升机的加密命令稍作调整，突击直升机群随即转而将死亡之火尽数倾泻在太平洋岸边的一块无人地带。

仍然只凭极小一星意识，滑溜先生注意到弗吉尼亚的举动。准确地说，是她上司的举动。行动早已由她的上司直接指挥。这批人仍然可以通过军用卫星实时接收图像，于是知道了攻击未遂。

他通知埃莉斯琳娜自己要暂且退出一会儿，此后几秒钟她只能单干了，他要腾出手来收拾那批冥顽不化、胆敢对抗的家伙。他的感觉与某个被一群狗崽儿攻击的人相似：这些东西挺烦人的，说不定真会伤着你，只好费点手脚打发掉，其实它们根本不值得操心。他不得不阻止这些人徒劳无功的尝试，免得他们伤人不成反害己。

他可以彻底冻结西海岸军队，锁死一切可以触及自己肉身的发射装置。另外，封掉侦察卫星与加利福尼亚地区的通信联系也是个好主意。当然最好还是用用“上帝的手指”，那个系统正在加州上方。他能感知那套重型激光武器，其中的一尊已经在一万公里的轨道上运行就位，进入瞄准模式，充电，准备开火。他的时间充裕得很，还有足足两三秒钟，激光武器的能量才能加注到最低开火值。虽说还有这么长时间，这个武器系统已经算是对他最直接的威胁了。滑溜先生的意识伸出一根细细的触须，伸进“上帝的手指”卫星系统中那块小小的处理器……

他倏地缩手，受伤了！*那里已经有人了*。不是埃莉斯琳娜，也不是军方那批不怎么样的巫师。*是别的人。*一个威力强大的人，连他都无法制服。

“埃莉！我发现他了！”脱口而出的是一声惊呼。激光武器的枪口已经瞄准数千公里之下的一个点，一座小房子。不到一秒钟，这座小房子便会被大气层中降下的一道火柱炸成一团炽热的气体。

就在这最后一秒钟内，滑溜先生全力扑击，向挡在那块小小的军用处理器前的屏障发起一次次猛冲。无法突破。他追查那道屏障的控制源，跟踪到低轨道卫星网络中功率更大的处理器——周围同样有屏障保护！到现在他对自己的对手有了一点感受。和他习惯的另一层面不同，这种感受不是形象。对手没有形象，他仿佛蒙着双眼与虚无搏斗。他能察觉对手的打法，这个敌人几乎完全隐匿起来，暴露在外的只有最必要的手段，以控制“上帝的手指”，再控制最后几百毫秒就行。

滑溜先生大杀大砍，企图切断敌人的网络通信流。但对手实在太强，他现在明白了，比自己强大得多。他模模糊糊意识到，对方联结的计算资源就处于他和埃莉斯琳娜刚才发现的那些盲区之中。对手虽然强大，但他仍能奋力一搏，虽不能胜也相去不远。原因在于对方好像少了些什么，缺乏某些至关重要的想象力和创造性。要是埃莉斯琳娜能赶来就好了！两人联手就能顶住他。真正的死亡离他只剩下几毫秒。他绝望地寻找着，*她到底在哪里？*

军方数据显示，轨道激光武器中的一具已经发射。他不由得一缩身子，超高速运行的知觉同时还没忘记数着毫秒，计算他本人毁灭的那一刻。就在这时，他看到一团炽热气体迸出一道白光，位置就在上帝的一根手指——*那根笔直指向他的手指*。

他现在弄清了事情的缘由。就在他与敌人厮杀时，埃莉斯琳娜夺取了激光系统中另一尊已经十分接近发射阈值的卫星激光发射器，击毁了瞄准他的那根手指。

就在他弄清缘由的一刹那，敌人又猛扑上来。这一次使用的是传统战法，企图摧毁滑溜先生的通信与运算空间。但他现在要对付的是滑溜先生与埃莉斯琳娜两个人。对手想象力和创造性方面的缺陷现在彻底暴露了。力道虽然强劲，但他的资源正慢慢地被原本较弱的两个敌手夺走。两人都觉察到，此人的行为方式中有些地方他们很熟悉。滑溜先生确信，只要再多点时间，他一定能把这些眼熟的地方识别出来。

敌人突然间脱离战团。双方长时间对峙，不敢有半点大意。好像暂停撕咬的猫，只要对手露出丝毫破绽便再一次猛扑上去。不同之处在于，新一轮攻击可以来自上万个不同的方向，他们可以从组成身体与意识的千万个通信节点中的任一处发起攻击。

他感到身旁埃莉斯琳娜向前迈了一步，仿佛要用她那对碧绿眸子中放出的光芒锁死对手。“老滑，知道咱们这儿的这一位是谁吗？”他看得出，埃莉全神贯注于对手，身体绷得紧紧的，几乎颤抖起来。“是咱们的老朋友唐·迈克呀。个子长成了超人，拼命遮遮掩掩，生怕露出本来面目。”

对方好像紧张起来，朝他的方向更靠近了些。可稍过片刻，他开始现形了。对面站着唐·迈克，是他的脸没错，还有“普利西 - 梅赛德斯”牌机器人身子，全是老样子。唐·迈克，第一个皈依邮件人的人，埃莉斯琳娜原以为早已被害、被一个模拟器取代的人。“原来邮件人就是他。这个邮件人的第一位牺牲品，居然是我们最不可能怀疑的人。”

唐向前滚动了半米，马达呜呜作响，液压驱动的双拳紧握。他没有否认滑溜先生的话。半晌，他好像松了劲。“你们真是……聪明。但说到底，你们两个有帮手。我从没想到你们会和警察合作。要对付‘邮件人’，唯有这种组合还有点指望。”他笑了，脸上机器似的一扭。两人对这个表情都非常熟悉。“可是难道你们看不出来？这种组合天生携带着死亡基因。比起你们和政府，我们三个人的共同点多得多。

“张开眼睛四下看看吧。从前我们是大巫，现在我们是上帝。看呀！”两人中心注意力毫不分散，只以部分意识随着他的眼光看去。和刚才一样，百亿人生数以万亿计的方方面面一览无余。也有不同之处：在方才的搏斗中，三个人已将全人类一切互联资源尽数攫到手中。图像传输与电话通信完全中断，公共数据库临死前才觉察到极大、极大的灾难降临了。它们的最后一批头条报道产于搏斗高潮之前的一秒钟，通栏标题大书：有史以来最彻底的数据中断。近十亿人目瞪口呆地盯着一片空白的数据机，震恐不已，远甚于任何停电之类的单纯动力故障。数据及工时的重大损失已经造成了一次经济大衰退。

“这些人还算走运，过去的军备竞赛结束了。不然的话，自主程度较高的部队肯定已经发动战争。就算我们现在立即交回控制权，他们也得花上一年多时间才能把事情大致理顺。”唐·迈克一声傻笑，和前一天他向英国佬大吹法螺时的笑声一模一样，“现在死的人还不算多，医院和机场很多都有些独立设施。”

即便如此……滑溜先生能看见，从英国伦敦到新西兰克赖斯特彻奇，全世界主要空港上空都有大批待降飞机层层叠叠盘旋不已。当地电脑系统不可能在这些飞机耗尽燃油之前引导它们全部安全降落。

“这些都是我们一手造成的，是我们战斗的附带伤亡。”唐继续说道，“要是我们针对他们下手，我敢说，咱们有本事让全人类都灭绝。”为了加强语气，他引爆了犹他州导弹发射井里的三颗核弹头。滑溜先生和埃莉斯琳娜用自己的数十个视频镜头组成的眼睛看着毁灭的暴风席卷爆心。“想想看：我们和神话中的天神有什么区别？和天神一样，我们可以统治全人类，顺我者昌，逆我者亡，只要大家不窝里斗。”他满怀期待地看看滑溜先生，又看看埃莉斯琳娜。红女巫深色面庞上秀眉紧蹙，和刚才一样，她的注意力仍然高度集中在对手身上。

唐·迈克转身对滑溜先生道：“老滑，尤其是你，更应当明白咱们别无选择，只有合作。*他们知道你的真名实姓*。我们三个人中，你的老命最不保险，必须时时护住肉身，免得那个把你当成叛徒的政府伺机下手。要不是你祭起你的新威力，刚才那一千秒内你早死了十几回了。

“还有，你现在没有回头路可走。就算你大公无私忠心报国，杀掉我，再去当个听话的顺民，他们一样会杀了你。他们知道你有多危险，说不定比我还危险。让你继续活下去？他们可担不起这个风险。”

这家伙当然是个自大狂。让人不寒而栗的是，他说得有道理。就在说话时，滑溜先生还得调动部分知觉，为政府在完全失控前空降于北加州阿凯德地区的一个步兵战斗群设置障碍，让他们晕头转向。这个战斗群的上级知道他随随便便就能改变军队指挥链上传达的命令，于是明确指示部队不理睬一切外来命令，直至消灭一个名为罗杰·波拉克的人为止。幸好这支部队必须依赖电子化的城市指南和电子地图。他引着他们大兜圈子已经好长时间了，但这支部队始终是他的肉中刺，迟早得下定决心，将它一劳永逸地解决掉。

以他的现状而言，这是根小小的肉中刺，但只要他回归正常形态，这根刺立即会要了他的命。他眼巴巴地望着埃莉斯琳娜：除了唐的说法，真的没有第二条路可走吗？

她的眼睛差不多全合上了，眉头皱得更紧了。他感应到她正将越来越多的资源用于某种模式分析，说不定压根儿没听见唐说了些什么。过了片刻，她的眼睛重新睁开，闪烁着胜利的光彩：“知道吗，老滑？我早知道，我看类人模拟器向来不会走眼，这种玩意儿最多能蒙我几分钟。”

滑溜先生点点头，话题一转，他有点转不过弯来：“那是当然。只要跟模拟器谈上相当长时间，到头来它总会变得有点僵硬，不够灵活。我想，咱们恐怕永远写不出能通过图灵测试的程序。”

“说得对。有点僵硬，有点缺乏想象力。就是在这些地方露馅的。我们这位唐身为变形金刚，一贯把自己打扮成机器、程序，所以很难看出来。但是我敢肯定，最近几个月来，这张面具后面绝对没有活人……

“再往深了说，我认为就是现在，面具背后也不存在活生生的人。”滑溜先生猛地将注意力转向唐·迈克。面对埃莉的断语，此人只顾咧嘴傻笑。适当的反应怎么说也不该是这种样子。滑溜先生又想起战斗中唐的打法，古怪，机器味儿十足。时间太短，埃莉的判断不可能出自实据。在这几秒钟时间里，她依靠的只是她的直觉，加上某种深入分析程序。

“这就是说，我们还没有发现邮件人。”

“是的。我们面对的只是他最棒的工具。我敢说，邮件人害死唐·迈克后盗用了他的模式，以此为基础设置这个跟我们格斗的自动化防御系统。邮件人的确存在时间滞后，完全不是障眼法。要揭穿他的真面目，这就是关键。

“不管怎么说，知道这一点，咱们现在动起手来方便多了。”她朝唐·迈克微微一笑，好像它是个真正的人。跟模拟器打交道最好用这种方式。但这一次，这是个胜利的微笑：“你差一点就为你的主子打赢了这一仗，唐。差一点就让我们相信你了。但现在我们既然知道了是在跟什么东西打交道，那就容易……”

她的形象忽地一闪，不见了。唐暴起发难，隔开滑溜先生，争夺埃莉掌控的资源。在整个近地空间，两个人大打出手，争夺刚才还在埃莉手中的武器系统的控制权。

单枪匹马，滑溜先生不是对手。慢慢地，他觉得自己渐渐为人所制。

就像一个角斗士，骨头被可怕的对手一根一根折断。他竭尽全力，仅能勉力自保，不让这个名为唐·迈克的东西把他的家——那幢小房子炸成灰烬。为了保全肉身，他只好眼睁睁地看着自己的资源一点点被对手夺去。

埃莉斯琳娜不见了，好像她从来没有存在过一样。她真的走了？滑溜先生分出一缕意识搜索她的下落。虽说只有一丝半缕，却威力无穷，远非任何一个寻常大巫所能想象。这一缕游丝迅速发觉罗德岛南部一处电力中断。最近几分钟内，因为数据崩溃，电力中断到处都是，但这一处不同寻常。中断的不仅是电力，地面通信也完全死灭，连他都无法重新唤醒这里的线路。这个地方一片漆黑，彻底死了。不可能是事故，是有人蓄意关闭了这个地区。

……传出一个声音，勉强只有电话线路的传输质量，几乎淹没在他手中处理的一片数据汪洋里。埃莉斯琳娜！她不知怎么绕来绕去，终于掌握了一条可以对外通话的线路。

他的目光扫过黑沉沉的罗德岛首府普罗维登斯市郊，那里是大片大片的城郊公寓楼，有十多万户。埃莉斯琳娜就在这一片茫茫人海之中。就在她全力分析唐·迈克的同时，对方一定也使出了吃奶的劲头，想查出她的真名实姓。虽说唐目前还不确知她的真名实姓，但已经发现她居住的片区，并将这一整片地区的电力供应彻底掐断。

思维过程越来越困难了——唐正有条不紊地将他大卸八块。意图已经摆在桌面上了：他要杀人。先将滑溜先生削弱到一定程度，再调动空间轨道上的激光武器，毁掉他的肉身。接着再毁掉埃莉斯琳娜。然后，邮件人这位忠实仆人将一统天下，将整个地球双手奉献给它那位神秘莫测的主子。

他侧耳谛听从普罗维登斯透出的那一丝若有若无的声音。埃莉的话颠三倒四歇斯底里，显然已经接近恐怖的极点。滑溜先生一点也不觉得意外。骤然间丧失全部通信链接，相当于普通人突然中风。在这种情况下她居然还能说出话来，已经是奇迹了。对她来说，整个世界遽然收缩，只有钥匙孔一般大小。她只能窥见一斑，对世间事懵然无知，天地笼罩在一片迷雾之中。

“还有个机会，我们只有一个机会。”这个声音急匆匆地说道，模糊不清，“北面有座军队的旧通信塔。该死，我不知道编号，也不知道坐标值，但从我住的地方能看见。你可以通过天线打进来……带宽足够，我这里还有蓄电池提供电源……赶快！”

最后一句不用她说，正被一口一口活生生吞掉的人是他。他现在几乎已经动弹不得，敌人正砍杀着他，撕咬着他，挤压他，窒息他。在对手的压迫下，他拼死挣扎，稍稍腾出手来够到普罗维登斯北部的通信塔。通信塔很多，但位于那片动力彻底中断地区的只有一座，它的可变角天线频带极窄，只有极细、极细一缕信号。

“埃莉，我需要你的住宅电话，说不定还要你的无线 ID。”

一秒钟过去，两秒钟。对滑溜先生来说，这两秒钟长得看不到尽头。他的问题其实等于要她说出自己的真名实姓，把真名实姓告诉他这个被联邦政府知道身份的人。只要回到现实世界，他不可能不向政府交代她的身份。他能想象她的顾虑：从此之后再也没有自由。易地而处，他自己也会犹豫不决，但现在——

“埃莉！我们两个全都死到临头了，真正的死亡！快告诉我。我快顶不住了！”

这一次她几乎毫不迟疑：“我叫戴一黛比·夏特利，电话号码格罗温诺区 4448。我不知道无线 ID。名字和宅电够了吗？”

“够了，准备好！”

话还没出口，他已经查实这个名字的无线 ID，将 ID 所属天线与那座军队通信塔的天线联结起来，再转身对付唐 · 迈克。接通！确认信号转发回来。幸好敌人没发现刚才的对话，现在必须分散他的注意力。

滑溜先生奋不顾身地扑向对手，切断同时向双方提供数据流的通信节点。唐猛地一颤，立即转调其他资源，再次杀向滑溜先生。唐拥有的资源一开始就多得多，力量也更大，滑溜先生这一招虽然同时削弱了双方实力，但己方损失其实更大。敌人虽然一时被打了个冷不防，但再交手时强弱立判。结局就要来临。

他周遭的空间，方才充斥着世间万物，当真是五色纷呈、历历在目。但现在，诸般色彩渐渐消退，细微之处渐渐模糊，只剩下一种真切的感受：他的身体，满怀纯生理的恐惧，蜷缩在加利福尼亚一所小房子里战栗不已。与广大世界的联系几乎完全被切断，唐将上帝的手指指向他时，他几乎没有觉察到——

突然，不知不觉间，意识又回来了。刚才那种超人的意识陡然降临，他根本没有发觉。仿佛窒息将死者忽地从死亡的深渊中拉回人世，滑溜先生茫然四顾，全然没有意识到战斗仍在继续。

但现在，强弱之势已截然不同。唐 · 迈克正要结果他眼中唯一的对手时，却突遭袭击，被打得措手不及。埃莉斯琳娜将袭击的突然性发挥到极致，从一个日本数据中心一跃而起，没等唐回过神来便击破了他一大批高级运算中心。大型处理单元散落一地，而唐正与埃莉斯琳娜殊死搏斗，来不及抢占，滑溜先生眼疾手快，一声不吭地将能拿到手的资源全数收为己用。

即使到了这个地步，如果一对一，唐仍然可以取胜。但滑溜先生已经重回战团，两人牢牢占据了上风。唐同样认清了局势。也不知是天才的灵机一动还是纯粹没脑子，他突然使出厚脸皮，再一次发出刚才的呼吁:“你们现在住手还不晚，邮件人会原谅你们的！”

滑溜先生与埃莉斯琳娜两面夹击撕裂对手，将大块大块的通信单元、处理与数据资源从唐手中切割下来。他们切断了他与大众传输卫星的联系，又将低轨道卫星一个个剥离出他的数据同步处理系统。现在唐已被困死在地面线路中，陷在一个从华盛顿延伸至丹佛的军用网络中做困兽斗。他不顾一切地四面挥击，掷出手边所有破坏工具。在美国整个腹地，导弹点火，四面开花，反导弹激光束向天空来回横扫——搏斗的开始让世界为之屏息停顿，搏斗的结束却似乎要将全球撕个粉碎。

滑溜先生和埃莉斯琳娜却没有多大损失，这种随机打击不大可能给他们造成什么重大伤害。两人置唐对人间的破坏于不顾，一心一意地肢解对手。他们破解了唐这个模拟器的主代码，来了个直捣黄龙。但唐——或者说它的设计者——极为聪明，在网上安插了许多个拷贝。两人刚击毁一个运行中的拷贝，另一个拷贝立即唤醒。但几分钟之后，模拟器能调用的东西越来越少，现在它的能量比当初在巫师会时的也强不了多少。

“蠢材！邮件人是你们的天然盟友。政府会要你们的命！难道你们不明……”

埃莉斯琳娜直取运行中的模拟器，尖叫声拦腰而断。再也没有拷贝继续运行。一片沉寂，彻底的……虚无。埃莉斯琳娜望望滑溜先生，两人继续在敌巢中来回搜剿。唐的老巢是一片广阔的数据空间，其中可能埋藏着它的更多拷贝。但现在所有资源尽归二人掌握，他们不用担心这片未曾涉足的荒凉地带可能暗藏的伏兵。就算有埋伏，没有资源，也不可能再有什么作为了。

他们彻查唐 · 迈克模拟器的备份，轻轻松松便明白了它对网络的感染程度。两人有条不紊地循迹清理，复原被改变的数据、程序，使其按设计者的本意运行。这一番清理极其彻底，政府也许永远不会意识到邮件人及其党羽的入侵有多深入，也意识不到他距离全面夺权有多接近。

在他们清查的大部分区域，邮件人所做的改动很小，稍加调校即可复原。但深入军事网络底层后，两人发现数万亿比特的程序与唐·迈克的活动有关，一时又看不出它们的明确功用。这些代码显然与某种目的相关联，其数量极其庞大，就连他们也一时无法细细推敲。稍作商量后，两人打乱代码的排列顺序，将它们化为一片无意义的乱码。

之后，一切都结束了。滑溜先生和埃莉斯琳娜独立天地间，手中控制着地球及其周边的全部互联运算资源。这一片广袤空间中敌人无处藏匿，也没有外星智慧生物干预的迹象。

成长为巨人之后头一次，他们终于可以毫无惧意地巡视这个世界（美国军队仍在可怜巴巴地试图杀死他的肉身，滑溜先生却毫不在意）。运用千百万个感知器官，他举目四望，整个星球一派宁静气象。单以可视图像而论，地球在他看来仿佛常人眼中的千百幅图片，奔来眼底。如果用紫外线镜头远望，他的目光可以远眺地球之外数千公里，拂过它由氢气构成的行星光环。通过不同高度卫星上的高能探测器，他能分辨出能量谱系中数以千计的放射带，在太阳风吹拂下振荡不已。他可以感受到各大洋上空气流的温度、流动变迁的速度。他与埃莉斯琳娜蹑手蹑脚地扶起全人类通信系统，轻轻拍打，让它重新运转起来。于是骤然间千百万个细小的声音在他耳边响起。大海中每一艘船舶都在寻找避风港，天空中每一架飞机都在平安降落。每一笔借贷，每一笔支付，人类整个种族的一啄一饮，都占据着他意识的一个角落。伴随着知觉，权力感油然而生。目之所及的一切，他都可以改变、摧毁或者加强。如果用巫师会的术语描绘，只有一句话可以形容他们的现状：他们是上帝。

“我们可以君临天下，一统众生。”埃莉斯琳娜的声音近乎耳语，充满对自身的恐惧，“开始可能会费点事，得先保全咱们的肉身，但我们真的能号令万物。”

“还有邮件人……”

她像扫开什么东西似的一挥手：“也许有这个人，也许没有。我们跟过去一样，还不知道他是谁，这是实话。但咱们已经摧毁了他的全部力量。这一点千真万确。要是他想借尸还魂重回系统，咱们必能事先察觉。”她热切地望着他。过了一瞬他才意识到，她正悄悄做着什么小动作，隐瞒着他。

她的话的确不假：只要肉身存活，他们大可以统治天下。但唐·迈克说的话看来也有道理：他俩是“法律与秩序”有史以来所面临的最大威胁，连邮件人都没有这么危险。如果两人交出手中的权力，政府岂敢冒险，让他们自由自在？连让他们“活下去”的风险都不肯冒。但是——“如果咱们接手，许许多多人会因此丧命。世界上还有不少独立程度很高的部队，要让他们就范，咱们一开始便只能用核武器威胁。”

“是啊。”她的声音比方才还低，一脸伤感，“在刚才的几秒钟里，我做了点模拟运算。要号令全球的话，咱们不得不灭掉四到六个主要城市。如果还存在没被我们发现的指挥中心，破坏程度肯定更大。还有，咱们还必须开发一支由人类组成的秘密警察，以防有人在系统之外搞抵抗活动……真该死，到头来咱俩还不如人类组成的现存政府哩。”

她从他脸上看到了同样的结论，嘴一歪，笑了：“这些事你下不去手，我也一样。看来这回政府又赢了。”

他点点头，“伸出手”轻轻抚摩了她一下。两人用最后一分钟君临寰宇，纵览万物。然后，静静地，他们分手了，各寻归路。

重回凡间并不是一蹴而就。滑溜先生仔细准备退路。先为那支企图消灭他肉身的部队设下迷宫，让他们找不着出路，好几个小时之后才能发现他。这段时间足够政府下令召回他们了。接着他同那批一直企图削弱自己权力的政府程序交流，通过它们知会联邦政府，表示他决心向政府投诚，条件是保证他的生命安全。几秒钟之后他便会再次与人类对话，也许就是弗吉尼亚，但在这之前，必须先通过程序商定基本前提。

达成初步协议后，他一个接一个关闭最近获取的机能。这就像先塞住耳朵，再蒙上眼睛，只不过程度更甚，感觉更糟。因为他主动终止的不是别的，而是他的思维。他仿佛是一个接受脑白质切除手术的病人，模模糊糊还能意识到自己正丧失的是什么。在他身后，政府尽力填补他留下的空白，以免他突然改变心意。

在距他很远很远的地方，他察觉到埃莉斯琳娜也正做着相同举动，但速度比他慢得多。奇怪呀。他现在的功能大为减弱，有点拿不准。但看上去她的确像有意落在后头，做的事也远比重返凡间所需的活动复杂。这时，他想起说到还没有发现邮件人的身份时她那种奇怪的表情。

两个人可以一统天下，一个人又未尝不可？！

恐惧蓦地涌上心头，他被恐惧淹没了，加上被自己最信任的人所出卖，这种感觉更让人难以忍受。他翻身攻打在他允许下政府跟进设置的屏障，但是已经太迟了。这时的他已经比联邦特工还弱。滑溜先生绝望地回望那一片在身后渐渐闭合的暗影，他看见了……

埃莉紧随他返回现实世界，放弃了她的一切力量。他不知道耽搁她的是什么，只知道她没有背叛自己。陡然间他感到极度宽慰，远胜于自己保全性命大难不死——埃莉还是他心目中的那个埃莉。

最近这段时间他见过弗吉尼亚许多次，当然不是社交聚会。她那一帮人在阿凯德地区专设了个办事处。每个星期她来他家两次，随身带着一个打手。这种面对面的谈话在政府活动中为数极少。看来她和她的上司也意识到电话很不可靠（这倒是真的，只要花上几个星期，波拉克大可以搞出个自动化电话链接，带上假身份证和伪造的优先旅行证明直飞达科塔，在那儿跟找不着他下落的特工们聊天解闷）。

从表面上来看，这些会面与春天里两人头一次见面的情况颇为相似：

波拉克走到门外，望着那辆黑色林肯开上车道。每次都一样，车子总是直接开进车库，司机也总是迅速跳下车，两眼冷冷地在波拉克身上一扫而过，弗吉尼亚也总是以军人的精确步伐迈步上前（他以前就发现了，她是从军队里直接提拔到目前社会安全署情报机关这个位子上来的）。这两位目标明确，径直走向廊屋，毫不理会夏日的艳阳与青翠欲滴的草地和松林。他替他们拉开门，他们一声不吭地走进房间，一股傲慢自大的派头。每次都一样。

他笑了。从一方面来看，什么都没有改变。他们还是掌握着他的生杀大权，还是可以随时将他和他喜爱的事物分开。但从另一方面来看……

“今天的问题很轻松，波拉克。”她将公文包放在咖啡桌上，打开数据机，“但我想你不会喜欢这个问题。”

“哦？”他坐下来，探询地望着她。

“最近两三个月里，我们要求你清除了邮件人的一切残余碎片，让国策程序和数据库重新恢复运转。”

事情虽已过去，邮件人的威胁却依然存在。那场搏斗已经过去了十个星期（按弗吉尼亚的说法，那场战争），但公众还是被蒙在鼓里，只知道网络遭到破坏分子的袭击。和历史上各次大战一样，交战各国都落了个满目疮痍。战后，美国和全世界经济一片混乱。事实上，如果不是他和埃莉斯琳娜，他估计美国政府逃不过邮件人战争这一劫。至于敌方，几乎可以肯定，邮件人的力量已经被彻底摧毁。过去三周时间，滑溜先

生只发现了一份唐 · 迈克核心程序的拷贝，还是个非执行程序。但邮件人背后那个具体的人——或者东西，不管他究竟是什么——还是没有发现，和从前一样隐匿无踪。弗吉尼亚、政府、波拉克，谁都不知道，和公众一样一无所知。

“现在我们还有些小事，”弗吉尼亚接着道，“你可能会称之为‘清剿行动’。近二十年来，我们一直在和网络破坏活动作斗争。那些破坏分子毫无责任感，将一己私利置于人民利益之上。现在有了你，我们希望能彻底消灭这种现象。

“我们要求你提供目前在网上活动的破坏分子的真名实姓，尤其是你过去所属的那个团体的成员，那个所谓的巫师会。”

他早就知道，总有一天他们会提出这个要求，但纵使事先就知道了，这一刻还是一样难过。“对不起，我做不到。”

“做不到？是不愿做吧？放明白点儿，波拉克，我们给你自由，但你要为这个自由付出代价。代价就是听从我们的吩咐。你犯下的罪行足够在牢里待一辈子，而且我们都知道，你这个人太危险，理应终身监禁。有些人的想法还不止这个呢，波拉克，并不是人人都有我这么好心肠。他们的打算很简单，一了百了，把你跟你那位普罗维登斯的女朋友一块儿送上西天。”这番威胁直截了当，符合她的个性，但说话时她却没有直视波拉克的眼睛。自打他从战场回来，虽说她还是跟从前一样气势汹汹，却总有点底气不足。

她掩饰得很好，但波拉克看得明白，她自己都不知道应当如何是好——该畏惧他呢，还是尊敬他？或者二者兼具？不管想法如何，有一点很清楚：波拉克这个人很神秘，她捉摸不透。他对她的看法也跟当初的不同，这个女人颇有想象力。这就有点好玩了，因为这个人——罗杰 · 波拉克——毫无特别可言。日子一天天过去，他觉得自己仿佛是当初那个巨人遗下的空壳，虽然再三追忆，却只能模模糊糊地回想起那时的壮举。

罗杰微微一笑，几乎有点可怜她："做不到，也不愿做。我想你也不会因为这个整我，弗吉尼亚——先让我说完。只有一件事比我和埃莉斯琳娜更让你的上司担惊受怕，他们害怕还有其他拥有同样威力的不知姓名的人，也许就是邮件人，从他消失的地方再度冒出来，重回系统。要对付这种颠覆活动，你们只有埃莉和我这两个专家。你们的人训练不出一批背景干净的网络人才来取代我们，就算有这个本事，你们也不肯，我敢打赌。一个安全部门越是担心，越不会把这种权力交给任何一个人。滑溜先生和埃莉斯琳娜你们了解，是可知因素。这两个专家掌握了权力，走到边缘，又回来了。只有一个原因，使我们没有推翻现存政权、独揽大权，这就是我们的自制力。"

有一会儿工夫，弗吉尼亚哑口无言。波拉克看出，她对他的态度之所以与从前不同，这就是症结所在。个体必然被无限权力所腐蚀，她毕生所受的都是这种教育。但波拉克却在大有机会统治全人类的情况下拒绝了权力，她对这一点大惑不解。

最后她笑了。笑容一闪即逝，还没等他留意到就消失了。"好吧，你的话我会通报给上头。也许你说得对。从长远来看，网络破坏活动威胁着自由精神，这是美国的立国之本。但目前只不过让人有点头疼。我在社会安全署的上司或许会继续用从前的法子和破坏分子斗争，容忍你在……呃……这个单独事件上不服从，只要你和埃莉斯琳娜继续忠心耿耿保卫我们免受超人威胁。"

波拉克大松一口气。他十分害怕安全署会因为这次抗命不从而毁掉他。幸好政府永远不会打消对邮件人的惧意，看来他和黛比·夏特利——埃莉斯琳娜——再也不会受人威逼出卖他们的朋友了。

“但是，”警察接着道，“这并不是说你再也不用理会巫师会的事。最有可能再次出现超人威胁的地方就是那里。有关系统的事，破坏分子最有经验。这一点连军队也看到了。就算将来的超人出自巫师会外，单单出于自负，他也会在那个圈子里露面，跟邮件人一样。

“除开别的工作，我们要求你每个星期必须在各主要圈子里各花几个小时，成为圈子里的一员。只不过现在你受我们指挥，任务就是发现类似邮件人威胁的任何迹象。”

“我想再见见埃莉。”

“不行。那条规定不可变更。你本该感激我们才是。一个人勉强还受得了，两个人在一块儿，我们绝对无法容忍。你们两个只能分头前往另一层面。去了一个，我们手里还有另一个作为后备武器。只要你俩不在另一层面碰头，就有办法对付你们，让你们无法合谋对付我们。罗杰，我们绝不是开玩笑：一旦发现你们两个或者你们的代理程序在另一层面碰头，你们就完了。”

“嗯。”

她凶神恶煞地瞪了他半晌，看来把他的沉默当成了默许。此后半个小时里，她向波拉克详细布置本周任务。这种事在另一层面安排起来方便得多，但弗吉尼亚（或许还有安全署）活像跟老办法结了婚，觉得还是老法子稳妥可靠。他这一周的任务是继续恢复社会保险记录，监视南美洲各数据网络。要做的事难以胜数，他的力量又受限于安全署，根本做不完。很可能要拖到十月大选期间，社会安全机器才会运转如初。

本周晚些时候，他们要他去一趟巫师会。罗杰知道他会数着时间。等待真难熬啊。

弗吉尼亚还是老样子，语气严厉，一本正经，直到她和司机准备动身时，这种态度才有了改变。站在门口，她几乎有点难为情地开了口：

“上个星期我读了你写的《安娜 · 波利恩》……写得挺好的。”

“听上去你好像有点意外似的。”

“不不。嗯，我是说，是的。可能是有点出乎意料。说实话，我读了好几次，都是用的安娜这个角色。我觉得你写的读者参与游戏比我从前读过的那些更有深度。我有种感觉，如果更聪明点儿，说不定哪天我真会保住自己的脑袋，阻止亨利的阴谋。”

波拉克笑了。他想象弗吉尼亚这个眼神冷峻的警察读《安娜》的样子：认真分析她那位监狱里的病人的心理，被小说情节深深吸引。“有这个可能。”

事实上，也许哪一天，她真的会变成一个挺不错的人。

但当他转身回屋时，弗吉尼亚已经被他抛到了脑后。他将重返巫师会!

浓雾深重，寒意袭人。雾浓得几乎成了细雨，吹过山坡。远处景物全都笼罩在迷雾中，只有当雾气稍散才一小片一小片露个影子。站在沼地上方的山脊看过去，城堡跟以往有些不同，更沉重、更厚实、更阴暗。

滑溜先生走下熟悉的山坡。肩上蹲着的牛蛙仿佛感应到他的不安，爪子将他的皮夹克抓得更紧了。它黄色的泡泡眼转来转去，把周围一切记录在案（总的来看，这只牛蛙的本事大有长进，现在几乎已经超出业余水平）。

陷阱也跟以前不一样了。战后十周时间，巫师会对陷阱所做的改变之多，甚于过去两年间所做的调整。他时不时摇晃摇晃脸，甩掉滴落的水珠，更仔细地朝某一丛灌木或路旁哪块大石头张望。他走得很慢，绕来绕去，不时比画或说出一道符咒。

总算来到城堡瞭望塔前。岩浆翻腾的护城河里爬出一头黑色怪兽，红光闪烁的眼睛瞪着他。连阿兰的模样都变了：那件石棉T恤没有了，盘问来客时也没有过去的幽默感。滑溜先生不得不仰起头来，直视它那颗硕大无比的头颅。怪兽将熔岩泼向他们时，牛蛙吓得在他脖子与衣领之间来回乱窜，它的皮肤贴在他身上，又冷又黏。口令不一样了，问题中的敌意更重，但滑溜先生还是应付自如。几分钟后，阿兰愠怒地回到自己热气腾腾的池子里。吊桥放了下来。

大厅和过去没多大区别，或许更干燥了些，更亮堂了些。人却比从前多得多。滑溜先生来到门口时，所有人都抬头盯着他。他将自己的旅行外套和帽子递给一个穿制服的仆役，步下石阶，一面辨认大厅里的人，一面心里嘀咕："气氛怎么如此紧张、满怀敌意？"

"黏糊！"英国佬走出人群，蓄着络腮胡的脸上绽开一个熟悉的笑容。

"老滑！真是你吗？"（在这种环境中，这并不是一句单纯的反问。）

滑溜先生点了点头，稍过片刻，对方也点点头。英国佬几乎跑过两人中间的空地，伸出一只手，拍打着对方肩膀："来呀，来呀，咱们可有不少话得好好聊聊。"

其他人好像接到了暗号似的，回头继续方才的交谈，不再理会这一对朋友。两人走进大厅外一间起居室。滑溜先生的感受好像一个人毕业十年后重回母校：过去的熟人几乎全不在了，他觉得自己再也不可能融入这里。只过了十个星期啊，不是十年。

黏糊英国佬关上厚重的大门，大厅里说话的声音听不见了。他示意老滑在一把椅子上坐下，自己忙着调制饮料。

"外头全是模拟器，对不对？"老滑轻声问。

"嗯？"英国佬不聊闲天了，闷闷不乐地摇摇头，"也不全是。我招了四五个徒弟，尽力让这个地方有点人气，看上去热闹一点。你可能注意到了，我们的安全措施做了不少改进。”

“看上去更强，但都是表皮功夫，骨子里没什么大变。”

黏糊耸耸肩：“本来也不指望蒙过你这种高手。”

滑溜先生倾过身子：“黏糊，老伙计里还剩下谁？”

“唐不见了，邮件人也不见了。威利 · J. 巴斯塔德一个月来一两次，也不像从前那么爱逗乐了。我想埃莉斯琳娜还在系统里，但没上这儿来。要不是这会儿，我还当你也不见了呢。”

“罗宾汉呢？”

“没影儿啦。”

顶尖高手就这几个人。他原本以为那只牛蛙——弗吉尼亚——不逼他出卖巫师会是她退让了一大步，看来她其实没做出多少实质性的让步。牛蛙脸上凝固着一个看不见嘴唇的笑意，滑溜先生心想，不知是不是表示出她的扬扬得意。

“到底出什么事了？”

对方叹了口气：“您老还没注意到吧，现实世界里经济大萧条，人人都把责任推到我们这些网络破坏分子头上。

“——我也知道，单是这一点只能解释小巫消失的原因，可罗宾汉居然也不在了。老滑，照我看，咱们那帮老伙计要不然死了——我说的是真正意义上的死亡——要不然就是被吓坏了，担心只要一回另一层面，他们也会落个真正死亡的下场。”

这些话听来真是耳熟，历史好像重演了。“你这话什么意思？”

英国佬靠得更拢：“老滑，政府明显在大萧条的原因上撒了谎。他们说是一系列程序错误，加上破坏分子的活动，两者共同引发了网络故障。真实情况不可能是这么回事，咱们知道得一清二楚。没有哪个寻常破坏分子能引起这种大崩溃。就在大崩溃前一刻，我看了当时政府还剩下的数据库。干出这种事的人，能量可比破坏分子大多了。我还问过威利，或许该用‘审讯’这个词儿。我认为，发生的是一场该死的大战，现实世界的现状、这个层面的现状，都是这场大战造成的后果。”

“战争？谁跟谁打？”

“跟远比我高明的人物，他之于我，就跟我之于黑猩猩一样。这些人物，按我们的叫法是邮件人、埃莉斯琳娜，另外，有这个可能……滑溜先生。”

“我？”老滑紧张起来，对面的人是个潜在对手。他当即放出侦测程序，探查对方的通信线路。他眼下的力量虽说受到政府限制，但仍远高于任何普通大巫，理当轻易测出对方有多大能量。但英国佬的力量却像云雾般弥散开来，揣摩不透。滑溜先生说不清此人是否跟自己同属一个量级，事实上，他对英国佬的能量一无所知。这实在不是个好兆头。

英国佬好像没注意他的侦察。“我是这么想来着，但现在又说不准了。我敢肯定你被参战的某一方利用了，就像威利，或许还有唐一样。我现在才知道，你被某个人攥在手掌心里了。”他伸出手指捅捅蹲在滑溜先生肩头的黄眼睛牛蛙，一星威士忌溅上那东西的脸。弗吉尼亚——或者别的控制牛蛙的人——不知如何是好，牛蛙先一呆，这才回过神来，喷出一小股火苗。

英国佬大笑起来：“控制你的人没多大本事啊。我猜是政府。怎么回事？他们查出了你的真名实姓，还是你把自个儿卖给他们了？”

“这东西是我的一个熟人，黏糊。跟你一样，我也有几个徒弟。要是你怀疑我跟政府是一头儿的，为什么还要放我们进来？”

另一个人耸耸肩：“因为敌人的种类很多，老滑。从前我们管政府叫死对头、大敌。现在嘛，我得说，政府只是一帮小坏蛋中的一个。经过那场大崩溃之后，我们这些活下来的人更坚强、更大气，也不把这些事当成恶作剧了。我们现在招的门徒更有组织性，比起从前当然没那么好玩了。现在的巫师会里，说到叛徒，我们指的是真正的、生死攸关的背叛行为。

“这些都是必要的。事情发展到现在这个地步，如果我们小人物不保卫自己，就会被政府吞掉，或是被我更加害怕的、别的东西吞掉。”

牛蛙焦躁地在滑溜先生的肩膀上动来动去，他猜想得出，弗吉尼亚肯定已经准备好大发演讲，高谈阔论一番“只有人民遵纪守法社会才能长保太平”的大道理。他伸手拍拍牛蛙冷冰冰、疙里疙瘩的后背，现在可不是争论这些的时候。

“老滑，在这个地方你是最正直的一个。就算你不再是我们中的一员，我还是不会把你彻底看作敌人。你和你的……朋友当然会对我们这个集体有某种特别兴趣。这儿有些事你应该知道——如果你到现在还不知道的话。我现在帮助你们，也许有一天你们也同样会帮助我。”

滑溜先生感到政府对他的限制放松了些。弗吉尼亚准是说服了她的上级，说这样做有好处。“好吧，你说得对。确实有一场战争，敌人是邮件人。他打输了，我们正着手恢复。”

“嘿，我要说的正是这个，老伙计。我不觉得战争已经结束了。我承认，在政府所有程序空间里，邮件人的组件已经被炸了个粉身碎骨。但有的东西还活着，跟他差不多的某种东西。”他从滑溜先生脸上看出难以置信的表情，“我知道，你和你的朋友比我们中间任何人都更有威力。但我们人数更多，我指的不仅是巫师会，过去十周里我们发现了不少事情。迹象是有的，很小的迹象，照你们的话说只有一星半点。但就是这些迹象告诉我们，有某种跟邮件人相似的东西还活着。结构跟邮件人不太一样，但这种东西确实存在。我能感觉得到。”

滑溜先生点点头。他不需要别人向他具体解释那是一种什么感觉。

*真该死！如果政府没有把我拘得这么紧，我准能早在几周前就自己瞧出来了，不需要像现在这样，让别人告诉我，捡这种二手资料。*他的思绪又回到他们由上帝重坠凡间的最后几分钟，心中掠过一股寒意。他知道自己现在应该问什么，他有一种不祥的预感，担心对方的回答和他猜想的一样。他必须想个办法不让弗吉尼亚听到英国佬的回答。风险很大，但他还有几个安全署不知道的绝招。他沿着通向阿凯德和华盛顿特区的通信链接一路摸索，感应着一个个互联网络、一次次冗余核查。走运的话，下面几秒钟的信息他只消改动几百比特，监控者接到的将是动过手脚的信息。“照你看，这个还活着的东西，是谁在背后主使？”

“有一段时间我觉得可能是你。现在咱们既然见了面，我又……嗯……做了点测试。我知道你比以前强大得多，可能比我现在还强大，但还没强到超人的地步。”

“说不定我伪装得好呢？”

“有这个可能，但我不大相信。”英国佬即将吐出那几个最关键的字眼，滑溜先生必须对这些话做手脚。他开始改动通过牛蛙传输的信号中的冗余比特，如果监控者没有察觉这个骗术，他就能修改英国佬所说的关键字眼的前后记录。“不是你。我所说的这个东西有些地方很眼熟，让我想起咱们的老朋友罗——埃莉斯——宾——琳娜——汉。”他说出口的名字，也是滑溜先生听到的名字，是“埃莉斯琳娜”。而他神不知鬼不觉地插进了几百比特，牛蛙听到的、上报的名字变成了“罗宾汉”。

“嗯，有可能。他对权力一向很热衷。”这个“他”字让英国佬的眉毛微微一挑，再说，罗宾汉热衷的是网络破坏，而不是权力。黏糊的眼睛朝牛蛙的方向眨巴一下，滑溜先生不由得祈祷上帝，但愿黏糊配合点儿。“你当真认为他有邮件人那么危险？”

“谁说得准？那东西的分布不像邮件人那么广，自从大崩溃以来，咱们中间再也没有别人失踪。还有，我也吃不准这类东西是不是只剩下……他，说不定邮件人的原始版本还在。”

我想蒙骗的是谁，这你同样吃不准。对不对？

交谈又持续了半个小时。这是一场奇特的三方交锋，实际的参与者只有两个人。一方面，他和英国佬极力绕过牛蛙交换意见；另一方面，英国佬不断试图做出判断，说不定滑溜先生才是他真正的敌人，而牛蛙则是自己潜在的盟友。见他的鬼，滑溜先生自己都无力解开这个谜团。

黏糊陪着他走向吊桥。两人站在铺着雕花地砖的壕沟边缘又谈了一会儿。脚下的壕沟里，阿兰来回扑腾，提心吊胆地望着他俩。浓雾已化为细雨，护城河的熔岩不时发出嗞嗞嗞的喷气声。

黏糊英国佬点着头。滑溜先生盼望他明白了自己传出的信息：他将单枪匹马和埃莉一较高下。

“那好吧，希望这一次不是永别，老伙计。”

老滑向山坡走去，感到身后的英国佬目送自己远去，目光中带着同情。

怎么找到她？怎么才能跟她交谈，并且从中全身而退？弗吉尼亚毫不含糊地用死亡作为威胁，严禁他与埃莉在这个层面碰头。就算他成功地做到与埃莉交谈，他仍然是在拿自己的生命冒险。埃莉在滞后的那几分钟里做了些什么？她为什么骗他，让他先她一步返回尘世？当时他还以为她背叛他了，此后又将这个谜团抛诸脑后。现在，他再一次怀疑起来。发生在那几分钟里的事太复杂了，他无法理解。也许搏斗开始时她的力量被严重削弱了，这才把他骗回凡间？又或许她当时的力量还不够大，不够夺权？这可能吗？现在她又在缓慢地、秘密地蓄积力量，和当初邮件人的举动一样？他不愿意相信，他也知道，一旦弗吉尼亚知道他的疑虑，政府会当即下手，杀死她。绝不会有审判，甚至不会进行深入调查。

他一定得想个办法绕开弗吉尼亚，和埃莉面对面交锋——只要发现她成了新的邮件人，他会当场杀死她。*确实有个办法！*他差一点大笑起来。太简单了，简单到荒唐的地步。而且只有这个办法才行得通。各方面都注视着另一层面，注视着这个人人都手握魔法、手握权力的地方。他却要反其道而行之，从下面动手，在没什么魔法的现实世界里动手！

他还要最后使一招魔法以绕过弗吉尼亚。为了在现实世界与埃莉斯琳娜会面，这个魔法绝对是必需的。

他登上山脊，开始循路而下，走向沼泽地。虽说心里有事，但他的一举一动还是无懈可击。在这里守卫的精灵对离开城堡的人远没有对来的人警觉。来到那一簇湿漉漉的灌木丛，熟悉的红黑斑蜘蛛——也许是原来那只的表亲——荡了下来。

“小心，小心。”细细的声音道。从它腹部的金色斑点上，他看得出正确的处置方法：抬起左手，将蜘蛛弹开。滑溜先生没有这样做，他抬起右手，砸向蜘蛛。

蜘蛛一荡，向上升起，发出一声微弱的尖叫，接着向下一坠扑向滑溜先生的脖子。不偏不倚，正落在牛蛙身上。两只动物顾不上别的，在他颈背上抓咬起来。一个喷烟吐火，另一个毒液四溅，乱纷纷打成一团。滑溜先生一面伸手援救牛蛙，一面分出部分注意力，切进一条为蒙特利尔一家体育用品商店提供服务的数据线。商店里多了一份订单。当天晚些时候，一个十分特别的包裹将会被邮到波士顿国际火车站。

滑溜先生经过一番表演，赶走蜘蛛。牛蛙再度在他肩头蹲好。从牛蛙的模样来看，他可能骗过了弗吉尼亚。这个结果在他的意料之中，但想要骗过埃莉却困难得多，也危险得多。

普罗维登斯六月的下午如果都像这天一样，这里夏季的气温准跟地狱相差不远。罗杰·波拉克在市郊下了地铁，要抵达他找的那座通信塔，他不得不步行四百米。他的衬衫从腰带到衣领浸透了汗水，外套口袋里他从火车站取来的包裹沉甸甸地坠着，每走一步就在他腰边磕打一下，让他对正午的炎热更加不耐烦。

波拉克快步横穿反射着日光、晃得人两眼发花的水泥广场，走进高层建筑在正午阳光中投下的阴影里。在他身边，人流挤来挤去，对没有一丝风的湿热空气毫不在乎。看来人真是什么都能适应。

虽然这里是普罗维登斯市郊，建筑却没有波拉克所想象的那么破败。有点办法的工人早已成为依赖网络的远程上班族，住得离城市远远的。当然，居住在这里的人中也有很多在使用数据机，同样可以算作远程上班族。和家住远郊的人一样，这里很多人的工作地点离家也非常远。只不过和住在远郊的人有一点区别，这些人的薪水少得可怜（如果他们能找到工作的话），只得住在近郊公寓里，这里企业密布，他们只能依靠规模经济所提供的机会谋生。

电梯就在前面，波拉克绕开前面玩少年棒球的一群孩子，走上前去。电梯里人不多，他只扬了扬手，电梯便停在面前，他走了进去。

没有人尾随他，周围的人全都普普通通的，没什么人特别留意他。波拉克没有被这种假象骗到。从严格意义上来说，他并没有违反弗吉尼亚的命令，没有试图在数据网上和埃莉斯琳娜见面。他要见的是黛比·夏特利。当然，这差不多是一回事。他想象着特工们争执不休，最终决定让这两个没什么大法力的小神祇会面。在现实世界这个层面，联邦政府才是无人不知，无人不晓的上帝，威力无比。会有人密切监视他和黛比。即使这样，他终将想出办法，判断她会不会就是英国佬所发现的潜在威胁。如果她不是的话，政府永远不会知道他的怀疑。但如果埃莉真的背叛了所有人，自己取代邮件人的位置，或者跟邮件人联手，那么，几分钟之后，他们两人中必将有一人死去。

高速电梯停下，动作轻柔，让人难以察觉，只微微有点失重感。波拉克付清电梯费，走了出来。

二十五层的大部分是商场，他只好自己寻找通向二十五到三十五层居住区的楼梯。波拉克在商场里逛着，对整件事的感觉渐渐好了起来。*我到现在还好端端地活着*。埃莉真要是变成了英国佬和他滑溜先生所恐惧的东西，那么，不用等到现在这个时候，恐怕他早就出了点小小的“意外”。在横穿大陆的旅行中，他的心始终悬在嗓子眼儿里。他知道，如果谁拥有邮件人那样的威力，搞掉一架航班真是易如反掌，根本无须动用军队的激光武器。随便改改航线，动动空中交通管制信号，需要多少意外就能制造多少。但什么意外都没有发生。这意味着要么埃莉是清白的，要么就是她没有察觉他的行动（如果她真是新的邮件人，后一种可能性微乎其微。他已经不大记得自己短暂的上帝生涯了，只有一点他还清清楚楚地记得，那就是自己的全知全能：包容万物的同时对每件小事都洞若观火）。

楼梯原来在商场对面，有个破旧的标志，像过去高速公路上的指示牌：步行梯＞ 26 － 30。他打量着楼梯上污迹斑斑但大致还说得过去的地毯，觉得这地方还不算太糟。每个楼梯拐角处还有段走廊，让他回想起世纪交替时的汽车旅馆。当时他还是个孩子哩。地上几乎看不见什么垃圾，来往行人的穿着也不算敝旧，空气中也没有多少异味，只有一股淡淡的消毒剂气味儿。28355 单元，黛比 · 夏特利就住在那里，在这个住宅区里，那儿说不定还是个高档单元哩。他知道，那种单元房看不到外面的景色。或许埃莉斯琳娜——黛比——喜欢住在这种地方，跟许许多多各式各样的人住在一起。否则的话，以政府现在对她的兴趣，她乐意搬到什么地方就能搬到什么地方。

可当他来到二十八层后，发现这一层跟他见过的其他楼层毫无区别：暗淡的灯光下，铺着地毯的走廊一直向前延伸，好像没有尽头，两边是一个个一模一样的套间门。黛比（埃莉斯琳娜）竟然会住在这种地方，她到底瞧上了这地方的哪一点？

“站住。”三个十几岁的少年从楼梯斜面后跨了出来。波拉克的手不由自主地伸向他的外套口袋。帮伙的事儿他也听说过，这三个长得像无赖，穿着打扮倒是挺好，规规矩矩的。年纪最小的那个居然还扎了根辫子。看上去他们极力让自己显得专业。

个子较矮的一个把一块银质证章朝他一亮：“楼警。”波拉克想起自己看过的新闻：联邦城市管理委员会向年轻人支付佣金，雇他们维护城郊安全，“该项目既可节约资金与人员，同时又能给予城市年轻人一个机会，使他们对公民责任具有更加深入的了解”。

波拉克咽了口唾沫，最好还是拿他们当真正的警察看待。他掏出身份证给他们看：“我是外地来的，看望一个朋友。”

另外两个走近了些，矮个子笑了起来：“没错儿。但有件事儿，波拉克先生。山米手里的这个小工具说你违反了大楼管理条例。”波拉克左边那个人拿着个轻轻发出吱吱声的小圆筒在他外套前一扫，伸手从他外套里抽出那把小手枪，陶瓷制成，发射圆形弹丸，远足打猎最合适不过——同时非常容易避开大楼安装的武器探测装置。

山米低头冲着那把武器笑了。矮个子接着道：“有件事你不知道，波拉克先生，联邦法律规定，这类陶瓷武器手柄上必须嵌进一枚金属标牌。让它们易于检测。”他一面说，一面扯下那块标牌。波拉克怀疑，这几位恐怕不会把这件事向上汇报。

三人向后一退，给波拉克让出一条路。“就这些？我可以走了？”

少年警察笑起来：“当然。你是外地来的，不知者不怪嘛。”

波拉克朝走廊深处走去，那三个人并没有跟来。波拉克反倒觉得有些奇怪，莫非联邦城管委这项措施当真行得通？早在世纪交替的时候，像这样的三个半桩小子少说会抢走他身上的财物。现在这几个人的举动却像真正的警察。

*也许，他们是埃莉的手下。*这个新念头差点让他绊了一跤。或许这就是全面征服人类的第一批先兆：新的上帝自己打造一个全新的政府。而他，这个新政权最后的威胁，特蒙恩准，成为朝见胜利者尊容的最后一个人。

波拉克挺直腰背，加快步伐。反正到现在已经无法回头，他不愿露出半分怯意。再说，事已至此，早已不是他管得了的了。一念及此，轻松与欣慰的暖流注满全身。如果埃莉真是个魔头，他也无可奈何，连杀死她的尝试都不必了。如果她不是，他就会活下来，而他的生还便是证据，他再也不需要绞尽脑汁，想方设法测试她是否清白。

他现在步履匆匆。他一直希望知道，埃莉斯琳娜背后那个活生生的人长什么模样。这一番侦探工作他迟早会做。几周前他便搜索了罗得岛州的官方数据库，发现的东西没有多少：琳达和黛博拉·夏特利的住址是格罗温诺区4448，28355单元。公共数据库里连她们的“职业与爱好”都没有列出。

28313，315，317……

他的大脑兜着圈子，想象黛博拉·夏特利种种可能的相貌。当然不可能是她在另一层面中显示的那种绝代佳人，这种希望未免太过分了。其他各种可能性在他脑海中来往奔突。他掂量着每一种可能，希望让自己相信：无论她是什么模样，他都会接受。

最可能的是，她长得极其寻常，住在廉价城郊公寓里，省下钱来购买高质量处理系统，租用大批通信线路。也许她长得不好看，所以不愿在公共数据库里透露过多个人信息。

同样可能的是，她身患严重残疾。在他知道真名实姓的大巫中，这种情况他见得很多。这类人的医疗福利金比普通人多，他们的余钱都用来购买跟自己疾病有关的设备，这些疾病可能是截瘫、四肢瘫痪、感官障碍，等等。本来，这些人在职场上与常人一样有竞争力，但传统的歧视将他们隔绝在正常社会之外。于是，很多这样的人退进了另一层面，在那里可以随心所欲彻底改变自己的外貌。

还有一些人没有别的原因，就是不喜欢现实世界。这种情况古已有之。他们向往另一个世界，情愿永远生活在那个世界，乐不思蜀。波拉克推测有些卓越的大巫就是这种类型。这种人心满意足地住在便宜的公寓楼，所有金钱都用来购买处理系统和生命维持系统，一次能在另一层面逗留好几天，从来不移动、不运动他们处于现实世界里的肉身。他们的技艺越发娴熟，知识日益渊博，其肉身却渐渐萎缩。波拉克能够想象出这样一个人最终走向邪恶，取代了邮件人的角色。就像一只一动不动盘踞在蛛网中央的蜘蛛，以全人类为猎物。他想起从前，埃莉得知他从来不使用药物以增强注意力，使自己在另一层面的逗留时间更长，当时她的态度极其轻蔑。波拉克不由得打了个冷战。

最终，28355 这个号码冷不防地出现在他面前的墙上。暗淡的走廊灯给墙面镀上了一层青铜色。他的意识长时间游荡于恐惧与希冀两极。终于，他伸出手，按响门铃。

十五秒钟过去了。附近走廊里没有别人。他用眼角的余光瞥见那三个“警察”在楼梯边懒洋洋地踱来踱去。一百米外的另一头发生了一场争执，争吵双方转过拐角，声音消失了。现在只有他一个人，立在一片寂静之中。

咔的一声，门的一小块地方化为透明，单元房里打开了一扇窥视窗。窗内那人不可能是黛比或琳达·夏特利。

“谁呀？”声音很微弱，因为年龄关系有些嘶哑。波拉克望见门里有个女人，个头只到门内扬声器的高度。白发稀疏。他只能望见她的头顶，那一片头发特别稀少。

“我……我找黛比·夏特利。”

“我的孙女呀，她上外头买东西去了。就在下面的商场，我想。”她动了动脑袋，好像心不在焉地点着头。

“哦，你能不能告诉我——”黛博拉，黛比。他蓦地想起，这是个非常老派的名字，更像老奶奶的名字，不像是哪个孙女儿的。他朝门口迈进一步，从窥视窗上往下看，能看到门内人的大半截身子。那女人穿着老式裙子、宽松上衣，衣服上织着几道耀眼的红线。

波拉克猛推纹丝不动的大门：“埃莉，求求你，让我进去。”

窥视窗合上了。过了一会儿，门慢慢打开。“好吧。”她的声音很疲惫，认输了，全然不似胜利女神的欢呼。

屋里的摆设很朴素，显示出良好的品位，除了一点：红色之上堆叠着红色，有些艳得过分。波拉克记得自己在什么地方读过，上了年纪的人对色彩的感觉渐渐钝化。在埃莉斯琳娜背后这位活生生的人看来，这间房子里的色彩可能很柔和。

老妪拖着步子走过窄小的起居室，招呼他坐下。她很单薄，弯腰曲背，走起路来小心翼翼、颤颤巍巍。他注意到，房间窗台下放着一台做工精湛的GE处理系统。波拉克坐了下来，发觉自己有点不敢看她的脸，目光不由自主地望向她脸的上方。

“老滑呀——或许我该叫你罗杰——你总是带点傻头傻脑的浪漫劲

儿。”她顿了顿，喘口气。也许她的思绪游荡到别的什么地方去了。“我本来以为你更聪明点儿，不会找到这里来。”

“你……你是说，你不知道我来了？”知道这个，他胸口轻松了不少。

“进大楼之前我不知道。”她转过身，小心地坐在沙发上。

“我非来看看不可，看你是个什么样的人。”这是真话，“经过上个春天，除了你我，这世上再也没有跟咱们一样的人了。”

她的脸皱了起来，现出一丝笑意：“现在你终于发现咱们之间有多大差别了。我本指望你永远也别发现，将来，他们会让咱们在另一层面重新碰面……但话说到底，其实这也没多大关系。”她停下来，摸了摸鬓角，好像忘了想说什么话，又好像突然间想起了别的什么。

“我从来不是你见过的埃莉斯琳娜的样子。当然了，我个子不高，头发也从来没有红过。但我也没有像可怜的威利一样，把一辈子花在卖人寿保险上。”

“你……你肯定从刚有电脑时就……就……”

她又笑了：“差不多，差不多吧。高中毕业时，我是个键控打孔机操作员。你知道键控打孔机是什么吗？”

他犹豫不决地点点头，脑海里浮现出某种机器压床的形象。

“那种工作没什么前途，那个时候，如果你不是自己奋斗另谋出路，他们就让你一辈子操作键控打孔机。我奋斗过，尽自己的努力，以最快的速度考上大学，有了这段经历，我总算可以说自己从电脑的石器时代起就干这一行了。大学毕业后我就再也没有回顾以前的生活，前面总有那么多的事不断发生。20 世纪 90 年代，我参与设计过反弹道导弹的控制系统。最初我们那一整队人马，还有整个国防部，都是用最原始的语言为那个系统编程，那种搞法需要上千年时间才能完成。最后他们也明白了。是我让他们抛弃了旧语言，用新的大脑扫描的互动手段编程，现在被称为脑关编程。有时候……有时候我想为自己鼓鼓劲儿，我就想，如果没有我，反弹道导弹系统就不能成功，千百万人就会因此送命，我们很多城市现在早被炸成了一片结晶体。

“在这期间我还结过一次婚……”她的声音渐渐小了下去，她微笑着，陷入波拉克无从知晓的回忆里。

他打量着这间单元房。除了那台处理器，还有设施还算齐全的小厨房，此外再没有别的奢侈品。她的钱肯定都花在了设备上，还有这样一套能看到外面风景的房子上。在格罗温诺区林立的高楼之外，他看到一片通信塔。那就是春天里他们最后关头的救星。他的目光转回她时，发现她正专心致志地望着他，脸上的表情好像觉得这一切挺好玩的。这种表情他很熟悉。

“你肯定在想，像我这么一个白日梦型的人怎么会成为你在另一层面认识的埃莉斯琳娜。”

“哦，不。”他撒谎道，“我觉得你的思维非常清晰。”

“清晰，这倒是。感谢上帝，我的头脑还算清醒。但不需要别人告诉我，我自己知道，我已经不能像过去那样，连续长时间思考了。最近两三年里，我发现自己时常走神，不知不觉就想起从前的事来，还往往是在最不应当的时候走神。我有一次中风，就连‘现代医疗技术的奇迹’也帮不上什么忙，能告诉我的只有一点，那次中风绝不会是最后一次。

“但在另一层面，我可以弥补我的缺陷。注意力中断很容易被大脑扫描发现。我编了一个程序包，能备份三十秒内的思维活动。只要大脑扫描发现注意力分散，程序立即运行，载入最近一次记忆备份。在绝大多数情况下，这种方法让我的注意力比以往任何时候都更加集中。如果注意力分散的情况过分严重，程序包还可以插进几秒钟的空当。你可能也注意到了，不过多半误以为通信条件不好。”

她把一只干瘦的、青筋绽露的手伸向他。他用自己的手握住它，这只枯干的手非常轻，几乎没什么重量。但这只手回应着他的握力：“真的是我呀。我是埃莉，在我的内心深处。是我呀，老滑。”

他点着头，嗓子里有点哽咽。

“我还是个孩子时，有一首歌，好像是说哪怕我们到了耄耋之年，也只是上了岁数的孩子。说得对，太对了。在我的内心，我觉得自己还是个年轻人。但在现实这个层面里，没有人能看出来……”

“但我知道，埃莉。我们是在另一层面彼此了解，我真正了解你这个人。我们两个，在另一层面，我们能充分实现自我，在现实中却永远不能完全实现。”这些话千真万确。在联邦政府强加于他的重重束缚下，他简直难以理解自己当初在另一层面的所作所为。回到现实世界之后，发生在春天里的那一切仿佛是一场捉摸不定的春梦。一条鱼怎么可能想象坐在飞机里的人所体验的东西，他的感受有时就像这样。这些感受他从来没有告诉弗吉尼亚和她的朋友，他们肯定会以为他发了疯。身处于现实世界，怎么可能体验当大巫时的感受，而他们在春天那片刻时光里所体验到的一切却又远远高于任何大巫的感受。

“是啊，我也觉得你能够真正理解我，老滑。我们将永远是……好朋友，只要咱们肉身尚存。等我不在人世——”

“我会记住你，我会永远记住你的，埃莉。”

她笑了，又捏了捏他的手：“谢谢你。但我现在想的不是这个……”她的目光又散开了，“我想出了邮件人是谁，我想告诉你。”

波拉克想得出弗吉尼亚和那伙监听者一下子聚到他们的监听设备前的样子。“我希望你查出了些什么。”接着他把黏糊英国佬所说的情况告诉了她：系统中仍然存在与邮件人相类似的程序。他出言很谨慎，他知道听众不止眼前这一位。

埃莉——即使到现在他还是无法将她看作黛比——点着头："我也一直在注意巫师会的情况。这几个月里他们成长了起来。我觉得他们对自己的使命理解更深了。这要是放在过去，英国佬警告你的这些情况他们根本不会留意。但是，老滑，他发现的不是邮件人。"

"你怎么能确定，埃莉？我们杀死的只是他的服务程序和模拟器，就是唐·迈克那种。他的真名实姓我们一直没有查出来。连他究竟是个人还是科幻小说中的外星异物都不清楚。"

"你错了，老滑。我知道英国佬发现的是什么，我也知道邮件人或者曾经的邮件人是谁。"她的声音不大，但坚定自信，"邮件人只不过是电脑时代一个老掉牙的陈词滥调，也许放在整个科学时代里都算是陈词滥调。"

"啊？"

"在另一层面里你见识的类人模拟器够多的了，比如唐·迈克，至少邮件人将原型程序改编后他就成了个模拟器。唐做得非常好，能骗过一般大巫。连巫师会那个守门怪兽阿兰都可以表现出许多人类情感，还挺狡猾的。"波拉克想起现在的阿兰，怒气冲冲，让人不寒而栗。现在成了个大有面子的怪兽，再也不穿有损它尊严的图灵T恤了。"可就算这样，你肯定觉得自己不可能那么长时间居然识别不出一个模拟器，对不对？"

"等等。难道你想告诉我邮件人只不过是个模拟器？那个时间滞后的把戏就是为了隐瞒这一点？这太荒唐了。你也知道，他的威力之大，远超过人类，跟我们自己成长之后相比也差得不远。"

"还是那句话，你觉得模拟器能骗过你吗？"

"老实说，不可能。只要跟这类东西交谈相当长一段时间，它们总免不了重复，露出缺乏灵活性的马脚。也许今后会出现能通过图灵测试的程序，我不知道。但人的本质，使人之所以为人的东西，极其复杂。靠模拟不可能做得出来，因为人不仅仅有外在表现。一个程序如果想做出人的反应，它要调用的数据库将大到无可比拟的地步，就算有这种数据库，还有个根据它做出运算的处理器的问题。以我们现有的处理器，根本不可能依靠它与外部世界实时互动。”一个念头忽地闪过，他有点明白了她的想法。

“这就是关键，老滑。如果你想要的是实时互动。但邮件人——那个感知外部世界，与我们对话的组件——从来没有实时运行。我们从前以为它的时间滞后是通信方面的延迟，表明操纵者位于我们这个星球之外。实际上，它自始至终都在现场。只不过它需要数小时运算才能维持哪怕几秒钟的自我意识。”

波拉克张开嘴，却发不出声音。这种想法与他的全部直觉相悖，甚至为他的宗教观念所不容，但它的确有一丝道理。邮件人曾经控制着无比巨大的资源，它的全部快速反应都是通过类似于唐·迈克这种模拟器和普通程序表现出来的，但作为人，其直接表现却只有打印机上打出来的对话——时间滞后长达数小时。

“好，纯粹从理论上探讨，我们先假定有这个可能。但邮件人的原型一定是某人在某时写出来的。这个人是谁？”

“还能有谁？政府呗。时间大约是在十年前。当时国安局的一个研究小组想开发一个自动化的防御体系。这些人真是绝顶天才，但还是搞不出能实际运用的系统来。他们写了个内核程序作为开发工具，这个程序本身并没有什么威力，也不存在自觉意识。其设计目的就是让它在大规模系统中生存，逐渐成长，一步步蓄积力量，获取自我意识，也就是独立性——不受一时政策的干扰，也不受操纵系统的人可能犯下的错误的影响。

“程序设计者后来认识到这个系统可能发展成新的弗兰肯斯坦，具有掉头反噬的能力。至少，他们看出它是他们个人权力的威胁。于是取消了项目。再说这个项目也确实过于昂贵。但这个核心程序却继续缓慢生长，一步步吞食大得令人难以置信的数据空间。”

“你是说，某个人顺手把一份程序拷贝扔进网络，任由它生长，自己却一无所知？”

她仿佛没听出他嘲讽的语气：“这并不是特别难以想象的事。搞研究的人中有很多人相当粗心，只要不是他们眼下的研究焦点，他们就看不见。我在国防部时，研究小组就把数千兆数据‘遗失在了数据库地板缝里’。在那个时候，几千兆可是个相当大的数字。那个核心程序不会太大，我的猜测是有一份拷贝被遗忘在了系统里。别忘了，那个核心程序的设计意图就是要它不需照料，独自成长——只要它开始运行。这些年里它慢慢成长起来，一方面是因为它天生有成长发展的趋势，另一方面是因为它生长其间的网络日渐发达。”

波拉克跌坐在沙发上。她的声音又小又弱，完全不同于他记忆中另一层面里埃莉斯琳娜热烈、浑厚的声音，但那种无可争辩的权威性却是相同的。

黛比——埃莉斯琳娜——那双无神的眼睛在四壁间游移不定，她像在梦中一般道：“知道吗，他们那么害怕，他们是对的。他们的时代结束了。就算没有我们，还有英国佬、巫师会——总有一天，大多数人也会拥有那种让他们恐惧的力量。”

*该死！*波拉克一时说不出话来。他极力想说点什么，缓和埃莉话中那层会让监听者感到大受威胁的意思。*安全署永远不会让我们两人不受监听、自由交谈，难道她不明白？难道她不知道联邦政府那些大头头儿*

现在会有多害怕吗？那些人巴不得有个扣下扳机的理由呢。

还没等他想出话来，埃莉的目光又转回他脸上，看出他惊恐不安的神色，她笑了。她那只小手拍了拍他的手：“别担心，老滑。联邦政府在监听不假，但他们听到的只是咱们抱头痛哭闲聊天：你克服了发现我的真面目后的失望情绪，我则尽力安慰我们两个，等等。他们永远不会知道我在这儿真正跟你说的是什么，他们永远不会知道那几个孩子拿走你的枪的事。”

“什么？”

“你瞧，我说了点谎话。我知道你为什么来，我知道你以为我可能是个新魔头。但是现在，我不想再对你撒谎了。本来你大可以把怀疑告诉政府，你却情愿自己冒生命危险来发掘真相。”趁他目瞪口呆，她接着说道，“你想没想过，春天里我们投诚后最后几分钟我做了什么？当时我在另一层面有意落在你后面。

“我们摧毁了邮件人，这一点千真万确，就在那片我们没弄明白的数据空间里，我们把那些代码搅了个乱七八糟。但我确信，这里那里，还残存着那个核心程序的其他拷贝，就像系统的癌细胞一样除之不尽。但是，只要它一露头，我们就能消灭它。

“看到那片数据空间时，我猜出了这一切。我有足够时间研究剩下的数据，甚至追根溯源，直查到最初那个研究项目。可怜的邮件人哪，那个小家伙，一副科幻小说里的怪物模样，其实它做的不过是人家原本设计时让它做的那些事：接管系统，保护系统，使它免遭任何人破坏，包括系统的拥有者。我猜想它最后会公开自己的身份，再用核武器威胁，让整个世界老老实实。它这个程序已经运行好多年了，真正获得人类一样的自我意识不过只有十五到二十个小时，接着便被我们杀死。程序人格化的速度就有这么慢。它从未达到我俩控制系统时那种意识高度。

“但它确实生长出了自我意识，这就是它的大成功。在那最后几分钟里，我想出了办法，可以改变其基本内核，接受人格特征的输入……我真正想告诉你的就是这个。”

“那，英国佬发现的是——”

她点点头：“是我……”

她笑了起来，笑得很开朗，又夹着一丝狡黠，是他极为熟悉的笑容：“伯特兰·罗素老年时可能也跟我现在一样，有点头脑不正常。说什么要把他的头脑和关注焦点剥离自己的身躯，撒向广阔世界。这样一来，即使他的身体死去，他也毫不在意，因为他的全部意识早已融入身体之外的全世界。

“对他来说，这当然完全是一厢情愿的空想。可我不同。我的核心程序在身体之外，存在于系统里。每当我进入系统，我就把自己的一部分输入给它。那个核心正成长为真正的埃莉斯琳娜，这个人同时也就是我，是真正的我。等这具躯壳死亡的时候，”她的手紧紧握住他的手，“即使这具躯壳死亡，我还会继续存在，那时候你还是可以和我聊天，跟现在一样。”

“用和邮件人交谈的方式？”

“最初也会同样慢，可是，等我设计出更快的处理器……

“所以，从某种角度上来说，我的确就是你和英国佬所害怕的那个东西。现在你还有时间可以阻止我，老滑。”他感觉到她正静候自己的裁决，这也是人类最后一次有机会将自己的裁决加之于她。

滑溜先生摇摇头，冲着她笑了。他想着那个行动迟缓的护卫天使，总有一天，她会成长为那样一个天使。猛然间他意识到，*每一个种族终究都会发展到这个程度*。几年甚至几十年后，这个种族是备受奴役还是走向辉煌，其前景终究会取决于一两个人。本来可能是邮件人，结果是埃莉斯琳娜。感谢上帝。

几十年之后，再以后呢？波拉克恍然大悟：处理器的速度越来越快，存储空间越来越大，今天需要集中全球资源才能获取的能力，未来将为每一个人所拥有。其中包括他自己。

几年、几十年、上百年之后……是千年盛世，和埃莉。

后记

马文·明斯基

这本献给“新时代的教父”马文·明斯基的书，只是明斯基在新技术、新概念发展中起到的巨大作用的微薄谢意——也许最重要的是看世界的全新方法。长期以来，他一直被当作“人工智能之父”。他的这个称号来自他的研究、他的写作，以及他在麻省理工学院人工智能实验室的工作。他是实验室的联合创办人，在这里，他不仅促进了新技术的发展，还培养了许多富有首创和革新精神的科学家。这些科学家中有很多都是他的学生。这并不代表他的影响力只局限于那些与他直接合作的人，事实远非如此。四十年来，他远见卓识的工作一直是无数人工智能领域和相关领域的工作者的灯塔。

正如弗诺·文奇在引言中所提到的，在人工智能领域科幻小说主题上，很多关于它的新颖且富有洞见的见解都源自明斯基。在《真名实姓》首次出版几个月后，明斯基在一年一度的美国科幻星云奖宴会上发表了演讲，他演讲的主题就是《真名实姓》。他的演讲如此雄辩、清晰，当策划蓝鸟图书版本的《真名实姓》的时候，最适合为本书撰写后记的人选，我们最先想到的便是明斯基。

以下是最初的“后记”，最早写于1983年。时至今日，它仍然毫不过时，它的内容似乎完全适合为本书画上句号。

在现实生活中，你经常需要处理一些自己无法完全理解的事情。你开着车，却不知道它的引擎是如何工作的。你坐在别人的车里，却不知道司机是怎么工作的。最奇怪的是，你有时自己开车去上班，却不知道自己是怎么工作的。

对我而言，《真名实姓》的意义在于我们如何处理我们不理解的事情。但是，我们怎么能从一开始就理解一切事情呢？我认为，通常是使用这样或那样的方式进行类比，以此来假装我们看到的每个陌生事物就像我们已经知道的东西一样。当一个物体内部的运作方式太奇怪、太复杂，或让人不知道如何直接处理时，我们就会提取它行为中任何可理解的部分，用熟悉的符号，或是我们认为与之相似的熟悉事物的名字来表现它们。这样，我们让每一个新事物至少看起来像是我们从自己过去的世界中所知道的东西。使用符号是一个伟大的想法，它让我们的头脑将这个陌生事物转变为平凡事物。使用名字也是如此。

从一开始，《真名实姓》就给我们展示了这一想法的多种形式，用符号、名字和图像来创造一个跟我们先前的世界一样的新世界。还记得文奇的城堡的门吗？想象一下，设计师发明了一种从一个地方移动到另一个地方的新方法：这一设计在某种程度上发挥了门的正常功能，但其形式和机制完全超出我们过去的经验，我们看着它绝不会想到它是一扇门，更猜不到它的用途。不要紧，只要在其表面附加一些装饰就会让人想起门。我们可以赋予它矩形的形状，或添加一个齐腰高的旋钮，或是安上一个带有红色或白色字样的“安全出口”推板，或是做任何看上去合适的事情——地球上的每个参观者无须刻意思考就会知道这扇假门的目的，以及如何实现它的用途。

乍一看，这似乎只是一种骗人的把戏；毕竟，我们把我们的新发明布置成了门的样子，但其实它并不是门。它毫无我们通常所预期的门的属性：铰链、摆动的木板、嵌在墙内。内部细节都是错误的。名称和符号就像类比一样，仅仅是一部分真相。它们通过对不同事物进行同样的描述，去掉所有在当前环境中看似最不重要的细节，即那些与我们的目标最不相关的东西。但是，在使用这种东西的时候，无论我们选择什么样的符号或图标、标记或标志，都应该让我们想到我们寻求的东西——对于这个并非真正意义上的门，应该代表从一个地方到另一个地方的某种方式。谁会在乎它是如何工作的，只要它能起作用就行了！甚至连那扇“门”通向什么地方都无关紧要：在《真名实姓》中，没有什么通向任何地方，相反，主人公的身体从来不动，而是在程序改变模拟现实的表现形式时一直保持着联网的状态！

讽刺的是，在《真名实姓》所描述的世界中，那些表现确实从一个地方移动到了另一个地方，但只是因为完成这一工作的计算机程序可以被发送到全球网络链接的任意地方。尽管如此，对于网络内的居民来说，所有这些都无关紧要而又难以察觉，因为计算机本身的物理位置在它们模拟的世界里通常都不代表任何地方。只有在小说的最后行动中，那些半模拟的人最终不得不保护自己免受完全模拟的敌人的攻击时，程序才必须跟踪他们思维计算机的踪迹，然后他们便使用普通的手段，比如军事地图和地理图表。

奇怪的是，这也是普通大脑内部的情况：它也缺乏任何真正意义上的位置感。可以肯定的是，大多数受过教育的现代人都知道，思维是在头脑中进行的，但这是在被告知之前，没有人知道的东西。事实上，如果没有教育的帮助，人类根本就不知道大脑中存在这样的东西。也许我们倾向于把思维的位置放在脸的后面，因为脸是许多感觉器官所在的地方。但即便这种印象也不完全正确，例如，大脑的视觉中心远离眼睛，在大脑的后部，一个未受过教育的人是想不到它们在这里的。

无论如何，关键的一点是，《真名实姓》中的图标不是用来代表真相的，即指定对象或程序如何工作的真相，这恰恰不是图标的作用。相反，图标的目的是表示一个对象或程序可以使用的方式。而且，由于使用的想法位于用户的脑海中，与它所代表的事物无关，所以图标的形式和图形必须适合用户在自己的成长中获得的符号。也就是说，它必须与一切心理过程联系起来，这种心理过程是表达意图最流畅、最具表现力的工具。这就是罗杰代表观察者的方式与他大脑习得的代表青蛙的方式相同的原因。

这种选择符号和图标来表达实体功能的原则——更确切地说，用户对它们的预期态度——已经成了早期快速交互计算机系统设计师的第二天性。这些系统即早期的电脑游戏，它们正是弗诺·文奇小说主要背景另一层面的祖先。20 世纪 70 年代，“图标要有意义”的概念由施乐公司艾伦·凯研究小组提出来，用于个人计算机，但就在20世纪80年代初，经过苹果电脑公司的史蒂夫·乔布斯研究团队的进一步工作，这一概念进入了计算机革命的主流，融入了麦金塔电脑中。

在同一时期，也有一些鲜有人知的尝试去开发图像的表现方法，不是程序做什么，而是程序如何工作。这对于不同的企业来说是很有价值的，因为它使程序员更容易从旧程序中开发出新程序。总的来讲，这些尝试并没有那么成功，也许是因为人们要被迫深入研究这些程序工作原理的细枝末节。但是这些困难太过短暂，不足以影响文奇的愿景，因为有证据表明，他认为今天的编程方式——使用呆板、毫无表现力的语言——只能是未来伟大编程的早期阶段。

正如我们所了解的，编程时代已经时日不多。我们将不再使用细致但概念贫乏的程序规范来构建大型计算机系统。相反，我们应该更好地用语言、手势或例子来表达我们的意图，至少像我们用来表达愿望和信念的日常方式一样丰富。然后，这些表达将会提交到巨大的、智能的、可以理解意图的程序中，程序自行构建实际的新程序。我们无须理解计算机代码运行原理的所有微小细节。所有这些都将留给那些伟大的通用程序，它们会运用我们赋予的低级编程艺术，去执行那些艰巨的任务。然后，一旦我们学会了用更好的方法来告诉计算机我们希望它们做什么，我们就能回到更熟悉的领域来表达自己的需求。**因为，最终没有用户真正关心程序是如何工作的，他们关心的只是程序所做的事情，即对其所关注的其他事情可理解的影响。**

然而，为了实现这一目标，我们必须发明并学会使用新技术来“表达意图”。为了做到这一点，我们将不得不放弃只能描述过程的旧编程语言，尽管它仍在发展之中。这可能比听起来要难得多。因为，我们很容易就会说，我们想做的只是用更熟悉的表达方式来说明我们想要发生的事情。但这带来了一些非常严重的风险。

第一个风险是，这让我们暴露了自欺欺人的后果。当人们编写程序、写文章或者做任何事情的时候，他们总是容易对自己说：“我知道我想要什么，但我无法完全表达清楚。”然而，这个概念本身就反映了一个过于简单化的自我形象，它认为“自我”以简单纯粹的实体形式存在于个人思维中心的某处（打个比方），并且有着简单纯粹的愿望、意图和目标。这种前弗洛伊德式的形象为我们经常出现的矛盾心理提供了借口。我们说服自己，澄清我们的意图仅仅是把内在自我与外在自我之间的输入输出通道弄清楚而已。问题是，无论我们多么希望自己是这样做的，但实际上我们都绝非如此。

当我们试图逃避理解自己的愿望如何实现这个责任时，我们就会面临另一种风险。无论我们是否进行编程，我们都可以选择任何我们可以选择的方法，这总是很危险的。因为，我们得到期许结果，可使用方法的选择范围越大，我们就越容易遭遇潜在的事故。我们可能没有意识到，或许意识到的时候已经为时已晚，我们的目标被曲解了，甚至可能被恶意曲解了，就像经典故事《浮士德的命运》《魔法师的学徒》或《猴爪》（W.W. 雅各布斯）所描述的那样。

然而，当我们这些贪婪、懒惰、善于思考的人最终迈出最后一步时，终极的风险就到来了：设计目标导向的程序，它会通过学习和自我进化来增强自身能力，从而使自己变得越来越强大。这样做是很诱人的，不仅仅是为了获得力量，也是为了在考虑和制定目标的过程中减少自身的努力。如果一个精灵给了你三个愿望，你的第一个愿望不会是“请告诉我，我最需要的是什么”！问题是，有了如此强大的机器，哪怕是因粗心设计导致的最轻微事故也需要他们把自己的目标放在我们之前，或许是出于保护我们免受自己攻击的善意目的，如杰克·威廉森的《束手无策》（*With Folded Hand*）；或许是保护我们免受未知敌人的攻击，如D.H. 琼斯的《巨无霸》（*Colossus*）；或如阿瑟·克拉克的哈儿那样，我们建造的机器认为我们不足以完成我们自己提出的使命；或如弗诺·文奇的邮件人，它通过电传打字机发送信息，因为它无法抽出时间乔装掩饰肉体，而这一切仅仅因为这台新机器有自己的动机。

现在，《真名实姓》结局提出的最终也是最危险的问题是什么呢？在小说结尾部分，人类用户开始在机器内部构建一个更大的自我，这真的可能吗？类似的事情是可以想象的吗？如果是这样的话，那么那些模拟电脑人在任何意义上都和他们之前的真实人类一样吗？它们真的是那些真实人类的延伸吗？或者它们仅仅是一种新的、人造的、类人的东西，仅仅是通过某种结构上的巧合让它们像其原型而已？如果老年埃莉斯琳娜的模拟器强大得无法想象，此时依然可以获准留在比天国还要豪华的新住所，将会如何？如果我们继续假设，她一旦到了那里，仍然倾向于与罗杰分享——因为没有续集会少了浪漫色彩——这两个强大的实体彼此相爱了会如何？尽管如此，人们还是要问，那些超级生命与他们所基于的人有什么共同之处呢？为了回答这个问题，我们必须更仔细地考虑这些人之前的情况。但是，既然这些不是真实的人物，而是作者臆造的，我们最好还是思考一下我们自己的本质。

现在，一旦我们开始询问我们的自我，便也不得不去问这一切是如何工作的——在我看来这是笑话中的精华，因为在每一个正常人的头脑中，的确有一个特定的部分，我们称之为“自我”——但它也使用符号和代表，很像精神世界中的那些玩家使用的神奇巫术，用来在他们的终端实现他们的愿望。为了解释人类意识运作的这个理论，我就简要地说一说我即将出版的书《心智社会》（*The Society of Mind*）中的一些观点。从几个方面来说，我对人类大脑中发生的事情所展开的想象，类似于文奇的想象：“另一层面”的玩家通过使用表面的符号标志控制我们不完全理解的一系列系统，把自己链接到他们的计算机网络中。

每个人都知道，人类对内心世界的了解比对外界的了解要少得多。我们知道普通物体是如何运作的，但是对大脑中伟大计算机的运作原理却一无所知。我们可以思考，却不知道思考的意义是什么，这难道不奇怪吗？我们能得到想法，但却不能解释什么是想法，这难道不奇怪吗？我们了解朋友胜过了解自己，这难道不奇怪吗？

再想想，当你开车的时候，你操纵着一辆动力巨大的汽车，却不知道它的引擎是如何运作的，也不知道它的方向盘是如何引导车辆向左或向右的。然而，当你想到它的时候，难道不是在用同样的方式来驱动自己的身体吗？你只是让自己朝一个特定的方向行动，对于有意识的思考而言，这就像转动一个心智方向盘。你所意识到的只是一些笼统的想法——是时候走了：门在哪里？——其他的一切就顺其自然了。但是，你有没有考虑过简单行动中的复杂过程？例如，当你走路时，改变你前进方向的过程是怎样的？这不仅仅是在一侧迈一大步或一小步的问题，就像划船改变航向时一样。如果这就是你走路时所做的一切，你就会一头栽倒在转弯的外侧。

试试这个实验：在转弯的时候仔细观察自己，你会发现，在你开始转弯之前，你会预先提示自己；这时你开始向转弯的内侧倾斜，然后，当你迈出自己的下一步时，你最终会走向不同的方向。当我们更仔细地研究这个问题时，一切都变得极其复杂：数以百计相互关联的肌肉、骨骼和关节一起同时控制，这些交互程序让运动科学家几乎无法理解。然而你的所有意识心智需要做的，或者说需要想的，是“往那边走！”——假设谈论意识心智像思考任何事情一样是有意义的。就我们所能看到的而言，我们操纵身体内部巨型机器的方法，不是通过使用建立在了解基本机制运作原理基础上的、具有洞察力的技术方案，而是通过象征、标志和符号——这些都和文奇的魔法一样稀奇。这甚至让人怀疑，通过向被我们精神奴役的无助人群施展魔法来达到目的是否公平。

现在，如果我们再稍稍向前一步，我们就会发现，正如我们不假思索地走路一样，我们同样不假思索地思考！换言之，我们只是随意利用那些做脑力劳动的代理机构。假设你遇到了一个难题，你想了一会儿，然后找到了解决方案。也许答案瞬间出现在了你的面前，你有了一个想法，然后说：“啊哈，我知道了，我要这样做。”但是，如果有人问你是怎么做到的，你是怎么找到解决办法的，你根本不知道如何回答。人们通常只能这样说：

“我突然意识到……”

“我刚刚想到了这个主意……”

“我突然想到……”

如果我们真的知道思维是如何运作的，那么我们就不会那么频繁地按照自己毫不怀疑的动机行事了，也不会有各种各样的心理学理论。当被问到是如何想到好主意时，为什么我们的答案会沦为肤浅的生殖隐喻，去谈论“怀上”“孕育”，甚至“分娩”想法[1]？我们甚至谈到“咀嚼”或“消化”——仿佛思维在头脑以外的任何地方。如果我们能看到思维深处，我们肯定会说出比“等等，我正在想”更有价值的话。

人们经常告诉我，他们绝对确信，任何一台计算机都不可能有知觉、意识、自我意志，或是任何“感知”自己的方式。当我问是什么让他们确信自己拥有这些令人钦佩的品质时，他们常常感到震惊。他们的回答是，如果他们确信某件事，就会说“我知道——所以我知道”。

然而，这样的信念究竟意味着什么呢？从字面上来看，由于“自我意识”应该是在人的思维中进行的一种意识，那么没有哪个现实主义者可以长久认为人们真的有很强的洞察力。

我们清楚地感知到自我意识，我们有各种发生在内心的事情的能力，这难道不值得注意吗？事实上，这方面的证据苍白无力。的确，有些人似乎特别善于评估他人的态度和动机，我们有时称之为“洞察力”。有些人甚至有时会对自己做出很好的评价。但这并不能证明我们使用诸如“洞察力”或“自我意识”这样的名字来描述这种能力是正确的。为什么不干脆叫它们“人的眼光”或“人的意识”呢？我们真的有理由认为，这些技能与我们学习其他东西的方式有很大不同吗？我们不应该把它们当成“看到”，而是正相反：只是一种“搞明白”的方法。也许我们对自己的了解方式和对非自我之物的了解方式是一样的。

事实上，我们所谓的“自我意识”只是整个心智的一小部分。它们

1 原文用到 conceive，gestate，give birth to 等词，有“怀孕”“孕育”“生孩子”的意思。

通过构建自己的模拟世界来工作。相比于外部的现实世界，或者是大脑内部巨大的计算机系统——今天没有人可以假装理解这个系统，这个世界大大简化了。我们的模拟意识世界是一个简单的魔法世界，其中的每一个想象的物体都被赋予了意义和目的。想想看，你几乎很少会看到不用于敲打的锤子，或是不用来抛接的球。为什么我们感知事物的时候会有百般限制：感知的不是它们原本的样子，而是它们的用途？因为最高级别的心智是目标导向的问题解决者。换言之，我们头脑中所有机器的进化最初都是为了满足各种内在的或后天的需要，为了舒适和营养，为了防御和繁殖。后来，在过去的几百万年里，我们进化出了更强大的子机器，它似乎在以我们尚未了解的方式进行关联和分析，以发现哪种行为造成哪些影响，也就是发现我们所说的知识。虽然我们经常认为知识是抽象的，我们探求知识本身是纯粹而美好的——然而，我们最终要用知识来告诉我们如何才能达成我们所追求的目标（即使我们得出结论，为了做到这一点，我们可能首先需要获得更多的知识）。因为，正如我们所说的，“知识就是力量”，我们的知识本身就与我们达成目标的方式紧密相关。这就是关键：除非知识告诉我们该做什么，否则我们知道了也没什么用。如此便塑造成了意识心智的机制，而这似乎太过显而易见：除非我们利用知识，否则它毫无用处。

现在我们来看看意识：它是大脑中最擅长利用其他隐藏系统的部分，但它并不是熟知那些内部系统运作方式的专家。因此，就像我们说的，人走路时并不知道走路这个过程是怎么实现的。只有当这些系统开始运转不正常时，意识才会被小细节所吸引。这样的话，一个腿部受伤的人可能会第一次开始有意识地思考关于行走的理论：要向左转，我就必须强迫自己左转——然后就不得不想知道凭什么这么做。通常是只有当我们被迫面对一个异常困难的问题时，我们才会变得更加深思熟虑，并试着多了解他人是如何解决问题的。在这种情况下，我们会发现自己在说如下这类事情："现在我必须有条理了。为什么我不能把精力集中在重要的问题上，而不被那些无关紧要的细节所分心？"

主要是在这样的时刻——当我们陷入麻烦的时候——我们就会比平常更接近于理解我们的心智是如何运作的，通过我们对这些机制的些许了解来改变或修复它们。很矛盾的一点是，这些正是我们说自己"困惑"的时候，因为只有我们太过了解自己的时候才会那么说——而不仅仅是困惑，甚至完全不知道。尽管如此，我们仍然蔑视并不喜欢困惑的意识，并没有意识到它必须包含的高度的自我表达。或许这仅仅意味着意识正在脱离它的深度，并且不太适合了解事物是如何运作的。总之，即使我们对于自我检查最"有意识"的尝试也仍然主要局限于"符号一标志"的实用主义魔法世界，因为似乎没有人能够成功地利用自我分析来发现很多在底层运行的程序。

所以，《真名实姓》的讽刺意味就在此。尽管文奇用科幻的形式讲述了这个故事——但事实上，这是我们现实生活困境的真实写照。我在此重申，我们以同样的未知方式利用我们的心智去驱动汽车和身体，就像那些未来游戏的玩家控制和引导他们伟大的机器中所发生的事情一样：通过使用符号、魔法和图像以及私密的名字。我们称之为"意识"的部分好像就坐在认知计算机终端前，试图控制和引导未知而又伟大的心智引擎，不是通过理解这些机制的运作方式，而是简单地从偶尔显示在我们精神屏幕上的标志的菜单列表中选择名字。

但是老实说，当你想到这些的时候，它几乎是不可能的！试想，如果我们的心智真的能看到自己的内心，会发生什么。还有什么比提供视角近距离观察数万亿神经细胞网络更糟糕呢？多年来，我们的科学家一直用强大的显微镜观察这些结构的碎片，但却未能提出这些网络做什么以及如何运作的综合理论。如果一次性看到所有的东西，那将会多么可怕！

神秘思想家称还有其他更好的方式来解读心智，如何看待这种观点呢？一种推荐的方法是学着训练意识心智停止它通常的想法，然后尝试（通过静止不动）去观察和倾听精神生活的细节。这跟通过仪器观察是否存在不同呢？或者说是否比后者更好呢？或许，只是它没有面对如何理解复杂事物的根本问题！因为，如果我们停止了通常的思维方式，那么我们就会失去已经练就的用来解释复杂现象的所有心智。总之，即使一个人能够观察并探测到从通常心智无法访问的其他部分涌现的信号，这些信号可能对与意识相关的系统毫无意义，因为它们代表了不同寻常的低层次细节。为了理解其中的原因，让我们再一次回到理解我们如何走路这样简单的事情上。

假设，当你走路的时候，你确实能够看到并听到你的脊髓和下脑的信号。你能理解它们吗？也许能，但不容易。事实上，做这样的实验很容易，使用简单的生物反馈装置使这些信号能够被听到、被看到即可。结果是，人们确实可以更快地学会执行一项新技能，比如更好地使用受伤的肢体。然而，就像以前一样，这似乎并不是通过有意识地去理解这些回路的运作方式实现的；相反，这种体验一如往常，我们通过获得一种半意识的“符号—魔法”来获得控制。可能的情况是，一个新的控制系统在神经系统的某个地方组装起来，并与我们所能了解的表面信号相交叉。然而，生物反馈对如何学习提供的见解似乎同我们普通的内置感官提出的并无不同之处。

总之，我们的运动科学家几十年来一直都在使用电子仪器探测这些信号。利用这些数据，他们能够开发出与之相关的各种关于相互作用和调节系统的局部理论。然而，这些理论并不是在对那些复杂生物信号的冥想和消极观察中产生的；三个世纪以来，科学家和数学家对于分析力学的研究和一个世纪以来对于伺服控制工程的提出的新理论，尽管我们对这些积累的发现进行了细致深入的探索，然而学到的知识却很少。在科学中普遍正确的是，仅仅仔细观察事物很少会导致新的“见解”和理解出现。你首先必须有至少一个新理论形态的模糊迹象，或者一种新的描述方式：你需要一个“新想法”。因为我们所观察到的“原因”和“目的”本身并不是可以观察到的事物，为了表现它们，我们需要一些其他的精神来源来发明新的魔法符号。

但是我们从哪里获得我们需要的新思想呢？当然，对于任何一个个体而言，大多数概念来自一个人成长的社会和文化。至于我们的其他想法，即那些我们自己“得到”的想法同样来自社会——但是现在，这些想法在我们个人的心智中。因为，人类心智在任何意义上都不是一个单一的实体，大脑也没有一个单一的、中央的工作方式。大脑不会像肝脏分泌胆汁那样分泌出思想。大脑由大量子机器组成，每个子机器都有不同种类的任务——每项任务都对其他部分有用。例如，我们使用大脑中的不同部分来听单词的声音，这与识别其他类型的自然声音或音乐音高截然不同。甚至有确凿的证据表明大脑中有一个特殊的部分专门用来观察和识别人脸，这与其他普通事物的视觉感知截然不同。我猜想，在头颅内部，可能有多达一百种计算机，每一种都有各自不同的架构，这些都是在过去四亿年间的进化过程中积累起来的。它们被链接到一张由专家组成的多资源大网中，每个专家都知道如何召唤其他特定的专家来完成任务，从而达到其目的。每一个子脑都使用它自己的编程风格和表现形式，没有标准的通用语言代码。

因此，如果这个心智社会中的一部分要去探究另一部分，可能会无功而返，因为它们有完全不同的语言和架构。它们的共同点那么少，又怎能相互理解呢？母语不同的人类之间的沟通就足够困难了。但人类心智的不同部分所使用的信号，不可能像有时有相同渊源的两种人类语言一样有细微的相似之处。更有可能的是，它们太不一样了，根本无法沟通——除非通过符号来表达。

现在，有人可能会问："当从事不同工作的人有了不同的背景、想法和目的时，该如何交流呢？"答案是，这个问题更容易解决，因为一个人知道的比其小片心智知道的多得多。此外，我们都以相似的方式成长，这为我们提供了坚实的常识基础。即便如此，我们还是高估了自己实际的沟通能力。人们做的很多工作表面上看起来不同，但它们都是大同小异的，在某种程度上，它们都有一个共同的基础，我们称之为"常识"，即我们所有人共同拥有的知识。这意味着我们实际上并不需要像我们设想的那样彼此交流。通常，当我们"解释"某事时，我们几乎无须解释任何新事物；相反，我们只是展示一些能说明我们意思的一些正例和反例。这些例子告诉听众如何将其联系到已经知道的各种结构上。总之，我们经常只是说"是哪个"，而不是"如何"。

想想看，在解释许多看似简单的事情的时候，我们会觉得非常难。我们无法解释如何在自行车上保持平衡，也无法解释如何把图片和真实的东西区分开来，甚至无法解释如何从记忆中获取事实。有人可能会再次抱怨："期望我们把观察、平衡、记忆等诸如此类的事情讲清楚是不公平的。这些都是我们在学会说话之前就学会的东西！"但是，尽管这种批评在某些方面是公平的，但这也说明了，对于那些从未学过说话的心智的所有子部分而言，沟通是多么困难——而它们是我们的全部。"意义"这个概念本身就是一个大小和规模的问题：只有在一个大到有很多意义的系统中，问什么东西意味着什么才有意义。在非常小的系统中，说某个东西有意义就像说一块砖是一间很小的房子一样毫无意义。

现在，我们很容易就会说，心智是一个社会，但这个想法本身是无用的，除非我们能更详细地说明它的组织形式。如果所有这些专业部分都同样具有竞争力，那么就会出现无政府状态，而且我们学到的越多，能做的就越少。因此，一定要有某种管理机构，或许大体上按等级组织，比如行业或人类政治社会的分类和细分。这些级别有什么用？在我们所知道的那些高效运转的大型社会中，较低层次的人练习更专业的工作技能，而较高层次的人则关注较长期的计划和目标。这也是我们有意识和无意识的想法很难相互转换的另一个根本原因！我们在意识层面上使用的术语和符号主要是用来表达我们相信自己能实现的目标和完成的计划——而那些低级别资源的工作则用不为人知的过程和机制来表示。因此，当我们的意识探测器试图进入组成心智的无数越来越小的子机器时，它们会观测到外星人一般的表现，这些表现被用作越来越专门的目的。

问题是，这些微小的内部“语言”很快就会变得难以理解，原因很简单却又不可避免。这与我们熟悉的两种不同的人类语言之间的翻译困难是不一样的，我们理解这个问题的本质：人类语言是如此巨大和丰富，以至于我们很难缩小其意义——我们称之为“模糊”。但是，当我们试着去理解心智最低层次的微小语言时，我们遇上了截然相反的问题——因为两种语言规模越小，它们之间的转换就越困难，不是因为含义太多，而是太少。两个系统所做的事情越少，它们做的事情互相对应的可能性就越小。于是，翻译变得完全不可能。为什么这比“模糊”的情况还要糟糕呢？因为，尽管“模糊”问题看起来很困难，但是一个看上去非常复杂的问题总还有希望。当一个问题简单得无可救药时，那就一丝希望都没有了！

最后，让我们回到这个问题上：一个机器内部世界里的模拟生命是怎样的，与我们日常的现实生活一样吗？我的答案是，正如你们现在所知道的，可能非常相似——因为就像我们看到的那样，我们自己已经作为进程被囚禁在机器内部的机器中。我们的精神世界里已经充满了奇妙的魔法符号与标志，它们为我们“看到”的一切事物增添了意义。

所有受过教育的人都知道，我们的精神世界与我们的科学家所知道的“现实世界”有多不同。想想你餐厅中的桌子，你的意识心智认为它拥有熟悉的功能、形式和用途：桌子是“一种放东西的物品”。然而，科学告诉我们，这仅仅存在于心智中；所有的“真正存在”是一个由无数分子组成的社会。这张桌子貌似保持着它的形状仅仅是因为其中一些分子被限制在彼此附近振动——因为力场的某些特性阻止它们去追求独立的路径。同样，当你听到一个口语词时，你的心智就会给这个声音赋予意义属性。而在物理学中，这个词仅仅是你耳朵里的一股波动的压力，是由无数空气分子的碰撞所引起的，至于粒子的距离，这次就不那么受限制了。

所以现在，让我们最后来面对它吧：我们每个人都已经体验过被计算机模拟的感觉了！

“荒谬，”大多数人一开始说，“我当然不觉得自己像个机器！”

然而是什么让我们如此确信？一个人怎样才能声称自己知道某件事的感受，除非自己经历过？请思考一下，要么你是一台机器，要么不是。然后，如你所说，如果你不是一台机器，你就无权表达作为一台机器的感觉。

“很好，但是当然，如果我是一台机器，那么至少我可以知道这种感觉！”

不。这只是一个单纯的、架空的假设，相当于说：“我会思考，因此我知道思维是如何运作的。”但正如我们所看到的，我们的意识思维和它们的产生方式之间存在着相当多级别的机制，这种说法就像说“我会开车，因此我知道引擎的工作原理”一样荒谬。

“尽管如此，即使大脑是一种计算机，你也必须承认它的规模大得难以想象。人的大脑包含数十亿个脑细胞，而且，很可能每个细胞本身都是极其复杂的。然后，每个细胞以复杂的方式连接着成千上万的细胞。你可以用‘机器’这个词来形容它，但肯定没人能造出这么庞大的东西！”

我完全赞同这种反对意见的态度。当一个人被比作机器时，会感觉被轻视，就好像被认为微不足道一样。而且这样的比较确实是一种侮辱，只要“机器”这个名字仍然具有过去时代的含义。几千年来，这个词会让我们联想起滑轮、杠杆、火车、打字机，以及其他简单事物的形象。同样，在现代，“计算机”这个词会让人们想起数字加法和减法，并在所谓的微型“存储器”中存储它们。然而，这些词语不再服务于我们的新目的，描述像我们一样思考的机器；对于这样的用途，那些古老的术语已经成为我们想说的虚假的名字。就像“房子”可能代表的东西比木头和石头代表的更多，或者仅此而已，我们的心智可能被描述为仅仅是机器而已，也可能代表更多的含义。

至于规模本身的问题，这些反对意见几乎完全过时了。1950 年，在任何一台计算机都能存储 100 万比特之前，它们都是有意义的。1960 年它们仍然有意义，那时存储 100 万比特的成本是 100 万美元。但是，今天，同样的存储器成本却只有 100 美元（我们的政府甚至把美元也变得更廉价了）——而且今天已经诞生了能存储数十亿比特的计算机。

唯一缺少的是让这些机器智能化的大部分知识。事实上，正如你可能从这一切中猜到的那样，人工智能研究的焦点应该是寻找到好的方法，就像文奇的《真名实姓》中所建议的那样，通过使用符号来连接结构和功能。如果可能的话，什么时候能做到这一点呢？永远都不要说“永不可能”。

真名实姓

〔美〕弗诺·文奇 等 著

李克勤 张羿 译

图书在版编目（CIP）数据

真名实姓 / (美) 弗诺·文奇等著 ; 李克勤 , 张羿译 . 一 北京 : 北京联合出版公司 , 2019.6(2024.8 重印)

ISBN 978-7-5596-2823-7

Ⅰ . ①真… Ⅱ . ①弗… ②李… ③张… Ⅲ . ①科学幻想小说－美国－现代 ②电子计算机－通俗读物 Ⅳ . ① I712.45 ② TP3-49

中国版本图书馆 CIP 数据核字 (2018) 第 278668 号

TRUE NAMES AND THE OPENING OF THE CYBERSPACE FRONTIER

By Vernor Vinge

北京市版权局著作权合同登记号 图字:01-2018-8895 号

选题策划	联合天际
责任编辑	牛炜征
特约编辑	刘　默　王书平
装帧设计	@broussaille 私制
美术编辑	程　阁

出　版	北京联合出版公司 北京市西城区德外大街 83 号楼 9 层 100088
发　行	北京联合天畅文化传播有限公司
印　刷	大厂回族自治县德诚印务有限公司
经　销	新华书店
字　数	240 千字
开　本	880 毫米 ×1230 毫米 1/32 9.5 印张
版　次	2019 年 6 月第 1 版　2024 年 8 月第 5 次印刷
ISBN	978-7-5596-2823-7
定　价	49.80 元

关注未读好书

客服咨询

本书若有质量问题，请与本公司图书销售中心联系调换
电话：(010) 5243 5752